BASTEI LÜBBE

Mit *Mord in Vesterbro* liegt der zehnte Band der zwölfteiligen Krimi-Serie des renommierten dänischen Autors Dan Turèll auf Deutsch vor. Seine Romane gelten zu Recht als »Klassiker der Kriminalliteratur«.

Bisher sind bei *Bastei Lübbe Taschenbücher* erschienen: MORD IM DUNKELN (14959), MORD AUF MALTA (15106), MORD AM RONDELL (15177), MORD IM MÄRZ (15286), MORD IM HERBST (15370), MORD IN DER DÄMMERUNG (15479), MORD IM WASCHSALON (15526) und MORD IM STRASSENGRABEN (15630).

Über den Autor:
Dan Turèll, geboren 1946, war Schriftsteller und Journalist. Er hat sich in Dänemark zur Kultfigur entwickelt. »Onkel Danny« hat ein riesiges Œuvre aufzuweisen. Die Krimi-Serie über den namenlosen Journalisten brachte ihm den Durchbruch. Mit viel Ironie, schwarzem Humor und Gespür für die dänische Seele hat er dem Land seinen ersten klassischen »Privatschnüffler« geschenkt und die amerikanische Tradition des Genres kongenial ins Dänische verpflanzt.

»Dan Turèll ist:
der Lou Reed des Kriminalromans,
der Charlie Parker des Kriminalromans,
der Baudelaire des Kriminalromans.«
Kvällsposten

Dan Turèll

MORD IN VESTERBRO

Kopenhagen-Krimi

Aus dem Dänischen von
Thorsten Alms

BASTEI
LÜBBE

BASTEI LÜBBE TASCHENBUCH
Band 15 706

1. Auflage: Juli 2007

Vollständige Taschenbuchausgabe

Bastei Lübbe Taschenbücher in der Verlagsgruppe Lübbe

Die dänische Originalausgabe erschien 1988
unter dem Titel *Mord på Medierne* im Borgens Forlag, Kopenhagen.
Published by agreement with Leonardt & Høier Literary Agency aps,
København.

Textredaktion: Susanne Dahmann
Titelabbildung: Masterlife Royaltyfree
Umschlaggestaltung: Bianca Sebastian
Satz: SatzKonzept, Düsseldorf
Druck und Verarbeitung: Ebner & Spiegel, Ulm
Printed in Germany
ISBN-13: 978-3-404-15706-8

Jeder Mord ist eine Art von Selbstverteidigung
Craig Rice

Erster Teil

1

Es war ein langer, harter, nervtötender Tag gewesen.

Also nichts Neues. In meiner Branche, in meinem Alter und bei meinem Hintergrund kommen nur wenige seltene und vereinzelte Tage anders daher.

Aber gerade dieser Tag war von einer besonders ausgesuchten und widerwärtigen Bösartigkeit.

Es war ein Montag. Es war im Juli, und der ganze Tag war so heiß gewesen, dass einem der Asphalt buchstäblich unter den Sohlen kochte. Überall in der Stadt hatten die meisten Kopenhagener – zuzüglich weniger Zugereister aus der Provinz und dem Ausland – schon längst aufgegeben, etwas anderes zu tun, als sich entweder in den Straßencafés oder auf leeren Bänken mit verfügbaren Flüssigkeiten in Reichweite niederzulassen.

Die Stadt schien stillzustehen. Nur vereinzelte Randgruppen – Taxifahrer, Polizisten, Straßenmusiker, Kellner, Journalisten und ähnliches Kroppzeug – schienen zu arbeiten.

Oder es jedenfalls zu versuchen.

Die Kellner hatten zweifellos einen guten Tag. Nicht weniger die Gitarristen, die mittlerweile bald an jeder Straßenecke stehen und immer dieselben sieben antiquierten Folksongs darbieten: Gutes Wetter und ein paar Drinks unter der Weste haben schon immer die positive Einstellung des gemeinen Dänen zur Kunst gefördert und für ein paar Münzen in der Mütze gesorgt.

Und die Taxifahrer – ja, irgendwer musste die Leute schließlich nach Hause befördern, wenn sie selbst dazu nicht mehr in der Lage waren. Und die Polizei – ja, irgendwer musste den Leuten schließlich die Notwendigkeit nahebringen, sich vernünftig zu verhalten, wenn sie zu viele leere Flaschen auf der Straße zertrümmert, sich johlend auf vorbeikommende Frauen gestürzt hatten oder der Öffentlichkeit auf irgendeine andere Weise zur Last, zum Schaden oder zur Plage geworden waren.

Aber wir Journalisten ...

Es war einer der Tage, an denen selbst der jüngste Redaktionsbote schon am frühen Vormittag wusste, dass absolut nichts passieren würde.

Die tägliche Redaktionssitzung war von dieser allgemeinen Erkenntnis und Gewissheit geprägt: Es gab schlichtweg nichts, mit dem man das *Bladet* hätte füllen können, und niemand gab sich irgendwelchen Illusionen hin.

Kein Raubmord. Keine Vergewaltigungen. Keine Überfälle. Die Leute waren zu sonnenbeschienen, zu schlaff und zu betrunken für diese Art der aktiven Freizeitgestaltung.

Keine Fußball-Länderspiele. Kein Wimbledon. Nicht einmal eine Schauspieler-Scheidung oder eine gebärende Popsängerin. Nichts.

Natürlich gab es die Füllsel, so wie es schon immer die Füllsel gegeben hatte. Ein weiteres Mal würde man den Lesern erzählen können, was ihre »individuellen« Horoskope ihnen für den kommenden Tag offenbarten, ein weiteres Mal könnten wir einen renommierten Koch dazu überreden, eine Lanze für die frischen dänischen Landwirtschaftsprodukte des Sommers zu brechen, ein weiteres Mal gab es die Möglichkeit, ein paar Seiten mit Strandschönheiten in der »neuesten Bademode des Sommers« zu füllen, die – wieder einmal – dieselbe war wie im vergangenen Jahr: So wenig wie möglich – jedenfalls auf den Bildern.

Chefredakteur Otzen hatte einen seiner cholerischsten Tage. Und da Otzen, was seine Wutanfälle anging, ohnehin jeden Tag seinen Stammplatz im *Guinness-Buch der Rekorde* erfolgreich verteidigte, sollte das schon einiges heißen. Ältere Mitarbeiter behaupteten, dass niemand ihn dermaßen erregt gesehen habe, seit sich die dänische Thronfolgerin verloben wollte und nur unser ärgster Konkurrent davon gewusst hatte.

Der Sportredakteur hatte vorgeschlagen, dass wir ein Feature darüber bringen sollten, wie sich die Fußballvereine im Lande auf die Herbstspielzeit vorbereiteten. Die Klatschkolumnistin hatte vorgeschlagen, bekannte Dänen nach ihren Zielen für den Sommerurlaub zu befragen, warum sie dorthin fuhren und ob sie gerade mit diesem Ort etwas Besonderes verband. Der Kulturredakteur hatte vorgeschlagen, die Gelegenheit zu nutzen und ein paar Extraseiten mit Buchrezensionen zu bringen, die sich schon seit Monaten zu den üblichen Stapeln angesammelt hatten.

Sämtliche Vorschläge wurden mit eisigem Schweigen quittiert. Schließlich dann beschleunigte Otzen bis zur höchsten Drehzahl und begann vor den Mitarbeitern eine Ansprache zu halten – jene Ansprache, die jeder Mitarbeiter bereits auswendig kannte, eine Ansprache, aus der die Mitarbeiter oft rezitierten, wenn sie in einer ruhigen Stunde in der Kantine zusammensaßen.

»Es gibt etwas«, hatte Otzen gesagt, »das nennt man aktiven Journalismus. Ein Journalist ist nicht nur ein Mann, der auf seinem Stuhl sitzt und darauf wartet, dass etwas passiert. Ein Journalist ist ein Mann, der ...«

»Warum ist ein Journalist immer ein Mann?«, fragte unsere Kummerkastenredakteurin, die bezaubernde, rassige Barbara, scheinbar völlig unschuldig. Jeder an dem runden Konferenztisch wusste, dass sie ihn einfach nur unterbrechen wollte. Unter normalen Umständen hätte dies zu einem Vulkanausbruch geführt, aber Barbara hatte ein perfektes Alibi: Wir hatten gerade eine massive Kampagne gefahren, dass das *Bladet*, einzig und allein das *Bladet*, die Zeitung für Die Moderne Frau war.

Otzen roch den Braten rechtzeitig und leitete mit bewundernswertem Takt und sportlicher Schnelligkeit den Beginn eines unwillkürlichen Wutausbruchs in einen überzeugenden Hustenanfall um. Überzeugend jedenfalls für Uneingeweihte.

»Ein Journalist ist«, fuhr er energisch fort und schlug auf den Tisch, »ein Mensch, der – ganz gleich welchen Geschlechts – sich zu den Ereignissen begibt. Der gute Journalist ist wie ein Jagdhund, der zuverlässig jede Spur findet. Der gute Journalist ...«

»... ist ein Traum, ein Phantom, das nur im Jahrbuch der Journalistenschule existiert«, unterbrach ich ihn. »Und damals, auf der Journalistenschule, hast du diesen Vortrag auch zum ersten Mal gehalten, oder?«

»Was zum Teufel willst du damit sagen?«

»Du hast mir selber eine Fotokopie gegeben. Du hast gesagt, dass ich daraus sehr viel lernen könnte.«

»Du hättest sehr viel daraus lernen können – und ihr anderen übrigens auch. Also hört jetzt mal zu ...«

Und wir hatten zugehört – circa zwanzig Minuten lang. Barbara und ich warfen uns unterdessen verstohlene Blicke und Signale zu wie zwei Schüler, deren Klasse von einem Oberlehrer kollektiv abgekanzelt wurde, ohne dass er alle auf einmal im Auge behalten konnte.

Andere sandten anderen Signale zu.

Die Redaktionssitzung endete – wie alle anderen Redaktionssitzungen, an denen ich (gegen meinen Willen) teilgenommen hatte – damit, dass Otzen darauf beharrte, dass wir uns endlich zusammenreißen und etwas herausfinden sollten. Wir nickten schön synchron alle miteinander, fügsam und nachdenklich. Das war die sicherste Methode, es schnell hinter sich zu bringen.

Barbara und ich verließen gemeinsam den Raum.

»Sieh mal zu, dass du in die Gänge kommst!«, frotzelte sie. »Mach dich auf die Socken, und finde einen Mord!«

»Dann müsste ich ja aktiv werden.«

»Was nicht gerade deine starke Seite ist.«

»Ich meine, dann müsste ich den Mord ja selber begehen.«

»Warum nicht?«

»Sag mir einfach, wann du aufbrichst. Wenn du dich auch noch zur Verfügung stellst, betreiben wir doppelt aktiven Journalismus, und wir können die Story als exklusiven Aufmacher im *Bladet* bringen.«

»Ein anderes Mal vielleicht«, sagte sie. »Ich bin heute Abend schon verabredet ...«

Und dabei blieb es.

In flimmernder Hitze schlenderte ich über den Rådhuspladsen und wanderte die Vesterbrogade hinunter. Überall saßen die Leute in ähnlichen Trauben herum wie in der Innenstadt, auf Bänken, niedrigen Mauern, Treppenabsätzen, überall, wo sich Leute überhaupt versammeln konnten, mit jeweils großzügig bemessenen nackten Bäuchen und bierflaschenprallen Plastiktüten.

Kneipengedränge, Rucksäcke, Trickbetrüger und Unbekannte Flugobjekte, die sich bei näherer Betrachtung allerdings als Flaschen und Gläser identifizieren ließen, machten ein Durchkommen am Hauptbahnhof fast unmöglich.

Auch die Istedgade hatte sich – auf ihre Weise – der Hitze ergeben. Es gab nicht eine einzige Schlägerei zwischen besoffenen Grönländern, und sogar die Nutten hatten sich in die Wirtshäuser zurückgezogen, wohl wissend, dass die Kunden sich ohnehin nicht einfinden würden, weil es – wie es schon in einem alten Cole-Porter-Song hieß, den ich seinerzeit gespielt hatte – *Too Darn Hot* war.

Im Stjernecafé war es etwas kühler, und Bob, der Barkeeper, erschien mir der erste halbwegs entspannte Mensch zu sein, dem ich im Laufe des Tages begegnete. Ich bekam ein Glas des dänischen Nationalgetränks, zündete mir eine Zigarette an, während er mir schon das nächste Glas füllte, und stieß einen Seufzer aus – mit diesem speziellen, dudelsackähnlichen Klang, den Seufzer bekommen, wenn man gerade irgendetwas überstanden hat.

»Wie läuft es mit deiner Frau?«, fragte Bob.

Bestimmt wegen des Seufzers.

»Sie ist in Århus«, antwortete ich. »Besucht dort ihre Eltern.«

»Soso. Und jetzt willst du dich mal richtig amüsieren?«

»Sehe ich vielleicht so aus?«

»Du siehst jedenfalls aus wie jemand, der es dringend nötig hat.«

»Und was ist mit dir?«

»Wer solche Stammkunden hat wie ich, der braucht so etwas nicht.«

Wir hätten noch ewig so weitermachen können – im Grunde taten wir es ja auch schon seit Jahren – wenn der Hübsche nicht hereingekommen wäre.

Der Hübsche Jørgen, der verkrachte Folksänger des Viertels, seinerzeit – vor zwanzig Jahren – auch als »Protest-Jørgen« bekannt, war ein feiner Kerl, absolut in Ordnung und immer gut für einen Plausch über sein baldiges Comeback und ein spontanes Absingen seines allerneuesten Songs, der dasselbe garantieren würde, jedes Mal ein anderer Song, und jedes Mal mit denselben Reimen. *Dir* und *mir*, *Herz* und *Schmerz*, *berühren* und *verführen*, sowie *Klang* und *Gesang* gehören zu den ausgesprochenen Lieblingsreimen des Hübschen. In der Wolle gefärbte Stammgäste des Stjernecafés haben sie sich in zu vielen Kombinationen anhören müssen, um sie noch unvoreingenommen betrachten zu können.

Als der Hübsche nun zielstrebig auf die Theke zukam und erzählte, dass er soeben den besten Song seines Lebens geschrieben habe, beschloss ich ausnahmsweise, den besten Song, den der Hübsche jemals geschrieben hatte, schamlos zu ignorieren, hektisch auf meine Uhr zu schauen und zu sagen, dass es mir eine unheimliche Freude wäre, ihn zu hören, aber – so war nun einmal das Leben – gerade jetzt ganz dringend zu einer wichtigen Verabredung eilen müsste.

»Ja ... du bist schon ziemlich spät dran«, sagte Bob solidarisch und schaute auf seine Uhr.

Es war etwa zehn Uhr abends und definitiv an der Zeit, einen langen, harten und nervtötenden Tag zu Ende zu bringen. Das wäre eine kluge Entscheidung gewesen, und meine Mutter hätte mir voll und ganz beigepflichtet.

Aber in dieser Hitze?

Unmöglich.

Meine persönlichen Beine trugen mich – ganz für umsonst und ohne jegliche Lohnnebenkosten – durch die Istedgade, über den Enghave Plads, wo die Sonne mittlerweile an Terrain zu verlieren begann, weiter durch die Lyrskovsgade und den Vester Fælledvej hinauf.

Ich weiß nicht warum, aber vielleicht hatte Otzen ja trotz allem recht: Ein Journalist ist ein Jagdhund. Meine Beine hatten offenbar Witterung aufgenommen.

Als ich zur Vesterbrogade hinaufschaute, sah ich zuerst nur einen Bullen in Uniform. Dann noch einen. Je weiter ich den Vester Fælledvej hinaufging, desto mehr waren da. Auf halber Strecke konnte ich bereits mindestens fünfzig zählen.

Und, so dachte ich im Stillen – oder war es Otzen, der in mir dachte? –, wo es mindestens fünfzig Bullen gab, da gab es auch eine Story.

Mindestens.

2

Es war jedoch keine »Story« im eigentlichen Sinne. Wenn man ganz korrekt sein wollte – wie mein alter Dänischlehrer es immer war –, musste man es eher ein neues Kapitel in einem lang gestreckten Fortsetzungsroman nennen.

Ich sah es, sobald ich die Vesterbrogade erreicht hatte. Die Polizisten hatten eine Kette gebildet und hielten ihre Schutzschilde hoch. Auf die Schilde regnete es Ziegel- und Pflastersteine aus einigen Fenstern eines alten Gebäudes auf der gegenüberliegenden Straßenseite hinab. Die Straße war zu beiden Seiten hin abgeriegelt worden, und alle nahe gelegenen Fenster waren geöffnet, damit die Bewohner des Viertels aus sicherer Entfernung zuschauen konnten, und jede Menge Schaulustige hatten ihre Plätze hinter und neben dem Polizeikordon eingenommen.

Rufe schallten durch die Straße und vervielfachten sich durch den Widerhall der dicht stehenden Häuser.

»Hipos!«

»Schnorrer!«

»Nazis!«

»Kommunisten!«

»Mörder!«

Mit anderen Worten: Es handelte sich um eine weitere »Konfrontation« – wie es die Politiker nennen, wir anderen bezeichnen es etwas angemessener als »Schlägerei« – zwischen der Polizei und den Hausbesetzern.

Ein weiteres Kapitel des jahrelangen Streits um die vielen Kopenhagener Wohnungen, die aus Spekulationsabsichten leer standen – Kopenhagen dürfte jedenfalls in Sachen Wohnraum den nordischen Rekord in Spekulationsabsichten halten –, und die jungen Leute, die sie besetzten, ihre Wände neu strichen, sie einrichteten – und sich anschließend mal mit den Spekulanten und mal mit der Polizei schlagen mussten, um sie behalten zu können.

Zumindest bis auf weiteres behalten zu können.

Immer nur bis auf weiteres.

Ich näherte mich dem Schlachtfeld mit einer gewissen Aufmerksamkeit. Ich besitze nur einen Kopf, und selbst wenn im Laufe der Jahre einige Leute ihre durchaus berechtigten Zweifel an seiner Qualität und Kapazität geäußert hatten, so gab es doch keine realistische Alternative zu dem Kopf, den man nun einmal besaß.

In den Fenstern des zweiten und dritten Stocks des zu räumenden Hauses hingen die Besetzer – anscheinend recht junge Leute um die zwanzig, allesamt mit kapuzenbezogenen Köpfen – und verteilten aus einem offenbar unerschöpflichen Lager ihre Ziegelsteine, unter die sich hin und wieder ein Schraubenzieher, ein Hammer, eine Tüte Reißzwecken oder anderes mischte, was sie als geeignete Wurfgeschosse betrachteten.

Auf der Straße stand stoisch die Polizei und ließ alles auf ihre Schilde herabregnen. Sie schienen nur darauf zu warten, ruhig und geduldig, dass denen da oben die Munition ausging.

Um sie herum wurde weiter eifrig und freimütig diskutiert. Die Zuschauer waren geteilter Meinung. Es war wie bei einem Fußballspiel im Idrætsparken: Jeder feuerte seine Mannschaft an.

Ich fühlte mich nicht versucht, irgendjemanden anzufeuern.

Meine Beine nötigten mich näher heran – bis der Polizist, der mir am nächsten stand, einen Ziegelstein auf den Kopf bekam, nach hinten umfiel und mich dabei halb erwischte, sodass er mich – gewissermaßen als Gratiszugabe – gegen eine Hauswand stieß und schließlich liegen blieb.

Der Krankenwagen stand bereit. Mehrere sogar. Endlich einmal jemand, der an diesem warmen, schläfrigen Sommerabend etwas zu tun hatte.

Ich zog mich ein wenig zurück, bis zur Ecke Amerikavej.

Diese Idee hatte ich nicht allein. Ich landete in einer Gruppe von Anwohnern, die den Verlauf der Schlacht eingehend und kenntnisreich kommentierten.

»Es wird immer schlimmer«, sagte eine ältere Dame. »Man wagt kaum noch auf die Straße zu gehen.«

Gleichzeitig warf sie erneut einen gespannten Blick auf das Geschehen.

»Verdammt«, brummte ein großer, grobschlächtiger Mann neben ihr. »Man kann schon irgendwie verstehen, wenn sie Amok laufen. Sie haben keine Arbeit, und sie werden garantiert auch keine bekommen. Sie leben allesamt nur von der Stütze. Und dann können sie noch nicht einmal ein Dach über dem Kopf bekommen!«

»Und was ist mit uns anderen?«, piepste ein kleiner, dünner Mann in einem riesigen Mantel. »Wir mussten die Ärmel hochkrempeln und anpacken. Ein ganzes Leben haben wir uns für unsere Zweizimmerwohnung krummgelegt, und plötzlich werden wir arbeitslos. Das ganze Leben haben wir Steuern und Miete gezahlt – und dann kommen sie her und nehmen sich einfach, was sie wollen. Das kann doch, verdammt noch mal, nicht richtig sein! Sie müssen es aus eigener Kraft schaffen – wie wir anderen auch! Auf die normale Art und Weise!«

»Genau!«, sagte die Frau. »Recht hast du, Niels.«

»Und dann kommen sie einfach hierher und nisten sich bei uns ein«, sagte Niels mit neuem Selbstbewusstsein, durch die Zustimmung bestärkt. »Bei uns, die wir schon immer hier gewohnt – und dafür bezahlt – haben. Sollen sie doch zu ihren reichen Eltern in Gentofte und Hellerup verschwinden und deren Villen besetzen!«

Mehrere Zuhörer nickten.

»Och«, warf ein neuer Diskussionsteilnehmer ein, ein junger Mann in Jeanshosen. »Die gehen jedenfalls mit Schwung an die Sache!«

»Schwung?«, antwortete eine neue Stimme. »Was soll daran denn schwungvoll sein? Sie machen doch einfach nur die Häuser kaputt. Sie zerdeppern alle Fenster im Viertel, und wer soll das am Ende alles bezahlen? Ist irgendjemand hier, der das noch nicht weiß?«

Offensichtlich nicht. Keiner fragte nach.

Die neue Stimme fuhr fort:

»Und in den nächsten drei Tagen werden die Straßen in Glasscherben schwimmen und die Läden geplündert werden. Und auf wessen Kosten? Unsere!«

Ein gedämpftes, wortloses Grummeln erhob sich unter den Versammelten. Es klang wie ein entschlossenes Wolfsrudel, das knurrend einen Eindringling in ihr Lager warnt.

»Letztes Mal hat Cäsar sich eine Pfote verletzt«, sagte die Frau von eben. »Du weißt schon, mein Schäferhund. So ein gutes Tier. Wir mussten ihn zum Tierarzt bringen. Was das gekostet hat! Daran verschwenden sie überhaupt keinen Gedanken.«

»Genau da liegt das Problem mit den jungen Leuten von heute«, antwortete Niels. »Sie denken nur an sich selbst. Sie machen sich überhaupt keine Gedanken darüber, was sie uns zu verdanken haben.«

Einen Moment lang spielte ich mit dem Gedanken, Niels – ganz sachlich – zu fragen, wofür sie seiner Meinung nach ausgerechnet ihm zu danken hätten, aber ich tat, was mir im Laufe der Zeit schon viele Bekannte geraten hatten: Ich hielt meinen Mund.

An der gegenüberliegenden Straßenecke stand eine Figur, die ich kannte und die den Straßenverkehr mit ausladenden Armbewegungen umleitete. Es war Nielsen, der schmächtige, nervös wirkende Nielsen, dessen Augen – ganz gleich, wo man ihn antraf, und sei es nach Feierabend in seinem Ohrensessel – ununterbrochen den Horizont nach möglichen kriminellen Handlungen abtasteten.

»Wie läuft's?«, fragte ich höflich.

»Gut«, antwortete er lakonisch. »Bis jetzt zwei Schädelbrüche, ein gebrochener Arm, zwei zerschlagene Schaufenster und drei mehr oder weniger zerstörte Autos. Sie strengen sich wirklich an.«

Einen Augenblick lang standen wir wortlos da und betrachteten den Flug der Ziegelsteine über die Vesterbrogade. Es sah aus wie ein surrealistische Gemälde.

Den einzigen Unterschied machten die Schädelbrüche. Die waren sehr real.

»Und was denkst du?«, fragte ich.

»Ich denke, es ist eine unglaubliche Schweinerei.«

»Ja, aber kannst du sie nicht auch ein bisschen verstehen?«

»Natürlich, deswegen ist es ja so eine Schweinerei. Und zwar von vorne bis hinten! Weißt du, ich habe mich für diesen Job entschieden, um Kriminelle zu jagen, und nicht, um Kinder auf die Straße zu setzen – und auch nicht, um mich auf Anweisung eines Immobilienspekulanten mit Kindern zu prügeln und ins Krankenhaus eingeliefert zu werden. Und so geht es uns im Großen und Ganzen allen.«

»Könnt ihr euch nicht wehren?«

»Wir haben es ja versucht. Und was ist passiert? Da sagen der Justizminister und der Polizeipräsident, dass es sich, wenn wir auch nur ein einziges Mal nachgeben würden, überall ausbreiten würde. Dann hätten wir überall in der Stadt Hausbesetzer, und wer könnte sich dann noch sicher fühlen? Ich habe nur eine Dreizimmerwohnung in Rødovre, aber die bezahle ich von meinem Lohn, und wenn ich zu Hause bin, möchte ich wenigstens dort meine verdammte Ruhe haben.«

Gerade in dem Augenblick, als Nielsen »Ruhe«, sagte, gerieten wir in Bewegung. Der enorme Druck einer Menschenmenge hinter uns hob uns geradezu hoch und trug uns vorwärts. Ich verlor den Kontakt zu Nielsen, während ich mich darauf konzentrierte, halbwegs auf den Beinen zu bleiben.

Was bis auf weiteres gelang – mir jedenfalls.

Andere waren weniger glücklich.

»Von hinten kommen noch mehr!«, rief irgendjemand. »Sie haben Verstärkung bekommen!«

Wessen Verstärkung dort kam, war noch nicht so recht klar. Das einzig Einleuchtende war, dass alle zusammen unweigerlich – wie von einer unterirdischen Strömung – vorwärts getrieben wurden, zur Vesterbrogade, dem Polizeikordon entgegen.

Es herrschte vollkommene Verwirrung. Einige schüttelten den Kopf, andere den ganzen Körper. Erneut erhob sich eine wilde Kakofonie ausgesuchter Flüche, Verwünschungen und Kraftausdrücke – die meisten davon so primitiv, wie derlei Dinge nun einmal zu sein pflegen.

Ich stolperte in einen Hauseingang, wo ich mich plötzlich einem alten Freund – oder eher einem »Bekannten« – namens Per gegenübersah. Per hatte sein ganzes Leben in diesem Viertel gewohnt, er war hier geboren, und wir sind uns unzählige Male an der einen oder anderen Ecke über den Weg gelaufen, und zwar in mehr oder weniger lichtscheuen Angelegenheiten.

»*We can't keep meeting like this*«, sagte Per.

Ein wahrer Vesterbroer wird jederzeit einem alten, wohl erprobten Kalauer den Vorzug gegenüber allen anderen Formen der Kommunikation geben.

»Was zum Teufel ist denn jetzt auf einmal los?«, fragte ich.

»Eine andere Gruppe von Hausbesetzern ist vom Enghave Plads her im Anmarsch«, antwortete Per so sachkundig wie ein Dozent an der Offiziersschule des Heeres, der eine historische Schlacht durchexaminiert. »Sie haben schon eine Stunde lang da unten gestanden und gewartet, bis die Zeit für einen kleinen Hinterhalt reif war.«

»Du hältst dich auf dem Laufenden, was?«

»Und was treibst du hier?«

Es blieb mir erspart, eine zweifellos dümmliche Antwort zu erfinden, als wir erneut von einer Welle erfasst wurden. Sie trennte uns endgültig. Per trieb nach links, und ich wurde nach rechts gespült.

Bevor ich ihn endgültig aus den Augen verlor, sah ich, wie er von hinten in einen Bullen fiel und diesen mit zu Boden riss – wo er auf seinem Schutzschild landete.

Ich versuchte mich aus der Menschenmenge herauszuarbeiten, aber jeder Versuch war schon von Beginn an zum Scheitern verurteilt. Panik breitete sich aus, wie überall, wo zu viele menschliche Wesen auf einmal versammelt sind. Wie in einem Theater, in dem ein Feuer ausbricht. Wie auf einer Autobahn zu Beginn des Wochenendes.

»Verdammt! Hast du mich etwa getreten?«

»Meine Brille – du Idiot!«

»Wer hat hier Idiot gesagt?«

»Du Pfeife!«

»Zuhälter!«

»Lasst mich doch raus!«

»Warum gerade dich?«

»Jetzt will ich dir mal was sagen ...«

Bevor ich hören konnte, was hier gesagt werden wollte, wurde ich an den Rand der Menschentraube gedrängt. Über vier, fünf Schulterpaare hinweg sah ich eine leere Fläche ohne ein einziges menschliches Gesicht – oder zumindest Gesichter, die es unter anderen Umständen waren oder gewesen sein könnten.

Es gelang mir, hinauszukommen – mit vereinzelten Ellenbogen im Gesicht, Kratzern an den Schienbeinen und dem bereits lange vorhergesehenen und einkalkulierten Verlust eines – gründlich gebrauchten – Hutes.

Das leere Fleckchen zwischen zwei der verfallenen und

verrottenden Blöcke an der Vesterbrogade war ein Baugrundstück, auf dem große Kieshaufen aufgeschüttet worden waren.

Offensichtlich hatte es sich noch kein anderer als Zufluchtsort auserkoren.

Ich ließ mich auf einen der Kieshaufen sinken, lehnte mich zurück, atmete aus reiner Gewohnheit aus und zündete mir – ebenso instinktiv – eine Zigarette an.

Im Lichte meines Feuerzeugs sah ich, dass doch schon andere auf dieselbe Idee gekommen waren wie ich. Ich war nicht allein.

Neben mir lag etwas.

Jemand.

Ein Mensch.

Genauer betrachtet: eine Frau.

3

Das Bemerkenswerte daran war nicht, dass es eine Frau war. Dergleichen hatte ich vorher schon gesehen. Sie breiten sich aus wie eine ansteckende Krankheit. Inzwischen findet man sie überall. Man kann ja kaum noch auf die Straße gehen, ohne dass einem das eine oder andere Exemplar ins Auge fällt.

Es lag eher darin, dass es eine vollkommen unbewegliche Frau war – ein seltenes Phänomen. Sie musste noch nicht einmal nach Luft schnappen, als sie mich erblickte.

Im Grunde hatte sie mich auch nicht erblickt, und sie würde auch niemals etwas Sehenswerteres, geschweige denn Schöneres erblicken – oder meinetwegen auch etwas Hässlicheres.

Sie war nämlich tot.

Ein seltsamer Ort, um zu sterben – an einem Kieshaufen auf einem verlassenen Baugrundstück.

Und dennoch, wenn es nun einmal geschehen muss ... Macht sich jemand, der ganz bescheiden zu Hause in seinem Bett stirbt, Gedanken darüber, ob sein Laken im Augenblick des Todes vielleicht ein wenig schmuddelig aussehen könnte?

Die Feuerzeugflamme gab ihr Äußerstes in der Dämmerung und verbrannte meine Finger, während ich die Umstände näher untersuchte.

Es war eine kleine, dünne, runzlige alte Dame. Ein absolut abgelebtes Geschöpf. Ich schätzte ihr Alter auf siebzig bis achtzig – im Lichte eines Feuerzeugs.

Ihr Gesichtsausdruck glich dem eines Tieres, das sich einfach in die Büsche geschlagen hatte, um im Bewusstsein der Tatsache, dass die Zeit gekommen war, in friedvoller Einsamkeit zu sterben.

Das Einzige, was diesem Eindruck widersprach, war das große, bunt geblümte Halstuch, das sie trug – an einem der heißesten Tage des Jahres. Ein Halstuch, das so stramm saß, dass sie es unmöglich selbst gebunden haben konnte.

Die Zigarette verbrannte mir die Finger. Eine nette Abwechslung zum Feuerzeug.

Ich löschte beides und fluchte mir äußerst zurückhaltend etwas vor – vollkommen gratis und ohne Eintritt bezahlen zu müssen.

Schon wieder!

Es sah langsam wie ein lebenslänglicher Fluch aus, ein unrevidierbares Urteil der Höchsten Instanz: Jedes Mal, wenn ich einfach nur spazieren ging, musste ich eine Leiche finden. Egal wo, egal wann.

Es musste von Anfang an sorgfältig geplant gewesen sein. Der Herrgott – oder wer auch immer es gewesen sein mochte – hatte sich die tägliche Ernte an Babys betrachtet und entschieden, dass der eine Komponist werden würde, der nächste Werftarbeiter, der Folgende wiederum Regierungsoberamtsrat – und dann hatte er nach einer Weile in diesem ganzen Haufen unter der Rubrik »Diverses« mich bemerkt und gedacht: »Hier haben wir den Mann, der über Leichen stolpern wird. Dafür ist er wie geschaffen.«

Ich beneidete unseren Herrgott um seinen Sinn für Humor. Ich fand nur, dass er – als guter Sportsmann – mir in aller Fairness eine Chance zur Revanche geben sollte.

Schlechte Witze, und wenn sie nur im eigenen Kopf stattfinden, nutzen gar nichts.

Und sind doch ein notwendiger Überlebensmechanismus.

Man braucht jedes Mal einen, wenn man vor einer Leiche steht.

Die Frau trug ein schwarzes Kleid, das so anonym war wie ihr Gesicht. Das Kleid war dermaßen abgewetzt, als wäre sie damit geboren worden. Es hatte keine Taschen. Sie hatte keine

Handtasche. Es gab nichts, was man hätte »untersuchen« können – es sei denn, sie hatte wichtige Papiere unter ihrem Kleid versteckt.

Von einer derartigen Untersuchung nahm ich Abstand.

Ich zündete mir noch eine Zigarette an und verabschiedete mich von dem Gedanken, eine friedliche Freistatt gefunden zu haben. Wie andere Große Geister, die vergeblich versucht hatten, einsam in der Wüste zu meditieren, stürzte ich mich ins Kampfgetümmel zurück.

Ich packte einen Polizisten am Arm, wobei uns gleichzeitig jemand anders mit behänder Brutalität gegen eine Wand drückte.

Der Hüter des Gesetzes packte *meinen* Arm und drehte ihn mir auf den Rücken, sodass er mich in einem klassischen Schuljungen-Schraubstock hielt.

»Angriff auf einen Beamten in Ausübung seines Dienstes«, sagte er lakonisch. »Das war gar nicht klug. Haben Sie Ihre Kapuze verloren?«

Seine Art zu sprechen klang irgendwie halbwegs intelligent – so etwas kommt vor, sogar unter Polizisten. Ich ergriff meine Chance.

»Ich habe versucht, Ihre Aufmerksamkeit zu erregen. Für diese Schlägerei trage ich keinerlei Verantwortung. Wenn Sie nur für einen Augenblick meinen Arm loslassen möchten, dann werde ich Ihnen meine Identitätsnachweise zeigen und Ihnen erklären, warum ich mit Ihnen sprechen wollte.«

Für einen Augenblick sah er skeptisch aus, bestimmt aufgrund der Tatsache, dass ich in der Lage war, ein so schwieriges Wort wie »Identitätsnachweise« aussprechen zu können, also bekam ich zunächst einmal die Gelegenheit, etwas anderes als nur seine Uniform zu betrachten. Er war ziemlich groß gewachsen, aber breit gebaut, sodass er auf den ersten Blick kleiner zu sein schien. Er sah aus wie ein ehemaliger Boxer aus einer der höheren Gewichtsklassen.

Er ließ meinen Arm zurückgleiten und hielt stattdessen meine Schultern in einem eisernen Griff. Erneut bereute ich es, seit mindestens zwanzig Jahren keine andere Art von Sport oder Leibesübungen aktiv betrieben zu haben als Knobeln oder Billard.

Ich zog meine Papiere hervor. Er hielt sie sich mit einer Hand vor die Augen und betrachtete sie, während er mich mit der anderen festhielt.

Er brummelte nachdenklich. Zweifel hatten ihn befallen.

Sofort nutzte ich meine Chance.

»Sind Sie vielleicht von der Polizeiwache am Halmtorvet?«, fragte ich höflich, als ob wir gerade ganz zivilisiert über einen Tisch in einem besseren Restaurant hinweg konversierten, wo es Messer und Gabeln und Stoffservietten und Bleikristallgläser und weiße Tischdecken gab.

»Ja«, antwortete er. »Warum?«

Ich setzte mein Verkäuferlächeln auf. Wie ein Immobilienmakler oder ein Gebrauchtwagenhändler.

»Ich kenne Polizeiinspektor Ehlers«, sagte ich. »Wir sind sogar fast befreundet. Und ich kenne auch seinen engsten Mitarbeiter – Kaspersen, falls Sie ihm schon einmal begegnet sein sollten. Ich kenne auch den alten Kellermann, den stärksten Polizisten der Stadt, der im Gewichtheben sicherlich immer noch eine Klasse besser ist als Sie. Sagt Ihnen das was? Und es ist gerade zehn Minuten her, dass ich Ihren Kollegen Nielsen getroffen habe.«

»Den Rothaarigen?«, sagte er.

Ein kleiner Test seinerseits.

»Nein, nicht der Nielsen. Ich meine den mit den kurzen blonden Haaren und der einzelnen Locke in der Stirn. Im Übrigen trägt er auf derselben Stirn zwischen fünf und sechs Runzeln, hat einen unruhigen Blick, ist untergewichtig und wirkt auf Fremde eher nervös. Seine überanstrengten Augen sind blau, und er ist etwa zehn Zentimeter kleiner als ich – und außerdem wohnt er in einer Dreizimmerwohnung in Rødovre. Das hat er mir selber erzählt.«

Der Bulle ließ meine Schulter los und ließ seine Hand bis zu meiner herabsinken. Er ging sogar so weit, sie zu drücken.

»O. K.«, sagte er. »Mein Name ist Lund Sørensen. Darf man jetzt endlich erfahren, worum es geht?«

»Ich bin nicht derjenige, der Sie daran gehindert hat, es zu erfahren.«

»Es ist ein verwirrender Abend, und ich war schon in drei, vier Prügeleien verwickelt. Sie müssen also entschuldigen, wenn es mir schwerfällt, mich durchgehend zuvorkommend zu verhalten.«

»O. K., das sind ja nur Kinkerlitzchen. Es verhält sich allerdings so, dass meine Arme – ganz allgemein im Alltag und beim Einkaufen, verstehen Sie – einen gewissen Nutzen für mich besitzen.«

Ich widmete ihnen eine tröstende Massage.

»Es geht einfach nur darum«, fuhr ich fort, »dass ich die Leiche einer älteren Frau auf einem Baugrundstück direkt hier nebenan gefunden zu haben glaube. Es tut mir leid, Sie deswegen behelligen zu müssen, aber sie ist anscheinend mit einem Halstuch mit sehr vielen Blumen darauf erwürgt worden.«

»Zeigen Sie es mir.«

Wir gingen gemeinsam hinüber – so dicht nebeneinander, dass es für die Leute um uns herum nicht ersichtlich war, ob wir nahe, vertraute Freunde waren oder ob ich festgenommen worden war.

Der Lärm ging, wie an anderen und fröhlicheren Arbeitsplätzen, hinter uns weiter.

»Bullenschweine! Bullenschweine!«

Der Schrei einer Frau durchschnitt die Luft. Für einen Augenblick ließ das Unwesen nach, sodass es ganz allein im Scheinwerferlicht glänzen konnte.

Dann fiel das Begleitorchester wieder ein.

Lund Sørensen beugte sich über die Leiche.

»Ja«, sagte er, nachdem er eine Weile nachgedacht hatte. »Das sieht ja gar nicht gut aus.«

»Vielleicht hat es früher besser ausgesehen.«

Er schaute mich vorwurfsvoll an.

Ich massierte erneut meinen Arm – nur um ihm zu zeigen, dass auch ich so meine Problemchen hatte.

»Kennen Sie sie?«

»Natürlich kenne ich sie. Sie ist meine Großmutter und heißt Frederikke Charlotte von Löwentzau, wohnt im Strandvejen 202, in dem Haus, das als Gelbes Palais bekannt ist, und besitzt vier Millionen Kronen an unveräußerlichem Vermögen, das sie in der Kreditforeningen Danmark angelegt hat, und ich bin ihr einziger Erbe, und als ich ihr zufällig vor zehn Minuten begegnete, dachte ich: ›Das ist die Chance meines Lebens‹, und ergriff sie sofort – sicherheitshalber trage ich stets ein geblümtes Halstuch bei mir, das jeder meiner Freunde sofort wiedererkennen würde – also marschierte ich los, um einen Bullen zu finden, damit der Todesfall umgehend entdeckt und offiziell registriert werden würde, denn dann kann ich mir das Vermögen zwei Tage früher auszahlen lassen und bereits am Mittwochvormittag den Flieger nach Venezuela erwischen, der ...«

Er schlug mir auf den Mund.

Das heißt: Er schlug mich nicht. Er legte seine Riesenhand auf meine Lippen, sodass kein Wort mehr herausdringen konnte.

»Jetzt weiß ich, wer Sie sind«, sagte er. »Ich habe auf der Wache schon von Ihrem Mundwerk gehört. Wenn Sie also hierbleiben würden, während ich Hilfe holen gehe. Sie brauchen nur ein paar Minuten zu warten.«

»Das ist sehr liebenswürdig von Ihnen. Erst schrauben Sie mich beinahe auseinander, und anschließend gehen Sie Hilfe holen.«

Er grinste und ging. Für einen Mann mit dermaßen unglaublichen Kräften wirkte er eigentlich recht sympathisch.

Ich schaffte bloß eine halbe Zigarette und konnte nur ein paar vereinzelte, geradezu verschämte Blicke zu der toten Dame hinüberwerfen, bis er mit Ehlers zurückkehrte.

4

»Was ist denn jetzt schon wieder los?«, fragte Ehlers.

Er klang, als hätte er für heute schon genug ertragen müssen. Wie ein Mann, der sich das Gesicht bei der morgendlichen Rasur zerschnitten, sich mit seiner Frau bis an die Grenze zur Scheidung zerstritten, mit seinem Chef gezankt hatte und drei Monatsmieten im Rückstand war. Der Unterton war unmissverständlich: Als wäre alles andere nicht schon genug ...

»Nur eine Leiche«, sagte ich.

»Nur eine einzige Leiche? Und dafür belästigst du mich – wenn es draußen auf den Straßen in den nächsten zehn Minuten Hunderte geben kann?«

»Du musst schon entschuldigen. Ich bin nur ein kleiner Einzelhändler. Süßigkeiten stückchenweise, vielen Dank.«

»Du stolperst ständig über Leichen.«

»Glaubst du, das wäre mir nicht bewusst? Es ist wie dieses kleine Schild über der Theke in manchen Wirtshäusern, du weißt schon: ›Kredit ist wie Sex: Nicht jeder bekommt ihn.‹ Dasselbe gilt auch für Leichen. Manchmal werde ich ganz nervös, wenn ich morgens die Treppe hinuntergehe und keine einzige Leiche sehe, über die ich stolpern könnte. Dann fühle ich mich entwurzelt und ziellos, wie der letzte Mensch auf dieser Welt.«

»Lügenmaul – du bist noch nie morgens die Treppe hinuntergegangen – du meinst wohl nachmittags.«

»Stänkerer. Morgens ist dann, wenn man aufwacht.«

»Dann ist dein Morgen wohl noch nicht gekommen – und es wird wohl noch ein paar Jahre dauern, bis er anbricht.«

Ehlers betrachtete missmutig die Leiche.

»Mein Gott!«, sagte er. »Sie sieht überhaupt nicht wie eine Leiche aus – jedenfalls nicht wie eine echte, staatlich geprüfte, kriminelle Leiche. Sie sieht eher aus wie eine Statue – eine Statue deiner oder meiner oder jedermanns Großmutter.«

»Das ist nichts anderes als ein neuer Vermummungstrick der Hausbesetzer«, erklärte ich. »Kapuzen sind mittlerweile aus der Mode gekommen, und der Polizei sind sie bereits zu gut bekannt. Sie lassen sich die dollsten Sachen einfallen, diese jungen Menschen. Sie sind so gewitzt.«

Lund Sørensen gluckste im Hintergrund. Ihm gefiel es, seinen Chef in dieser Gesellschaft zu erleben.

»Tja-a ...«, sagte Ehlers und berührte vorsichtig die Leiche. »Es kann wohl kein Zweifel daran bestehen, dass sie erwürgt wurde.«

»Ganz meine Meinung«, antwortete ich. »Aber sollten wir nicht besser stranguliert sagen? Das schindet mehr Platz in einem Zweispalter. Das haut rein! Das sieht sehr viel dramatischer aus – bis die Leser feststellen, was es bedeutet.«

»Manchmal hätte ich nicht schlecht Lust, einmal dich zu erwürgen!«

»Mit Lund Sørensen als Zeuge?«

Lund Sørensen grinste.

»Ich habe nichts gesehen«, sagte er. »Ich war gerade durch eine gefährliche Wendung in den Straßenkämpfen abgelenkt, als Sie spontan beschlossen, sich durch eigenhändiges Erwürgen selbst zu richten. Polizeiinspektor Ehlers könnte dies unter Eid bestätigen.«

Spaß beiseite. Hier standen wir nun: drei Mann vor einer Witwe.

Keiner von uns bewegte sich, weder die Witwe noch ihre Betrachter. Zum Ausgleich ging das lärmende Tohuwabohu um uns herum weiter. Die Luft war eine Klangcollage aus Flüchen und Schmerzensschreien, wenn jemand von einem der verfügbaren Wurfgeschosse getroffen wurde, die – wie alle Wurfgeschosse seit Beginn der Zeit bis zum heutigen Tag – jeden Beliebigen treffen konnten.

»Krankenwagen«, sagte Ehlers, »wenn er bis hierher durchkommen kann.«

Lund Sørensen ging.

Ehlers beugte sich über die Leiche und inspizierte, was es zu inspizieren gab. Dafür benötigte er an die zwei Minuten.

»Wir müssen nach ihr fahnden«, sagte er.

»Ja«, antwortete ich. »Sie hat nicht einmal so etwas wie einen Seniorenpass bei sich.«

»Fotografen, Arzt ...«

»Dr. Bang?«

Dr. Bang war der Polizeiarzt mit den häufigsten Einsätzen im Bezirk. Ein groß gewachsener, eleganter, stets gut gekleideter Herr, vor dem alle tiefsten Respekt hatten. Er verstand es, Leichen stets mit derselben Nonchalance zu behandeln, mit der er auch die Asche von einer Zigarre abstreifte.

Vermutlich betrachtete er beides als zwei Seiten derselben Medaille.

Wahrscheinlich hatte er damit recht.

»Bang ist im Urlaub«, sagte Ehlers. »Was nicht dein Problem ist.«

»Nein. Mein Problem besteht darin, zum *Bladet* zu kommen und ...«

»Ja. Ich weiß, was du sagen willst. Wenn du ein Foto von uns bekommen könntest, bevor wir es offiziell veröffentlichen – oder wenn du selbst einen Fotografen hierher beordern könntest, dann ...«

»Genau.«

»Ich kann es einfach nicht verstehen. Hier irren Tausende von Menschen durch die Gegend ...«

»Irren ist das richtige Wort.«

»... und wogen hin und her, und es gibt genug Augenpaare,

und es gibt weiß Gott auch schon genug Fotografen – und niemand hat diese Leiche vor dir entdeckt.«

»Das kannst du gar nicht wissen. Vor mir hat es noch niemand gemeldet. Es können schon fünfundzwanzig Menschen einen halben Meter von hier gestanden und gepisst und die Angelegenheit ernsthaft betrachtet haben, allerdings ohne sich in irgendetwas hineinziehen lassen zu wollen.«

»Ja«, murmelte Ehlers.

Jedenfalls ging ich davon aus, dass er irgendetwas in dieser Richtung murmelte. Er machte keinen übermäßig munteren Eindruck.

»Wie geht es deiner Frau?«, fragte ich.

Das war natürlich die dümmste Frage, die ich stellen konnte. Seine Frau war schon lange krank gewesen, und wenn er so aussah wie jetzt, dann war es unwahrscheinlich, dass sie gerade spontan mit wehendem Rock einen lustigen Charleston über den Küchentisch drehte.

Einen Moment lang sah er aus, als hätte er große Lust, mich zu schlagen. Wenn er es getan hätte, hätte ich volles Verständnis dafür gehabt.

Dann riss er sich zusammen.

»Nicht so gut«, sagte er.

Typisch dänisches Understatement. Damit wollte er vermutlich sagen, dass sie noch zwei bis drei Wochen zu leben hatte und dass er jeden Morgen ein Kreuz in den Kalender machte wie irgendein Wehrdienstleistender, der die Tage zählt, bis er wieder nach Hause darf.

Wir schwiegen eine Weile.

»Und bei dir?«, sagte er schließlich.

»Es geht«, antwortete ich.

Was auch kein Wort zu viel war.

Nach einer weiteren Weile wurde uns beiden klar, dass wir auf der Arbeit waren. Wir streckten unsere jeweiligen Rücken, und ich sagte:

»Was erwartet ihr davon?«

»Wovon?«

»Na, von dem Überfall auf die Hausbesetzer, verdammt noch mal – wovon denn sonst?«

»Ich dachte, du sprichst von der Dame hier ... Wir erwarten gar nichts. In einer Stunde ziehen wir uns planmäßig zurück.«

»Warum denn das?«

»Das ist ein übergeordneter administrativer Beschluss.«

»Und was heißt das im Klartext?«

»Im Klartext bedeutet das – und du darfst mich in diesem Zusammenhang nicht zitieren, und wenn du es tust, dann werde ich alles abstreiten, es gibt keine Zeugen, und ich werde dich und deine Familie bis in alle Ewigkeit verfolgen –, dass wir hergeschickt worden sind, um uns hinzustellen und uns Mauerteile auf den Kopf werfen zu lassen, um damit ganz prinzipiell – gemäß Paragraf 88, Absatz 14 – zu demonstrieren, dass Hausbesetzungen gegen das Gesetz verstoßen und dass die Ordnungskräfte bereitstehen, um die Verfassung durchzusetzen. Wenn sie das ein paar Stunden lang getan haben und sich dabei ein paar Schienbeine zertrümmern lassen, bedeutet das in der Praxis, dass der Justizminister seinen Wählern – und der Opposition – erklären kann, dass ein bedeutsamer, energischer, effektiver und professioneller praktischer Einsatz für die Rechtssicherheit in Dänemark geleistet worden ist.«

»Und dann?«

»Dann haben wir einen Monat lang Ruhe – bis zum nächsten Mal.«

»Ist es immer genau ein Monat?«

»Nein – warte mal einen Augenblick. Da gibt es einen Staatsbesuch – der französische Präsident kommt in einem Monat, und der muss bewacht werden. Das nächste Mal findet wohl erst in etwa sechs Wochen statt.«

»Dann sind ja alle Schädelbrüche halbwegs ausgeheilt.«

»Ja. Bis dahin werden höchstens noch ein paar Überstunden abgebummelt. Oder es gibt ein paar frühe Urlaube – mit Rücksicht auf die Wachpläne.«

»Findest du nicht, dass es eine Farce ist?«

»Was?«

»Das Ganze!«

»Was findest du denn?«

»Ich habe zuerst gefragt.«

»Weil du die Antwort schon kennst.«

Der Krankenwagen fuhr vor, während wir uns mit einem Nicken voneinander verabschiedeten. Ein mitternachtsdunkler melancholischer Abschied. Nicht etwa so ein munteres »Tschüss, altes Haus, bis demnächst!«.

Bevor ich weiterging, wandte ich mich noch einmal zu ihm um.

»Schickst du uns das Bild?«, fragte ich. »Oder soll ich einen Fotografen schicken?«

»Mach, was du willst«, antwortete Ehlers.

Ziemlich unhöflich – um nicht zu sagen: ungehobelt – und keine Art der Anrede, die den rechtlichen Verordnungen für beamtete Staatsdiener in Uniform entsprach.

Aber ich konnte ihn verstehen. Sogar beamtete Staatsdiener in Uniform haben Ehefrauen.

Von Fall zu Fall lieben sie diese Ehefrauen sogar – soweit es in ihren Kräften steht.

Und manchmal liegen diese Ehefrauen im Sterben, und das untergräbt natürlich selbst den angeborenen Sinn für Humor.

Ich tat, was Männer im Allgemeinen in Krisensituationen tun: Ich klopfte ihm so kräftig wie möglich auf die Schulter, zündete mir eine Zigarette an – und ging.

Entschlossen.

5

Am nächsten Morgen hatte Gott endlich beschlossen, die Sonne ein wenig herunterzudrehen und die Ressourcen zu schonen. Zum ersten Mal seit drei Tagen wachte ich auf, ohne schon beim Aufwachen zu schwitzen.

Wie ein haitianischer Zombie folgte ich meiner normalen Routine: Ich nahm ein Bad, rasierte mich, zog mich an, verließ meine spekulantenkontrollierte Slum-Immobilie, holte die Zeitungen – und taperte zu Ronnie im Gasværksvej hinüber, um meinen Morgenkaffee zu trinken.

Einem Zwillingszombie gleich stand Ronnie, wie an jedem verdammten anderen Morgen, mit einer Filterzigarette zwischen den Lippen hinter seinem Tresen und bediente halb verschlafen und quittierte die Bestellungen mit nicht mehr als einem Nicken. Ronnie gehört zu den äußerst wenigen – und immer seltener werdenden – Menschen, die nur reden, wenn sie etwas zu sagen haben.

Erst als ich die Zeitungen gelesen hatte, begann ich mir Gedanken darüber zu machen, was gestern Abend passiert war. Da sieht man mal, was ein gesunder Nachtschlaf alles bewirken kann.

Es war spät geworden. Es hatte eine Weile gedauert, sich aus den Tumulten auf der Vesterbrogade zu befreien, obwohl ich diplomatisch diskret von einem Hinterhof über einen Lattenzaun zur Frederiksberg Allé hinübergeklettert war. Es hatte eine Weile gedauert, bis es genug Fotos von der Leiche und den Unruhen gab, und noch eine Weile länger hatte es in Anspruch genommen, die Artikel zu schreiben.

Aber das alles geschah in der vergangenen Nacht, und ein

kluger Mann hatte einmal gesagt, so meinte ich mich erinnern zu können, dass das Wesentliche darin lag, sich auf das Hier und Jetzt zu konzentrieren. Und das Hier und Jetzt war: die Titelseite des *Bladet.* »Mord bei Straßenschlacht – Bladet-Reporter findet tote Frau.«

Otzen würde, wenn er das *Bladet* sah, mit meinem »aktiven« Journalismus sehr zufrieden sein.

Wie alle Journalisten las ich mir zuerst meine eigenen Artikel durch, bevor ich mir anschaute, was die Konkurrenten zum selben Thema herausgefunden hatten. Man muss nun einmal eine Marke setzen.

Sämtliche Zeitungen hatten die Hausbesetzer auf der Titelseite und große Fotos im Innenteil. Aus ihnen ging hervor, dass die Anzahl gebrochener Gliedmaßen, zerschlagener Fenster und beschädigter Autos eine neue Rekordhöhe erreicht hatte.

Wie üblich kommentierte jede Zeitung es auf ihre Weise. Das liegt wahrscheinlich an dieser »Demokratie«, über die so viele Reden geschwungen werden.

Im Leitartikel des *Bladet* hielten »wir« mit »unserer« Auffassung nicht hinter dem Berg, dass man »diese tragischen Ereignisse« als »ein weiteres ernsthaftes Warnsignal hinsichtlich einer hoffnungslos verfehlten Wohnungsbaupolitik«, betrachten müsse, der sich »unsere Jugend mit vollem Recht« entgegenstemmte. Wir brachten vier Bilder mit verprügelten Hausbesetzern.

Bei unserem konservativen Konkurrenten wurde betont, dass man die »Rechnung für jahrzehntelange Nachgiebigkeit gegenüber einer lautstarken, pöbelhaften oppositionellen Minderheit« präsentiert bekommen habe, die man stattdessen »mit allen verfügbaren Mitteln – zur Not auch unter Mithilfe des Militärs« zur Räson hätte bringen müssen. Sie brachten drei Fotos verletzter Bullen.

Die kommunistische Zeitung argumentierte, dass die Hausbesetzerkämpfe ein »Beweis für den Bankrott des Privatkapitalismus und des lebenswichtigen Wohnungsmarktes« seien. Sie hatten uns ein paar Bilder abgekauft. Selbst waren sie offensichtlich zu spät gekommen.

Die christliche Zeitung meinte im wahren christlichen Geiste, dass sich »alle Parteien mit Rücksicht auf unsere Gesellschaft, in der wir alle gerne leben wollen, zusammensetzen und eine vernünftige Lösung finden müssen«.

Das klang sehr vernünftig, aber auch sie brachten keine Bilder.

Ich gähnte und rechnete meine Zeilen zusammen. Es waren so viele, dass ich mir eigentlich einen freien Tag verdient hätte.

Aber heute war kein Tag, an dem man frei nehmen konnte. Vielleicht morgen.

Vielleicht. Das hing von so vielen Faktoren ab.

Von Leichen, Hausbesetzern und so weiter.

Ich ließ die Zeitungen liegen und begab mich relativ wach weiter zur nächsten Station meines Rituals, dem Stjernecafé.

Bob erblickte mich sofort. Es gab auch wenig andere zu erblicken – am Vormittag ist das Stjernecafé in der Regel halbleer und hauptsächlich den eingefleischten Gewohnheitstieren vorbehalten.

»Na, da bist du ja«, sagte er. »Hast du den Pulitzer-Preis bekommen, oder bist du nur der Mann des Tages in *Sauce & Mehr?* Heute sind schon drei Anrufe für dich eingegangen. Sie hatten alle vorher schon versucht, dich zu Hause zu erreichen.«

»Ich habe heute Nacht den Stecker herausgezogen. Wer war es?«

»Zuerst deine Frau, dann dein Chefredakteur und zuletzt dein Freund, der Polizeiinspektor. Alle drei haben dich gebeten zurückzurufen.«

»Vielen Dank. Ich hätte gern das Übliche – und einen Stapel Einkronenstücke.«

»Das wird wohl ein arbeitsreicher Tag für dich«, meinte Bob.

Er sagte es, wie er solche Dinge nun einmal zu sagen pflegt: komplett und vollständig ausdruckslos. Er stellte einfach nur eine Tatsache fest, auf dieselbe Art, wie er konstatieren würde, dass es doch verdammt kalt wäre oder eine verfluchte, faulige, flaue Hitze herrschte oder dass Henrik aus der Hausnummer 29 – »du weißt schon, der Dicke, der immer Bockbier getrunken hat und Asthma hatte« – gestorben wäre.

Ich nickte.

Kurze Zeit später hatte auch Bob einen arbeitsreichen Tag. Die Stammgäste begannen ernsthaft zu ihrer täglichen Wachparade hereinzumarschieren, und ich verzog mich mit dem Telefon an die abgelegenste Ecke der Theke.

Ich fing mit Gitte an. Man ist schließlich ein Gentleman.

»Nein«, sagte ich schnell, bevor sie überhaupt richtig loslegen konnte. »Nein, ich habe mich nicht die ganze Nacht in der Stadt herumgetrieben – jedenfalls nicht so, wie du denkst. Ich habe mir einen Bürgerkrieg angeschaut und bin über eine Leiche gestolpert und war den größten Teil der Nacht im *Bladet*. Danach war es zu spät, dich noch anzurufen, und ich habe den Stecker herausgezogen, damit ich noch ein bisschen Schlaf bekommen konnte.«

»Ich weiß«, sagte sie. »Ich habe das *Bladet* gelesen. Papa kauft es schließlich – deinetwegen.«

»Das ist aber lieb von ihm.«

»Behalt deinen Sarkasmus für dich. Es ist wirklich lieb von ihm. Er gehört zu den Vätern, die sich ernsthaft für das Leben ihrer Töchter interessieren – und sogar für das ihrer Freunde.«

Eilig wechselte ich das Thema. Ich versuchte sehnsüchtig zu klingen.

»Wann kommst du nach Hause?«

»In ein paar Tagen. Es hat ja keine Eile – wir haben es hier ganz gemütlich, Papa, Mama und ich. Und du hast ja sowieso jetzt viel zu tun.«

»Genau das hat Bob auch gerade gesagt.«

»Wir kennen dich. Wenn du erst einmal in Fahrt kommst – und das kann bei dir ziemlich lange dauern – dann ...«

»Pass bloß auf, dass du nicht zu sehr in Fahrt kommst.«

»Womit?«

»Das verrate ich nicht.«

»Wie soll ich denn dann aufpassen können?«

»Das solltest du die ganze Zeit tun – sicherheitshalber. Übrigens liebe ich dich immer noch, obwohl schon ganze zwei Tage vergangen sind.«

»Du wirst eben langsam alt und unflexibel und verlierst den Geschmack an neuen Herausforderungen. So ist das bei Männern in deinem Alter.«

Und so weiter.

Es ist ein großer Vorteil, wenn man eine Geliebte hat, deren Stimme musikalisch klingt und deren Sprache man versteht.

Die nächste Nummer auf der Liste war Otzen. Er war nichts als aufgeräumte Herzlichkeit von einem Kaliber, das man schwerlich ein zweites Mal findet. Nichts gegen Herzlichkeit – allerorten gibt es viel zu viel vom genauen Gegenteil –, aber aus irgendeinem Grund wirkt Otzen echter, wenn er einen zur Schnecke macht. Alles andere scheint ihm schwerzufallen – ganz gleich, wie sehr er an diesem angeborenen Handicap gearbeitet haben mochte.

»Glänzend, mein Junge!«, sagte er, sodass ich selbst durch den Telefonhörer des Stjernecafés mitbekam, wie der Aschenbecher auf seinem Schreibtisch hüpfte, als er zur Begleitung mit der Faust auf die Tischplatte schlug. »Das nenne ich Journalismus! Und morgen kommt dann die Fortsetzung?«

»Selbstverständlich«, antwortete ich. »Aber ich muss noch ein paar Nachforschungen anstellen – und ein bisschen Recherche – und so – und verschiedene – also, heute schaffe ich es wohl nicht zur Redaktionssitzung.«

»Mach dir darüber mal keine Gedanken! Zeitungen werden

nicht in Redaktionssitzungen geschaffen, sondern durch Storys!«

»Du hast selbst darauf bestanden, dass ich immer daran teilnehme.«

»Nur, wenn du Zeit hast, mein Junge! Und ob du sie hast, das bestimmst du natürlich selbst! Auf Wiederhören!«

»Auf Wiederhören«, sagte ich und legte auf.

Ich musste innerlich grinsen, aber nur innerlich: So ist nun einmal das Leben mit Otzen, und ich könnte ein Buch darüber schreiben. In den nächsten paar Tagen würde ich mir beinahe alles leisten können – aber auch nicht länger.

Es sei denn, natürlich, dass zufällig eine neue Story um die Ecke kam und mir freiwillig in die Arme sprang.

Ich gab Bob ein Zeichen, dass er mir noch einen Drink bringen sollte – und noch ein paar Einkronenstücke.

»Ich dachte, du hättest ein eigenes Telefon«, brummelte er. »Svend braucht ein Taxi, und du sitzt hier herum und klatschst und tratschst. Er wird langsam sauer.«

»Gib ihm einen von mir aus.«

Eine Minute später winkte Svend anerkennend mit einem Glas Pilsener zu mir herüber und prostete mir lächelnd zu. Er war zu der Schlussfolgerung gelangt, dass ich eigentlich ganz in Ordnung war. Vielleicht mit einer kleinen Telefoniermacke, aber im Prinzip trotz allem voll okay und ein Kumpel.

Der eine braucht Storys, der andere Pilsener. Jeder Mann hat seine Ansprüche, und es würde mich nicht überraschen, wenn es sich bei Frauen halbwegs ähnlich verhielte.

Das letzte Gespräch, das mit Ehlers, war kurz. Er meinte nur, dass die Leiche identifiziert worden sei und ob ich nicht bei der Polizeiwache vorbeischauen wolle? Ich sagte, dass ich das wolle, und nickte Bob zum Abschied aufmunternd zu.

Als ich gerade zur Tür hinausging, kam mir der Hübsche Jørgen entgegen, und wir begrüßten uns im Vorübergehen herzlich. Heute war wirklich mein Glückstag.

6

Die niedrigeren Temperaturen hatten sich bereits im Straßenbild niedergeschlagen. Die Prostituierten waren erneut bereit, ihr Gewerbe aktiv zu betreiben, die Drogensüchtigen hatten sich wieder zu ihrer täglichen Konferenz vor der Isted-Apotheke versammelt, und zwei Säufer hatten bereits eine Schlägerei vor dem Kirkepladsen angezettelt, ihrem bevorzugten, beliebten und – abgesehen von ihrer eigenen Gegenwart – beschaulichen Aufenthaltsort.

Ehlers tigerte rastlos durch sein staubiges kleines Büro am Halmtorvet. Er beschrieb ein rechtwinkliges Viereck zwischen seinem Schreibtisch und den Archivregalen mit den abgegriffenen Aktenordnern: vier Schritt geradeaus, Drehung, sechs Schritt zum Fenster, Drehung, vier Schritt am Schreibtisch entlang, Drehung, sechs Schritt zurück zum Ausgangspunkt. Zu seinem Unglück war das hier nicht Monopoly. Er bekam kein Geld, wenn er über Los ging.

Nachdem ich ihn zwei ganze Runden lang durch die geöffnete Tür beobachtet hatte, ohne dass er mich überhaupt bemerkte, hustete ich höflich.

»Entschuldige bitte, dass ich deine Morgengymnastik unterbreche«, sagte ich. »Ich bin überzeugt, dass sie die Ursache dafür ist, dass du so bewundernswert jung, schlank, geschmeidig, dynamisch und energisch geblieben bist. Wie lief es heute Nacht?«

Er drehte sich um und ließ sich mit einem dumpfen Dröhnen und einer resignierten Grimasse in den Urvater aller unbrauchbaren Bürostühle fallen, den er sein Eigen nannte, wobei er mit einer pathetischen Geste auf den gegenüberliegenden Stuhl deutete.

Ich nahm darauf Platz, wie schon so oft zuvor. Einmal hatte ich schon als Verdächtiger darin gesessen, später viele Male noch als Zeuge – inzwischen am häufigsten als eine Art inoffizieller oder gar illegaler Mitarbeiter. Ein kleines bisschen steigt man dann doch auf der Karriereleiter und kommt voran in der Welt – jedenfalls solange man die Messlatte nicht allzu hoch legt, und in der Regel ist es nicht einmal nötig, sich selbst all diesen Mühen zu unterwerfen. Das kommt mit den Jahren von selbst – fast unmerklich, ziemlich gratis und ganz diskret, ohne dass ein Wort darüber verloren wird.

»Was meinst du?«, fragte er. Er sah aus wie jemand, der an etwas ganz anderes dachte, der sich sechs, sieben Galaxien weiter auf Urlaub befand und gerade geweckt werden sollte – wie mitten in einem Traum –, und so hörte er sich auch an.

»Die Hausbesetzer«, sagte ich geduldig. »Bei Redaktionsschluss habt ihr euch immer noch geprügelt, und ich hatte nicht mehr genug Energie, um nach der Arbeit noch einmal dorthin zurückzukehren. Ich wiederhole: Wie ist es gelaufen?«

»Wie üblich.«

»Sprich doch Klartext. Du bist weder Sibylla noch das Orakel von Delphi, du bist ein stinknormaler, durchschnittlicher dänischer Polizeiinspektor im Bezirk Vesterbro.«

»Danke, das war mir bekannt ... Aber es lief tatsächlich wie üblich. Es war die allmonatliche Konfrontation, unter Freunden ›Monatsschmerzen‹ genannt, die Ergebnisse waren die gewohnten, und die Situation entspricht dem Status quo, was im ›Klartext‹ so viel bedeutet, dass alles immer noch so ist wie gestern. Die Hausbesetzer sind immer noch Hausbesetzer, sie arbeiten munter weiter daran, das Haus instand zu setzen und neue Backsteine für das nächste Mal zu sammeln, und ich war auf einer Vormittagskonferenz beim Polizeichef, wo wir – zum dritten Mal in drei Monaten – die Situation ›analysiert‹ und uns darauf ›geeinigt‹ haben – so behauptet er jedenfalls –, es mit einem neuen ›Überraschungsangriff‹ zu versuchen – irgendwann später, was so viel bedeutet wie in einem Monat oder an irgendeinem Abend, an dem es ohnehin nicht viel zu tun gibt. Ich war kurz davor, meinen Abschied zu nehmen.«

»Und warum hast du es nicht getan?«

»Warum hast du dich nie vom *Bladet* verabschiedet?«

»Verdammt noch mal, das habe ich. Mehrere Male sogar.«

»Ja, genau wie bei dem alten Witz: Es ist doch ganz leicht, mit dem Rauchen aufzuhören, ich habe es schon unzählige Male geschafft. Du bist schließlich jedes Mal wieder zurückgegangen.«

Da war etwas dran. Eigentlich zu viel, um die Sache weiter zu verfolgen.

»Du sagtest, die Leiche sei identifiziert worden?«

»Ja«, antwortete er mit einem schweren Stöhnen, als wäre das noch das Schlimmste von allem. »Ja, wir haben die Leiche identifiziert. Oder besser gesagt: Ein Ladenjunge aus Valby hat es für uns erledigt. Der Junge hatte das Bild im *Bladet* gesehen!«

Er legte eine Pause ein, um mit den Zähnen zu knirschen, was er mit der Liebe eines Künstlers zum Detail erledigte. Ich lächelte abwartend höflich zurück, obwohl ich selbst ebenso gerne mit den Zähnen geknirscht hätte.

Das war so ein kleines Spiel, das wir beide öfter spielten. Im Laufe der Jahre waren wir sehr gut darin geworden.

»... und rief uns sofort an, als er seine Kundin wieder erkannte. Ein aufgeweckter junger Mann – Klaus ist sein Name. Er geht bei dem Kaufmann in die Lehre.«

»Und wer war sie jetzt?«, fragte ich, nachdem ich meinen Notizblock aus der Innentasche und den Bic-Kugelschreiber aus der Ziertaschentuchtasche meiner Jacke gezogen hatte – stets der typische Journalist.

Eine vorzügliche Verkleidung für einen so genannten »Menschen«.

»Astrid Beate Andersen. Rentnerin, 72 Jahre. Wohnhaft in

Valby, Tværvej 24, 3. Stock. Bis zu ihrer Pensionierung vor zehn Jahren als ›Aushilfe‹ im Valby Supermarked tätig. Wohnte zusammen mit ihrer Schwester in einer Dreizimmerwohnung – für jede eines und dazu ein gemeinsames Schlafzimmer. Sie haben seit dreißig Jahren dort gewohnt – seit der Mann der Schwester gestorben war. Astrid hat anscheinend nie einen gehabt. Einen Mann, also.«

»Ladenjungen bekommen viel mit, was?«

»Ich habe die Angaben überprüft. Aber womit, zum Teufel, sollen sie ihre Zeit denn sonst totschlagen? Bist du nie Ladenjunge gewesen?«

»Ich habe nichts anderes getan – ungefähr von meinem dreizehnten bis zu meinem siebzehnten Lebensjahr.«

»So wie ich. Das gilt für alle Arbeiterkinder unserer Generation. Wenn du mal zurückdenkst – kannst du dich nicht an jeden einzelnen Ort erinnern, den du regelmäßig aufsuchen musstest, und an die Waren, die sie dort regelmäßig bekommen haben, und wie es dort gerochen hat und ob du Trinkgeld bekommen hast?«

Ich schloss für einen Augenblick die Augen und lehnte mich zurück, so weit, wie Ehlers' brüchiger Stuhl ein solches Projekt erlaubte.

Doch, ich erinnerte mich. Der Geruch. Die Treppen, die breiten wie die schmalen. Das Gewicht der Waren, die man in den Armen und auf dem Fahrrad ausbalancierte. Die Eingänge zu den Küchen oder den Waschküchen, wo die Kisten abgestellt werden sollten. Beim Weggehen die Münze oder Münzen in einer schwitzigen Hand. Die leeren Pfandflaschen. Runter, so leise wie möglich, um die »Bewohner« nicht zu stören. Wieder raus an die frische Luft.

Es kostete mich vielleicht eine halbe Minute, mehrere Jahre meiner unendlich fernen Vorzeit wieder aufzurollen. Vielleicht hatte Ehlers gerade das Gleiche gedacht, als ich ihn unterbrochen hatte.

»Ich hätte nicht gedacht, dass es solche Botenjungen heute noch gibt«, sagte ich. »Willst du mir etwa jetzt noch weismachen, dass er auf einem echten, schwarz lackierten, altmodischen Long John gefahren ist?«

»Genau das!«, antwortete Ehlers. »Genau so ein Fahrrad ist er gefahren. Es gibt sie immer noch – wenn auch nur in Stadtteilen, wo viele Rentner wohnen, die weder schwer tragen können noch ein Auto besitzen.«

»Hast du mit der Schwester gesprochen?«

Ich drohte ob meiner – und unserer gemeinsamen – Vorzeit mit Long Johns und Treppenschleppen sentimental zu werden. Ich lief Gefahr, in ein vollkommen anderes Universum zurückzustürzen. Ich stand so kurz davor, dass die einzige Rettung darin bestand, gnadenlos konkret zu bleiben.

»Ja«, erwiderte Ehlers. »Oder besser gesagt: Nein, habe ich nicht. Sie ist zusammengebrochen und eingeliefert worden, der Arzt hat ihr ein ›beruhigendes Mittel‹ verabreicht, wie er sich ausgedrückt hat, und wir können erst nach 15 Uhr mit ihr sprechen. Sie hatte noch nie zuvor erlebt, dass Astrid nicht zu Hause war, wenn sie selbst nach Hause kam, und wir trafen sie in einem Zustand an, den Bangs Vertreter – er heißt Ramowitz! – als ›psychotisch‹ bezeichnete. Sie ist jetzt im Krankenhaus. Ramowitz passt auf sie auf.«

Ich machte mir automatisch Notizen. Manchmal ist ein Bic-Kugelschreiber auch eine Art mentaler Rettungsring.

»Ich gehe davon aus, dass ich nicht ...«, begann ich.

»Doch«, brummte Ehlers, wandte mir den Rücken zu und verschränkte seine Arme hinter demselben. »Doch, das darfst du gerne. Komm um Viertel vor drei wieder, dann gehen wir gemeinsam hin. Du kannst uns gerne bis ins Krankenhaus begleiten – zu den üblichen Bedingungen.«

Er hatte meine Gedanken gelesen.

Ich im Gegenzug hatte seine Worte gedeutet.

Wir hatten schon längst – wie alte Ehepaare – unseren eigenen Kode entwickelt. »Die üblichen Bedingungen«, bestanden darin, dass ich nichts im *Bladet* schreiben durfte, was er nicht ausdrücklich gutgeheißen hatte.

Ich nickte.

Er nickte.

Auch das war ein Ritual.

Es war 12 Uhr, und ich stand auf, um zu gehen. Vielleicht hatte Ehlers ja noch drei, vier Runden zu gehen, bevor seine Yogaübungen überstanden waren.

»Aber, du«, fragte er, als ich die Tür öffnete, »kannst du dir vorstellen, wer so eine alte Dame umbringen könnte?«

»Nein«, antwortete ich. »Aber für die Frage bin ich auch die falsche Adresse. Ich habe mir noch nie vorstellen können, was irgendjemanden veranlassen könnte, irgendjemand anderen zu ermorden. Das liegt nicht nur daran, dass ich ein altes Blumenkind bin, wie man meine Generation zu nennen pflegt. Es kann doch niemandem entgehen, dass so etwas ein schlechtes Karma verursacht.«

»Mach dich nur lustig.«

»Warum glauben die Leute immer, dass man sich lustig macht, wenn man es ausgerechnet gerade nicht so meint? Ich meine das verdammt ernst. Die meisten Leute haben auch so schon genug Alpträume. Es gibt sie überall, auf dem Fernsehschirm und im wirklichen Leben. Es gibt doch keinen Grund, noch mehr davon zu fabrizieren.«

Ehlers fluchte.

»Wir sehen uns«, sagte ich.

»Wo willst du denn hin?«, fragte er.

Es war das erste Mal, dass ich bei Ehlers eine solche Angst vor dem Alleinsein gesehen habe, oder zumindest eine so große Lust auf Gesellschaft. Ich wagte es nicht, mich nach seiner Frau zu erkundigen. Da musste der Hund begraben liegen.

Auf der anderen Seite: Wenn er mit jemandem zusammen

sein wollte, dann konnte er Kaspersen anrufen und zu sich beordern. Er konnte Kellermann, Nielsen, Falk, Schmidt, Jacobsen, Quist oder meinen neuen Freund Lund Sørensen herbeordern. Er hatte eine ganze Polizeiwache, die er zu sich rufen konnte.

»Ich glaube, ich werde mir die Besetzer ein bisschen genauer ansehen«, sagte ich, ohne es mir überlegt zu haben, aber in einem Ton, als ob ich es mir schon lange überlegt hätte. »Ich glaube, ich werde zu ihnen gehen und mit ihnen über den Fall sprechen.«

»Sie haben sich verschanzt. Sie haben bis heute Morgen geradezu eine Festung errichtet – die haben noch nicht einmal geschlafen, haben noch genug Kraft, um darauf verzichten zu können. Du wirst niemals hineinkommen.«

»Ich habe einen Presseausweis.«

»Ein Grund mehr für sie, dich nicht hereinzulassen.«

»Wollen wir wetten?«

»Wozu? Sie wollen keine Journalisten sehen!«

»Aber sie lesen trotzdem Zeitung. Und das *Bladet* ist die Zeitung, die sich am deutlichsten hinter die Hausbesetzer stellt.«

»Das sieht euch ähnlich. Ihr fischt immer im Trüben!«

»Gibt es dort nicht die meisten Fische?«

Ehlers richtete sich auf.

»Okay«, sagte er. »Ich schließe folgende Wette mit dir ab: Ich setze eine Runde – nach deiner Wahl – darauf, dass sie dich nicht hereinlassen. Und ich wette eine weitere Runde – ebenfalls nach deiner Wahl – darauf, dass du, wenn sie dich doch hereinlassen sollten, nicht das Geringste herausfinden wirst.«

»Der letzte Punkt ist aber unfair.«

»Entweder so oder gar nicht.«

»*Deal. So long.*«

»Sprichst du irgendwann in deiner Freizeit auch mal Dänisch?«

In dem Moment, als Ehlers die Worte hervorstieß, hatte ich

die Tür bereits hinter mir zugezogen. Ich blieb einen Augenblick lang auf dem Treppenabsatz stehen und presste mein Auge an das Schlüsselloch seiner Tür, um zu sehen, ob er seine einsame Wanderung auf demselben rechteckigen Kurs wieder aufgenommen hatte.

Das hatte er, beharrlich und verbissen.

Also konnte ich guten Gewissens auch meine wiederaufnehmen, vielleicht nicht ganz so beharrlich und verbissen.

Das ganze Leben ist – erfahrenen Beobachtern zufolge – eine einsame Wanderung.

Warum also sollte man sich einen beliebigen Dienstag in diesem geschäftigen Ameisenbau mehr zu Herzen nehmen als irgendeinen anderen?

7

Im für Kopenhagener Verhältnisse klaren Licht der Mittagszeit sah der obere Teil der Vesterbrogade ganz anders aus als in der vergangenen Nacht. Ein bisschen stiller, aber nicht viel.

Die Straßenreinigung war gekommen, so wie sie auch nach einer stürmischen Nacht in der Diskothek kommt, so wie sie eigentlich immer kommt. Drei Mann gingen in aller Ruhe gleichzeitig lächelnd und fluchend herum, fegten Glasscherben auf und sammelten Steine in kommunalen Containern. Vier, fünf nahe gelegene Läden hatten Sperrholzplatten statt Glasscheiben in den Fenstern. Die meisten von ihnen hatten geschlossen – bestimmt, weil die Inhaber gerade mit ihren Versicherungsgesellschaften verhandelten.

Vermutlich vergeblich. Versicherungsgesellschaften haben einen besonderen Ausnahmeparagrafen – einen unter vielen –, der »zivile Unruhen« zum Gegenstand hat, und wenn die Ladeninhaber das bislang nicht gewusst hatten, dann wussten sie es jetzt.

Das besetzte Haus, der eigentliche Grund der Auseinandersetzung, lag verschanzt hinter einer liebevoll mit Glasscherben und Stacheldraht dekorierten Steinbarrikade. Ich riskierte ein paar ohnehin recht abgetragene Beinkleider und kletterte darüber hinweg.

Aktiver Journalismus.

Auf dem Hof vor dem Haus standen zwei junge Kerle mit aufgesetzten Kapuzen. Sie sahen mich an, als würde ich gerade in ein geheimes NATO-Sperrgebiet eindringen.

»Was willst du?«, fragte der eine ohne Umschweife.

»Mit euch reden«, antwortete ich. »Ich bin Journalist.«

Ich zog ein weiteres Mal meinen alten, zerknitterten Presseausweis aus der Tasche. Dieser Ausweis bekam selten Gelegenheit, sich zu langweilen. Er kam viel an die frische Luft und begegnete jeden Tag vielen neuen, interessanten Menschen.

»Hm«, sagte der eine und gab mir wie ein Passkontrolleur den Ausweis zurück. »Was willst du denn wissen?«

»Ich möchte einfach nur euren Kommentar zu dem, was gestern passiert ist.«

»Wir geben eine Pressemitteilung heraus, sobald wir sie auf unserer Hausversammlung beschlossen haben. Wir sprechen nicht mit bürgerlichen Journalisten – nicht mehr.«

»Bürgerlich? Das *Bladet* steht doch hinter euch. Wir haben immer ein paar Spalten für euch frei gehalten.«

»Nach euren Bedingungen, ja. Nur, wenn es Straßenkämpfe gegeben hat.«

»Quatsch. Es stimmt, dass wir über die Zusammenstöße geschrieben haben, wenn sie geschehen waren. Aber es hat auch Kolumnen und Leitartikel gegeben ...«

»Die liest doch sowieso niemand«, sagte der andere.

»Ihr konntet sogar in unserer Kolumne schreiben«, antwortete ich. »Unzensiert. Um selbst eure Meinung zu sagen. Und ihr selbst hattet darum gebeten.«

»Ja – und ein paar Tage später schreibt ihr, wir hätten sechs Polizisten verletzt.«

»Verdammt noch mal, das hattet ihr ja auch.«

»Ja, aber warum? Das ist doch die entscheidende Frage. Nicht, was wir taten, sondern warum wir es taten.«

»Ich glaube, mittlerweile ist bei den Leuten der Groschen gefallen, warum ihr es tut. Ich glaube auch, dass die Leute mit dem Warum im Großen und Ganzen mit euch einer Meinung sind – aber vielleicht nicht über das Wie. Habt ihr nicht das *Bladet* von heute gelesen?«

»Doch.«

»Könnt ihr denn nicht erkennen, dass wir euch ganz schön unterstützen?«

»Das sagt ihr. Und gleichzeitig nutzt ihr uns aus.«

»Wie denn das?«

Der Erste übernahm wieder die Führung. Er war der Aggressivere der beiden.

»Ihr schreibt zum Beispiel so etwas wie: ›Während dieser dramatische Kampf zwischen der Polizei und den Hausbesetzern sich unter der gespannten Aufmerksamkeit ganz Vesterbros entfaltete, wurde die einsame Leiche einer älteren Frau auf einem benachbarten Grundstück gefunden.‹«

»So war es auch. Ich habe sie sogar selbst gefunden.«

»Das mag ja sein, aber während sich ›dieser dramatische Kampf entfaltete‹, wurden auch in Südafrika zwölf Farbige auf einer Demonstration gegen Rassendiskriminierung erschossen. Es gab blutige Kämpfe zwischen Palästinensern und Israelis. In ganz Schweden gab es massive Proteste gegen Atomkraftwerke. Außerdem starben in der Istedgade drei Drogenabhängige an unverschnittenem Heroin – drei Drogenabhängige, die einfach so auf dem Bürgersteig umgefallen sind, weil sie keinen Ort hatten, zu dem sie gehen konnten, so wie wir morgen vielleicht auch keinen solchen Ort mehr haben. Und ...«

»Ja«, antwortete ich. »Ja, ja, ja. Und die Rock-Heroe Sting gab ein Konzert auf dem Roskilde-Festival und war für eine angemessene Gage, mit der ihr euer Haus kaufen könntet, verdammt revolutionär, und Frank Sinatra trat unter enormem Beifall in der Hollywood Bowl auf und sang, dass er es auf seine Weise gemacht hat, und Ronald Reagan war auch da, um sein 1001. Abschiedskonzert zu feiern. Und der Chef der Vereinigten Dänischen Kreditvereine trat heute zurück und kriegte einen goldenen Handschlag, und gleichzeitig schloss ein Fischgeschäft am Søndre Boulevard, weil Herr und Frau Thomsen ›ihren Ruhestand gemeinsam mit den Enkelkindern genießen‹ wollten. Na, und?«

»Kannst du das nicht begreifen? Ihr seid diejenigen, die den Leuten sagen, was sie denken sollen!«

»Die Leute können ganz gut selber denken.«

»Können sie das?«

Er schleuderte mir die Frage direkt ins Gesicht, mit der ganzen trotzigen Selbstgewissheit und der ganzen energischen Kompromisslosigkeit, die leider – musste ich in einem unwillkürlichen, unfreiwilligen Flashback einsehen – mit zunehmendem Alter Tag für Tag von den wechselnden, nie nachlassenden Wellen weiter ausgehöhlt und untergraben werden.

Er hatte da wirklich einen Punkt erwischt.

Es war schwer, ihm eine ehrliche Antwort zu geben, also zündete ich mir stattdessen eine Zigarette an.

Er setzte sofort nach, mit derselben Entschlossenheit wie ein Boxer, der gesehen hat, dass sein Gegner groggy ist.

»Ihr seid diejenigen, die darüber bestimmen. Ihr erzählt den Leuten, wie die Dinge zusammenhängen. Wenn ihr unseren Kampf mit dem Fund einer toten Frau in einen Zusammenhang stellt, dann fassen die Leute es so auf, als hätten wir diese Frau umgebracht. Wir sind dann die Mörder. Alles ist allein unsere Schuld – weil wir unser Zuhause verteidigen.«

»Das steht nirgendwo geschrieben.«

»Vielleicht nicht direkt – aber ihr vermischt die Dinge miteinander.«

»Das müssen wir gar nicht tun – die Dinge sind vorher schon miteinander vermischt – gut und gründlich. Alles ist bereitet. Der liebe Gott, oder wer auch immer, hat die ganze Sauerei vier, fünf Mal durch seinen Cocktail-Shaker gejagt. Du selbst bist ein gutes Beispiel. Du redest von Südafrika und Schweden und der ganzen Welt und bringst alles durcheinander. Ich spreche in aller Bescheidenheit einfach nur von der Vesterbrogade. Die Leiche lag nur zwanzig Meter von hier entfernt.«

»Aber wir haben doch nichts damit zu tun.«

»Woher wollt ihr das wissen?«

»Was zum Teufel willst du damit sagen?«, entgegnete der Aggressivo und machte zwei Schritte auf mich zu.

Sein Kamerad legte ihm beruhigend die Hand auf die Schulter. Der Kamerad gehörte anscheinend zu den Leuten, die zuhören können. Eine seltene Eigenschaft.

»Ich will damit sagen«, sagte ich schleppend und überdeutlich, »dass eine solche Sache, wie sie gestern passiert ist, auch ein paar andere Dinge in Bewegung bringt, das kommt ganz automatisch. Wenn die Luft dermaßen von Aggression gesättigt ist, kann es passieren, dass irgendein Verrückter – der selbstverständlich nicht direkt mit euch in Verbindung stehen muss – sich davon inspirieren lässt. Wenn irgendwo so viel – ich versuche mich höflich auszudrücken – Unruhe herrscht, ist es leichter, solche Taten zu begehen, ohne dass sie jemand im allgemeinen Durcheinander bemerkt.«

Der Aggressivo dachte nach.

»Das ist nicht völlig aus der Luft gegriffen, Kim«, sagte der Kamerad. »Das ist so wie mit den Rockern und den Hooligans, die jedes Mal dazukommen.«

»Warum interessierst du dich denn für diese Angelegenheit?«, fragte Kim – falls sie nicht Decknamen benutzten.

»Was zum Teufel treibt ihr denn da unten?«, rief eine schrille Mädchenstimme aus einem Fenster im ersten Stock, das plötzlich aufgerissen worden war.

»Augenblick noch. Wir kommen gleich.«

Das Fenster wurde wieder geschlossen. Taktfeste Hammerschläge ließen ahnen, dass es von innen verrammelt wurde.

Belagerungszustand nennt man so etwas wohl. Seit den Geschichtsstunden meiner Schulzeit hatte ich nicht mehr an dieses Wort gedacht. Und das ist eine ganze Weile her.

Ich trat meine Zigarette aus, zündete mir eine neue an und nahm mich zusammen, um diese Frage zu beantworten, so gut ich eben konnte – was nicht allzu gut war. Das war mir klar. Fürwahr.

»Ich bin Journalist«, sagte ich. »Ich suche nach der Wahrheit, nicht mehr und nicht weniger.«

»Du suchst nach einer Schlagzeile.«

»Der Wahrheit in einer Schlagzeile.«

»Ja. Um Geld damit zu verdienen.«

»Ich muss auch leben.«

»Das sagt ihr Kleinbürger alle. Warum musst du leben? Was tust du Gutes für andere Menschen?«

Das saß. Ein großer Heuchler ist allerdings nie aus mir geworden.

»Tja«, räumte ich ein. »Damit könntest du verdammt recht haben.«

Kim trat einen Schritt zurück.

»Du gibst es zu?«, fragte er.

»Warum sollte ich es nicht gleich zugeben? Ihr könnt natürlich nicht wissen, wie meine Lage ist, schließlich seid ihr im Großen und Ganzen gerade erst in diesem Stadtbezirk angekommen, ich hingegen habe meine vollen vierzig Jahre in diesem stinkenden, schwefeldunstigen Sumpf verbracht, und ohne irgendeinen besonderen Lebenszweck – geschweige denn den Zweck, gerade hier zu leben – bin ich offensichtlich lieber am Leben als tot, das fällt mir doch immer wieder auf, und die einzige Art, wie ich leben kann, besteht darin, Artikel für das *Bladet* zu schreiben. Ich schreibe sie, so gut ich kann, so ehrlich, wie ich darf. Das ist alles.«

»Kommt jetzt rauf! Es ist Hausversammlung, jetzt!«, rief dieselbe Mädchenstimme wie vorhin.

Ich schaute unwillkürlich nach oben. Das Fenster war jetzt von innen mit Sperrholzplatten vernagelt – ganz von derselben Art, wie sie die Ladeninhaber für ihre zerschlagenen Schaufenster verwendeten.

»Und?«, fragte ich.

»Wir wissen nichts darüber«, sagte Kim. »Und es ist nicht unser Problem. Du findest alleine raus, oder?«

»Sicher«, antwortete ich. »Das schaffe ich schon. Aber schafft ihr es auch?«

Sie warteten einen Augenblick ab, um mir dabei zuzuschauen, wie ich über ihre Barrikade kletterte. Sie sagten nichts mehr. Was bewies, dass das tatsächlich eine gute Schlusspointe gewesen war.

8

Ich widerstand nicht der Versuchung, auf dem Rückweg im Stjernecafé einzukehren. Es gab auch keinen Grund, zu widerstehen. Leute, die sich einfach nur ziellos umhertreiben lassen und dabei Versuchungen widerstehen, sind nicht besonders schlau. Ihnen entgeht so einiges, und in der Regel wissen sie nicht einmal, was.

Bob brummte nur, als er mein Bier vor mir abstellte. Mit einer Akzentuierung des Blickes deutete er an, dass der Hübsche ihm etwas vorgesungen hatte und dass ich als Nächster an der Reihe wäre.

»Jetzt sperr mal die Ohren auf«, sagte der Hübsche. »Ich habe ein neues Lied geschrieben.«

»Ich kann kaum erwarten, es zu hören«, antwortete ich.

Ich formulierte die Antwort sehr ruhig, beinahe wie im Schlaf. Ironie ist bei dem Hübschen die reinste Verschwendung – das musste man ihm lassen.

Er nahm es dann auch ohne weiteres wörtlich.

»Es geht um die Hausbesetzer«, fuhr er fort. »Es hat den Refrain: ›Besetzt eure Stadt/und macht sie akkurat!‹«

»Echt?«, antwortete ich. »Das klingt doch gut.«

»Ja, findest du nicht?«

»Doch, doch. Ganz außergewöhnlich!«

Der Hübsche verfiel in eine seiner, unter den Stammgästen des Stjernecafés so berühmten, berüchtigten und oft bezeugten besonderen Hübschen-Trancezustände: Er beugte sich über die Theke und begann mit den letzten zerfurchten, verrosteten Resten einer Stimme, die vor zwanzig Jahren ein Hit gewesen war, leise zu singen:

Spekulanten gibt es reichlich
Doch das Volk ist unerweichlich
Nie werden sie uns unterkriegen
Wir werden sie mit Macht besiegen!
Besetzt eure Stadt
und macht sie akkurat.
Jeder hat ein Recht auf Wohnung
Drum steh und kämpfe ohne Schonung!
Nieder mit der Tyrannei!
Nur gemeinsam sind wir frei!
Besetzt eure Stadt
und macht sie akkurat!

»Das ist natürlich nur ein erster Entwurf, weißt du«, fügte der Hübsche mit angemessener Bescheidenheit hinzu. »Aber ich finde, es ist ein Lied mit einer Botschaft.«

»Sicher«, antwortete ich. »Ich habe sie gut verstanden.«

»Gefällt es dir?«

»Es ist eines deiner besten.«

»Findest du wirklich?«

»Ja, ja.«

Ich hatte gut reden, das war ja nicht einmal eine Lüge. Und wenn es eine war, dann hätte er es nicht bemerkt.

Der Hübsche ist wie ein Kind. Er muss immer wieder, am liebsten vier, fünf Mal hintereinander, oder so oft man die Kraft und die Energie dafür aufbringt, gesagt bekommen, dass er absolut einmalig und überhaupt Weltspitze ist.

Auf der anderen Seite sind nach den bescheidenen Erfahrungen meiner vierzigjährigen Existenz die meisten Menschen nicht anders. Daran kann man nicht viel ändern. Man muss nur weniger Zeit, und zwar Lebenszeit, opfern, wenn man es ohne großes Murren akzeptiert und ihnen nach dem Mund redet. Sie werden ohnehin nie erwachsen.

»Vielen Dank für den Gesang«, sagte ich. »Ich muss weiter.«

»Warum hast du es denn so eilig?«, fragte der Hübsche. »Warum habt ihr es bloß alle so eilig? Welchen Illusionen jagt ihr hinterher? Leeren Statussymbolen, nichtigen Ambitionen ...«

Bob lupfte den äußersten rechten Zipfel einer Augenbraue. Das hieß: Jetzt geht die alte Leier wieder los.

»Ich muss meine Miete bezahlen«, antwortete ich. »Größere Ambitionen habe ich nicht.«

»Doch«, sagte Bob. »Es geht ein kleines bisschen weiter: Du – und ich auch, im Übrigen – wir müssen auch die Miete der Hausbesetzer bezahlen. Wenn auch nicht direkt, dann doch über die Sozialhilfe.«

»Es ist doch keine Schande, von der Sozialhilfe zu leben!«, sagte der Hübsche aufrichtig aufgeräumt. »Ich selber tue es auch! Ja, wenn wir eine andere Gesellschaft hätten ...«

»Ja«, antwortete Bob. »Wenn wir sie hätten, dann würde jeder in einer Villa mit Sauna und Swimmingpool und Dreifachgarage am Strandvejen wohnen, und gebratene Tauben mit provenzalischen Kräutern und einer Soße aus Jahrgangsburgunder würden uns automatisch dreimal am Tag in den Mund fliegen. Seltsam, dass bislang noch niemand auf diese Idee gekommen ist.«

»Genau darum geht es doch!«, sagte der Hübsche voller Enthusiasmus. »Es geht darum, den Reichtum einer Gesellschaft auf eine ganz andere Weise zu verteilen, als wir es jetzt tun. Das System ist doch auf diejenigen zugeschnitten, die das Geld haben. Sie bestimmen – zu ihrem Besten. Wir anderen ...«

»Hast du ein Aspirin?«, fragte Bob.

Die Frage war an mich gerichtet.

Der Hübsche versteht, wie gesagt, keine Ironie.

»Ich habe meine schon alle aufgegessen, Bob.«

»Ihr solltet die Finger von diesem Dreck lassen!«, sagte der Hübsche. »Die Pharmaindustrie vergiftet die Leute nur! Da habt ihr unsere Gesellschaft in einer Nussschale! Solange man die normalen Leute mit irgendeiner chemischen Pisse betäuben kann, bleiben die Machthaber am Drücker, und so lange wird sich auch nichts ändern. Aber eines Tages wird das Volk aufstehen ...«

»Vom Barhocker«, murmelte Bob.

»Und dann werden wir eine ganz neue Gesellschaft haben!«, trumpfte der Hübsche auf. »Eine vollkommen andere.«

»Das wird bestimmt lustig«, antwortete Bob lakonisch. »Ich freue mich schon wie verrückt darauf. Will bis dahin noch jemand etwas trinken?«

Das war es. Man kann die romantisch revolutionären Pläne des Hübschen jederzeit stoppen – mit einem Pilsener im rechten Augenblick.

Dies gilt generell für die meisten revolutionären Kräfte in unserem Stadtbezirk.

Vielleicht auch außerhalb davon. Wer weiß?

Ich fühlte mich müde und alt. Und ich war ehrlich genug zuzugeben, mir selbst gegenüber jedenfalls und in einer solch ausgesuchten Gesellschaft, dass es wahrscheinlich daran lag, dass ich müde und alt war.

»Ich habe noch ein neues Lied geschrieben«, sagte der Hübsche.

Der Hübsche ähnelt gewissen Schauspielern, die ich getroffen habe: Er schert sich nicht darum, wenn ein Gespräch in eine ganz falsche Richtung läuft. Eine falsche Richtung bedeutet in diesem Zusammenhang, dass es sich nicht um ihn selbst dreht.

Ganz bestimmt eine sehr menschliche Eigenschaft – wie so viele andere Schweinereien.

Bob hatte plötzlich unheimlich viele Gläser zu putzen – nicht ohne ein nervöses Zucken im Nacken.

»Ich werde ein Lied für dich singen«, antwortete ich. »Hübscher, du hast mir schon so viel in so vielen Jahren vorgesungen. Aber jetzt bin ich mal dran – dir ein altes Lied vorzusingen. Ganz speziell für dich.«

Das gefiel ihm nicht besonders, aber er konnte sich dem kaum entziehen. Ich zückte seine eigenen Waffen gegen ihn selbst.

Manchmal ist das der einzige Ausweg.

Bob grinste wissend.

Ich stimmte das Lied an. Leise, aber falsch genug, um echt zu klingen.

Schöner Gigolo, armer Gigolo,
Denke nicht mehr an die Zeiten,
Wo du als Husar, goldverschnürt sogar,
Konntest durch die Straßen reiten.
Uniform passée, Liebchen sagt adieu,
Schöne Welt, du gehst in Fransen.
Wenn das Herz dir auch bricht,
Zeig ein lachendes Gesicht.
Man zahlt, und du musst tanzen.

»Darauf gebe ich eine Runde aus«, sagte Bob. »Das passt auf alles. Gaukler, Husaren, Nutten, Musiker und Kellner ...«

»Journalisten«, fügte ich hinzu.

»Und viele andere auch – beinahe alle.«

»Warum ›beinahe‹? Gibt es Geld, das nicht stinkt?«

»Nee.«

»Ihr seid Zyniker«, beschwerte sich der Hübsche. »Ihr seid verdorben. Ihr habt keinen Sinn für die wahre Schönheit des Daseins.«

Bob deutete auf die Fensterscheibe.

»Sprichst du von der Schönheit da draußen?«, fragte er. »Die Drogensüchtigen, die Nutten und die Penner? Die Haifische, Spekulanten und Razzien?«

»Das sind doch auch nur Menschen«, sagte der Hübsche standhaft.

»Fliegen sind auch nur Fliegen, ganz egal, wie viele sie sind und wie sie einen nerven und was für Krankheiten sie verbreiten«, antwortete Bob. »Sie bleiben immer Fliegen, und Ratten bleiben immer Ratten, so sind sie nun einmal, und Schlangen bleiben immer Schlangen. ›Mensch zu sein‹ ist keine besondere Qualifikation, es ist eine Artbezeichnung – so hieß es jedenfalls, als ich in die Schule ging. Auch Hitler war ein ›Mensch‹. Der jetzige Ministerpräsident, den du dermaßen hasst und über den du gestern zwei Stunden lang geredet hast, ist auch ein ›Mensch‹. Na und?«

Der Hübsche sagte nichts.

»Und«, fuhr der ansonsten so schweigsame Bob fort, wo er jetzt nun schon ausnahmsweise sein inneres Tonbandgerät aufgezogen hatte. »Spekulanten sind auch Menschen, oder? Genau wie die Hausbesetzer auch, nicht wahr? Oder gibt es Menschen, die ein bisschen mehr Mensch sind als andere?«

Der Hübsche seufzte hohl – und trank.

Ich folgte seinem Beispiel und verabschiedete mich.

Ich fühlte mich noch älter und müder, als ich mich über den Halmtorvet zu Ehlers begab.

Der Halmtorvet sah aus, als ginge es ihm genauso.

9

»Und?«, fragte Ehlers.

Dieses Mal saß er in seinem Schreibtischstuhl – aber so peripher, dass es aussah, als hätte er sich eben erst gesetzt, als er meine zielstrebigen Schritte auf der Treppe gehört hatte.

»1:1«, antwortete ich. »Sie haben mich hereingelassen. Und ich habe nichts erfahren können – abgesehen von ein paar wertvollen Tipps und interessanten Informationen darüber, was heutzutage in unserer Gesellschaft im Argen liegt.«

»An derartige Informationen kann man überall kommen«, sagte Ehlers trocken. »Sie schwirren in der ganzen Stadt herum. Und kosten in der Regel nichts.«

»Ich weiß. Im Stjernecafé habe ich auch ein paar bekommen. Insgesamt eine große Hilfe.«

»Das glaube ich gerne. Viel Spaß damit! Wollen wir jetzt fahren?«

»Tja . . .«

»Du klingst wenig enthusiastisch.«

»Ich bin deprimiert. Ich stehe nicht so auf Krankenhausbesuche. Und mit meinen *bedside manners* gegenüber älteren Damen ist auch kein großer Staat zu machen.«

»Und bei den jüngeren?«

»Noch weniger, glaube ich. Es ist einfach nicht mehr besonders viel übrig, mit dem man Staat machen könnte.«

»Gut, mein Freund. Jetzt wirst du langsam erwachsen. Hab ich mir doch gedacht, dass es eines Tages passieren würde.«

Wir fuhren. Unterwegs sprach Ehlers nur einen einzigen Satz: »Sie heißt Karen Amalie Sørensen.«

Ich sprach einen weniger.

Das Einzige, was man von Karen Amalie Sørensens physischer Erscheinung in einem bescheiden ausgestatteten kommunalen Einzelzimmer sehen konnte, war ein Paar erschrockener grauer Augen, die tief in einem zerfurchten Gesicht versunken lagen, das sich anscheinend nur mit allergrößter Anstrengung von den Kissen lösen konnte, als ob es dieses Projekt am allerliebsten aufgeben und nie wieder angehen wollte.

»Es tut uns ausgesprochen leid, dass wir Sie behelligen müssen«, begann Ehlers. »Wir tun es nur äußerst ungern, aber Sie werden sicher verstehen ...«

Er drosch artig seine Phrasen. Eine glatte Eins. Ehlers hat gute Manieren, wenn er sie denn einmal zeigt. Auf der Polizeischule muss er ein wahrer Musterknabe gewesen sein. Danach vielleicht auch noch?

»Ich kann Ihnen nicht helfen ...«, sagte eine dünne Stimme, die klang, als wäre es ein kolossale, knochenberstende Kraftanstrengung, allein diese fünf Worte herauszuflüstern. »Ich würde gerne, aber – ich kann es nicht begreifen ... Ich kann nichts tun ...«

Ehlers erklärte, dass er vollstes Verständnis dafür habe und einfach nur seine Pflicht tun müsse.

Sie nickte verständnisvoll zurück.

»Ich nehme an«, sagte er höflich, »dass Ihre Schwester nicht, hm, abends auszugehen pflegte?«

»Niemals. Sie war ... sehr schüchtern. Hatte Angst vor anderen Menschen. Fast wie eine Art Krankheit. Sie konnte ... andere Leute nicht ertragen. Ich glaube, deswegen hat sie auch nie geheiratet. Das war auch der Grund, warum ich zu ihr zog, nachdem Axel, so hieß mein Mann, gestorben war. Ich war wahrscheinlich die Einzige, vor der sie keine Angst hatte ... nicht mehr.«

»Wissen Sie, ob es einen bestimmten Grund dafür gab, dass sie so ängstlich war?«

»Sie war schon immer sehr ... verschlossen. Schon als Kind.

Sie hat nie Freunde oder Freundinnen gehabt, oder Liebhaber oder einfach nur Bekannte. Wir haben uns sehr viele Sorgen um sie gemacht. Für eine Weile haben Vater und Mutter sie zu einem Arzt geschickt, und später zu einem Psychiater, aber dabei ist nichts herausgekommen. Ihr hat nichts gefehlt, in dieser Hinsicht – sie war einfach so. Und sie hat ja niemandem geschadet, sie hat niemandem etwas getan, nichts, sie hat sich nur um ihre eigenen Sachen gekümmert.«

»Und was waren ihre eigenen Sachen?«

»Jaa … Da war ja die Wohnung, um die sie sich kümmerte. Und dann hatte sie ihre Topfpflanzen. Und sie löste sehr gerne Kreuzworträtsel.«

Unwillkürlich dachte ich: Ägyptischer Gott mit zwei Buchstaben (Ra! Ra! Ra!), und zwang mich, höflich interessiert auszusehen.

»Und Sie wissen nicht, warum sie gestern Abend aus dem Haus gegangen ist?«

»Nein, ich habe nicht die leiseste Ahnung. Es sieht ihr überhaupt nicht ähnlich. Und das an dem ersten Abend seit einem Monat, an dem ich auch nicht zu Hause war. Ich habe eine alte Schulkameradin besucht – und Astrid wollte nicht mitkommen …«

Sie schluchzte, zog aber schnurstracks ein Taschentuch unter dem Kopfkissen hervor. Dieses Taschentuch hatte offensichtlich schon reichlich Überstunden geleistet, und sie schien sich dafür ein bisschen zu schämen. Die Menschen sind schon merkwürdig.

Selbst in den wahrscheinlich letzten Jahren, nach einem langen Leben und nachdem die eigene Schwester gerade ermordet worden war, konnte man sich für ein durchnässtes Taschentuch schämen.

Ich war kurz davor mir zu wünschen, dass ich einen Schlips angelegt hätte. Damit ich irgendwie auch ein bisschen dazugehören könnte.

»Und das war noch nie zuvor passiert?«

»Niemals. Astrid ging abends einfach nicht aus. Sie hatte viel zu viel Angst vor dem, was ihr dabei passieren konnte. Das hatte sie schon immer gehabt. Als sie noch jünger war, versuchte ich sie zu überreden, wissen Sie – sie mit nach draußen zu bekommen, mit ihr ins Kino zu gehen oder in den Tivoli, ein bisschen herumzukommen, Leute zu besuchen und so etwas, aber irgendwann habe ich es aufgegeben. Es hat ja nichts genutzt. Sie war eben so.«

Sie war eben so.

So knapp kann man es ausdrücken, und offensichtlich war die Beschreibung erschöpfend.

Zum zweiten Mal.

Ich fand, dass ich ein bisschen frische Luft gebrauchen könnte.

Und trotzdem: Wenn man ganz ehrlich war, war es eigentlich nicht einmal nötig, dass sie frisch war, die übliche angemessene Metropolen-Mischung aus Benzindämpfen und Kohlenstaub würde sicherlich auch reichen. Nur nicht dieses infam muffige Krankenhauszimmer mit diesen enormen, sibirisch ausgedehnten weißen Bettdecken und dieser kleinen, unglücklichen und unverdient hingestreckten alten Dame.

Auch Ehlers machte Anstalten, sich demnächst zu erheben.

»Eine Sache wollte ich Sie gerne noch fragen«, sagte die Patientin mit schwacher, schleppender Stimme. »Sie dürfen mich nicht auslachen, aber – war sie geschändet?«

»Geschändet?«, fragte Ehlers verwirrt zurück.

»Ja … ich meine … hat ihr irgendjemand etwas angetan? Ein Verrückter …«

Ehlers begriff.

»Nein«, sagte er. »Es gab keine Anzeichen dafür, dass sie irgendwie misshandelt worden wäre – also abgesehen davon, dass man sie erdrosselt hat, und das ist bestimmt ganz schnell gegangen. Sie hat nicht gelitten.«

Das war natürlich als Trost gemeint, aber es war die Frage, ob es auch so wirkte.

Ehlers nahm sich zusammen. Er besaß die entsprechende Übung.

»Wir möchten Sie nicht länger stören«, sagte er so höflich und salbungsvoll wie ein verbeamteter Pastor der Landeskirche mit einer fest angeklebten professionellen Honigschicht auf der Zunge. »Sie haben unser tiefstes Beileid. Aber ich bin trotzdem gezwungen, Sie zu fragen, ob Sie etwas dagegen einzuwenden hätten, wenn wir uns ein wenig in Ihrer Wohnung im Valby Tværvej umschauen würden.«

»Da ist es aber ein bisschen unordentlich. Ich ... habe ja einen Schock bekommen, als ...«

»Machen Sie sich darüber mal keine Gedanken. Dafür haben wir doch Verständnis.«

»Ja, aber ... selbstverständlich ... Wir haben nichts zu verbergen ... Wenn Sie glauben, dass es helfen könnte ...«

»Das weiß man nie.«

Wir verabschiedeten uns artig und sprachen kein Wort miteinander, bis wir das Krankenhaus verlassen und uns in die nächste Bar begeben hatten – eine Bar, die rücksichtsvollerweise direkt gegenüber dem Krankenhaus lag und regelrecht danach roch, dass sich die Gäste hier vor oder nach der offiziell normierten Besuchszeit stärkten.

Und wie könnte es anders sein? Niemand, der gerne einkehren würde, sucht eine Bar auf, die gegenüber einem Krankenhaus liegt – es sei denn, natürlich, er ist gezwungen, diesem Krankenhaus einen Besuch abzustatten.

In der Wirtsstube befanden sich zehn, zwölf Personen. Mindestens zehn von ihnen hatten gerade nach ihrem Vater, ihrer Mutter, ihrem Kind, Onkel, Bruder, Schwester, Liebsten oder Kollegen gesehen. Niemand von ihnen schien sich besonders zu amüsieren, niemand spielte Billard, sang Schlager oder knobelte. Sie alle sahen so aus, als müssten sie, und zwar jeder für sich allein, über ihre eigenen Probleme nachgrübeln.

Wir bekamen unser Bier, noch bevor Ehlers sagte: »Wollen wir es hinter uns bringen?«

Ich nickte in Ermangelung einer besseren Antwort, und wir fuhren in ebenso rauschhafter Redseligkeit zum Valby Tværvej 24 hinaus.

Valby Tværvej ist eine der vielen kleinen Seitenstraßen im Viertel hinter dem Toftegårds Plads. Alle Häuser waren baugleich und aus denselben gelben Ziegelsteinen gemauert. Alle Bewohner hatten bezaubernde Blumen und tipptopp getrimmte Topfpflanzen in den Fenstern stehen. Und alle hatten die Gardinen weit genug aufgezogen, dass man stundenlang davor verweilen und die ausgestellten Pflanzen bewundern konnte. Es handelte sich, wie meine verstorbene Mutter es ausgedrückt hätte, um ein »anständiges Viertel«.

Vor jedem einzelnen Eingang befand sich ein ganzer Meter Rasen. So etwas pflegen Architekten, wenn sie für andere entwerfen, »Milieu« zu nennen. Für das »Volk«.

Wozu selbst Architekten hin und wieder genötigt sind.

»Schönes Fleckchen«, sagte ich im besten Konversationston.

Ehlers zuckte mit den Schultern. »Davon gibt es so viele. Am Strandvejen ist nun einmal nicht für alle Platz.«

So schienen das Thema und der Refrain des Tages zu lauten. Von den Hausbesetzern über das Stjernecafé bis nach Valby. Vielleicht sogar im ganzen Land.

Die Wohnung sah so aus, wie ich sie mir vorgestellt hatte, genau so, wie ich die Wohnungen älterer Tanten und Großmütter in Erinnerung hatte: ordentlich, gepflegt, überall geübt gefeudelt – und nicht ein einziger unzulässig leer stehender Quadratzentimeter.

Überall dort, wo man ein kleines Tischchen zwischen einen Kleiderschrank und ein Regal schieben konnte, war ein kleines Tischchen hineingeschoben worden, um einen Porzellanhund darauf abzustellen. Überall dort an der Wand, wo ein röhrender Hirsch Platz finden konnte, hatte ein röhrender Hirsch Platz gefunden, manchmal auch zwei oder drei, und der einzige, wohlgemerkt seit Jahrzehnten unbenutzte, Aschenbecher war mit einem Gruß aus Gudhjem versehen. Die Kleiderschränke rochen nach etwas, das man früher, glaube ich, Naphtalin genannt hat – allerdings muss ich zugeben, dass dies kein Geruch ist, mit dem ich aus erster Hand näher vertraut bin.

Ehlers stellte eine halbe Stunde lang »Untersuchungen« an, und ich überließ ihm die ganze Arbeit, um einem Fachmann in Funktion nicht dauernd auf den Füßen zu stehen. Stattdessen stellte ich mich auf dem einsamen Meter Rasen vor dem Eingang auf, ohne dass mich der Stadtbaurat entfernen ließ.

»Nichts«, sagte er, als er wieder herauskam. »Nichts als Stricknadeln und Kreuzworträtselhefte. Taschentücher dutzendweise, Weihnachtskarten aus der Zeit der Jahrhundertwende und quittierte Lebensmittelrechnungen aus den letzten zehn Jahren.«

»›Ordnung ist das halbe Leben!‹«

»Das war genau die Generation, ja ... Das hätte man ... merkwürdig, dass so jemand ermordet wird.«

»Vielleicht war es nur die Aktive Sterbehilfe – du weißt schon, diese neue Bürgerinitiative, die für die Hausbesetzer in dieser Gegend neue, freie Plätze schafft.«

Eigentlich wollte ich damit nichts Besonderes sagen.

Ich musste einfach nur mal ein bisschen grob sein.

Nicht dass es etwas geholfen hätte. Nur Rocksänger können auf lange Sicht von so etwas leben.

10

»Es kommt mir einfach so sinnlos vor«, sagte Ehlers nachdenklich, als wir auf dem Weg zurück in die Stadt waren.

»Ich wette fünf zu eins, dass es dir nicht nur so vorkommt. Es ist so.«

»Was willst du damit sagen?«

»Zum Teufel, Mann, gib es doch zu: Das ganze Leben, alles, was geschieht, ist doch sinnlos. Alles wird vom Zufall beherrscht. Du kannst ebenso wenig einen Sinn in irgendetwas finden, wie du im Dezember Freilanderdbeeren anbauen kannst.«

»Es ist mein Job, einen Sinn in dieser Geschichte zu finden.«

»Das weiß ich wohl. Und genau deswegen ist dein Job so verdammt sinnlos. Das ist genau so, als würde man sein ganzes Leben damit verbringen, einen Hund zu tätscheln.«

»Seit wann bist du denn so verdammt philosophisch?«

»Ich bin überhaupt nicht philosophisch, ganz im Gegenteil. Die Philosophen sind ja am schlimmsten, wenn es darum geht, überall nach Sinn und Erklärungen zu suchen. Ich sage einfach nur, dass es das nicht gibt. Es ist ein Zufall, dass du deiner Frau begegnet bist. Es ist ein Zufall, dass ihr euch gut genug leiden konntet, um zwei Kinder miteinander zu bekommen. Es ist ein Zufall, dass du Bulle geworden bist, und noch ein Zufall, dass du zu einem bestimmten Zeitpunkt zum Polizeiinspektor befördert worden bist, und das weißt du selber genau so gut wie ich. Und es ist nur ein weiterer Zufall, dass du in Verbindung mit einem anderen Fall auf mich gestoßen bist und dass wir jetzt zusammen in deinem Dienstwagen sitzen – ohne dass ich Handschellen trage.«

»Man kommt nicht voran, wenn man so denkt.«

»Bestimmt nicht. Das tut man nur, wenn man Auto fährt. Wohin möchtest du denn so gerne kommen?«

»Zur Wahrheit, natürlich.«

»Eine wunderbare, spitzenmäßige Sache. Ich habe schon einige Male sehr Positives darüber gehört. Fünf Kochmützen. Besonders gut mit Bratensoße.«

Ehlers schaltete das Autoradio ein. Auch eine Antwort – die Antwort, welche die meisten täglich, stillschweigend, durch ihr Verhalten, auf diese Art von Fragen geben. Warum sollte sonst in jeder Stadt der Welt den ganzen Tag lang ein solch konstanter mechanischer Lärm herrschen.

Eine kultivierte, selbstverliebte Stimme informierte uns aus dem Radio darüber, dass immer noch nicht klar sei, zu welchen Resultaten man im Laufe der nachmittäglichen Verhandlungen auf der internationalen Friedenskonferenz in Genf gekommen sei.

Das klang glaubwürdig. Und das hätte zu jeder Zeit so geklungen. So etwas klingt einfach so. Das hat schon immer gleich geklungen, seit ich ein Kind zu Zeiten des Dampfradios war.

Als wir den Halmtorvet erreichten, hatte der Sprecher es aufgegeben, weitere muntere Kommentare zur Friedenskonferenz abzugeben, um stattdessen die Öffentlichkeit darüber aufzuklären, wer wen in den mittlerweile laufenden Viertelfinalen in Wimbledon und mit welchem Punktestand geschlagen hatte. Die Stimme klang jetzt ganz engagiert.

Ehlers schaltete ab und hielt an. Wir trennten uns, wie so viele Male zuvor, direkt vor der Polizeiwache – und jeder von uns ging zu seiner Arbeit.

So wie immer.

So wie alle.

So blind und ziellos wie das Leben.

Ein paar seiner Leute waren bei der Arbeit, als ich erneut in die Istedgade einbog. Am bevorzugten Aufenthaltsort der Drogensüchtigen, dem Karree gegenüber der ehemaligen Apotheke an der Colbjørnsengade, war ein knappes Dutzend Bullen damit beschäftigt, die Junkies zu vertreiben, damit sie den Touristen nicht das urgemütliche urkopenhagensche Straßenbild verdarben. Es könnte ja ein Amerikaner mit Taschen voller Dollars kommen und finden, dass ihn das trotz allem zu sehr an die Zustände zu Hause in New York erinnerte. Und warum sollte man dann reisen?

Die Drogensüchtigen verschwanden – wie immer.

In einer halben Stunde würden sie wieder da sein – wie immer.

Ich wusste es. Die Drogensüchtigen wussten es. Die Bullen wussten es.

Und trotzdem drehten sie und wir alle gemeinsam unsere kleinen rituellen Runden, immer und immer wieder, wie auf einem Spielbrett – zu keinerlei Nutzen und Frommen.

Oder, wie Ehlers' Chef, der Justizminister, es zweifellos ausdrücken würde: zum Nutzen und Frommen der Gesellschaft. Dieselbe nutzbringende Gesellschaft, die Drogensüchtige und Alkoholiker heranzog und die Wohnungen und Schicksale der Menschen der Willkür x-beliebiger Spekulanten überließ.

Ich wünschte mir nicht zum ersten Mal, man könnte sein Gehirn einfach abstellen. Nur so mal zwischendurch.

Wie zum Beispiel ein Autoradio, wenn man keine Lust mehr darauf hatte.

Es kostete mich wie gewöhnlich ein paar Zigaretten und ein paar Zehner, um durch den Hauptbahnhof zu kommen – das Paradies der Trickbetrüger. Das gehört zu den Dingen, an die man sich gewöhnt. In alten, historischen Zeiten nannte man so etwas Wegegeld.

Otzen war nach wie vor in bester Laune, als ich beim *Bladet* eintraf. Er war kurz davor, mir eine Zigarre aus seiner privaten

Kiste anzubieten, besann sich dann aber und hielt mir die Kiste für Gäste hin.

»Na, mein Junge«, fragte er munter, »warst du erfolgreich?«

Otzens Art – und die aller anderen Redakteure, die ich kennen gelernt hatte – zu fragen, ob man »erfolgreich« gewesen sei, erinnert mich jedes Mal an meine Teenagerzeit und die große Frage am Sonntagnachmittag, ob man, oder wer auch immer, am Samstagabend »erfolgreich gewesen« sei.

»Tja ...«, antwortete ich. »Es gibt ja Grenzen dafür, wie lange wir auf einer anständigen, ernsthaft erschrockenen Rentnerin herumreiten können. Das erregt schließlich nicht dieselbe Aufmerksamkeit wie ein smartes, ermordetes Fotomodell – du erinnerst dich an die Affäre mit dem ›Lilienmädchen‹.«

Otzen rollte die Zigarre zwischen den Lippen herum. Es schien, als würde er versuchen, wie ein Orakel auszusehen.

»Dann musst du eine andere Perspektive finden«, sagte er. »Zwei Tage wird sie wohl noch halten können.«

Ich rollte meine Zigarre zwischen den Lippen herum und versuchte es auch. Nicht mit derselben sicheren Expertise, aber es half trotzdem ein bisschen.

»Natürlich! Der Ladenjunge!«

»Der Ladenjunge?«

»Sie wurde vom Lehrling oder Botenjungen, oder so etwas, des örtlichen Kaufmanns identifiziert – er heißt Klaus. Ein junger Mann. Wenn wir ihn dazu bewegen könnten, ein wenig über sie zu erzählen – aus der Küchentreppenperspektive, hätte ich fast gesagt. Er hat ihr die alltäglichen Einkäufe geliefert, nicht wahr? Er hat sich als Erster an die Polizei gewandt. Das Wachsame Auge des Volkes. *Human interest* und das alles – du weißt schon ...«

»Großartig. Ein junger Mann, der jeder Mutter Sohn sein könnte, erkennt die Leiche einer alten Dame, die jedermanns Großmutter sein könnte, auf einem Foto im *Bladet* wieder!«

»So in der Art, ja. Irgendetwas in der Richtung.«

»Großartig. Dann leg mal los.«

Ich legte mal los.

Ehlers gab mir die Telefonnummer und Adresse des Kaufmanns. Ich rief den Kaufmann an und fragte, ob ich mir Klaus für eine Weile ausleihen könne.

Er war wenig begeistert. Es war gerade »viel los«. Zu meiner Zeit als Ladenjunge war auch immer »viel los«, wenn ich mal zum Zahnarzt musste.

Ich sagte, dass das *Bladet* ihm den verlorenen Verdienst natürlich ersetzen und außerdem gerne ein Foto von seiner Ladenfassade bringen würde.

Er änderte seine Meinung. Es ließe sich trotzdem schon irgendwie einrichten.

Man ist schließlich Kaufmann.

Ich nahm einen Fotografen mit, und wir verbrachten eine Stunde in diesem drei Straßen vom Valby Tværvej entfernten Kaufmannsladen.

Der Laden sah genauso aus wie der, in dem ich selbst als Ladenjunge gearbeitet hatte, und besaß offensichtlich exakt dieselbe Aufstellung von Tischen, Regalen und Ständern und roch nach derselben Mischung aus Kaffee, Bier, Seife und Staub. Ladenjunge Klaus sah vermutlich auch so aus wie ich vor dreißig Jahren – abgesehen davon, dass er rote Haare hatte und ein bisschen breiter gebaut war.

Er erzählte mir seine Geschichte draußen im Hinterhof, rittlings auf einem Long John sitzend. Ich konnte mich gerade noch zurückhalten, eine Runde damit zu fahren, während der Fotograf knipste.

Seine Geschichte war nichts sagend. Er war bei Kaufmann Schmidt angestellt, seit er vor einem Jahr die Schule verlassen hatte. Ein paar Mal in der Woche hatte er Waren zu den »beiden alten Damen« gebracht, hatte jedoch nie mit ihnen gesprochen. Die eine war immer selbst heruntergekommen und hatte die Rechnung bezahlt. Sie haben nie Trinkgeld gegeben. Sie hatten nur ganz normale Sachen gekauft, nichts »Interessantes«. Nach einem kleineren Kreuzverhör stellte sich heraus, dass er unter »interessanten« Waren Sachen wie Bier, Schnaps oder Tabak verstand.

Nein, das war keine Story – für sich genommen. Aber sie hatte erste Konturen bekommen. Man kann aus allem eine Story machen, so weit hat Otzen recht. Das ist nicht Geringeres als die Grundlage des Journalismus.

Wir bohrten eine Weile im »allgemein Menschlichen« herum, wie einer meiner alten Redakteure das Privatleben und ähnliche Dinge zu nennen pflegte. Er erfuhr, dass Klaus' Vater als Maschinenschlosser bei B&W arbeitete, dass seine Mutter halbtags in einer Wäscherei aushalf, dass er eine größere Schwester hatte, die nach Horsens gezogen war und einen örtlichen Landwirt namens Holger geheiratet hatte. Der eigentliche Ehrgeiz des Jungen – Klaus' tiefster Alltags-Tagtraum, wie sich herausstellte – galt der Gitarre. Er spielte in einer Rockband im Jugendzentrum und hoffte, dass er vielleicht eines Tages ... Von irgendetwas musste man ja schließlich leben, und der Kaufmann war schon in Ordnung, aber wenn ... so lustig war das Dasein als Lehrling dann auch nicht ...

Ich schickte ihn nach Hause zu seiner Gitarre und grinste den Fotografen an.

»Der musikalische Ladenjunge«, sagte ich.

»Nuttenjournalismus«, knurrte der.

Er hatte vollkommen recht, auch wenn er selbst von einer Werbeagentur kam. Aber alle Fotografen haben einen wunden Punkt: ihre Bilder. Ich sah ihm fest in die Augen und sagte: »Nenn es, wie du willst. Jeder hat einen Traum. Und es gibt eine bessere Aufnahme.«

Er nahm sich zusammen, studierte seine Kameraperspektiven, sah die Linien der Gitarren und des Long Johns ineinanderlaufen und ... beugte sich.

»Ja«, sagte er. »Das stimmt.«

Es stimmte.

Abschließend fragte ich Klaus, was er von den Hausbesetzern hielt. Er habe darüber nachgedacht, sagte er. Irgendwie könne er sie ganz gut verstehen, meinte er, aber ihm gefiele diese ganze Gewalt nicht besonders, und er glaube, dass sie den verkehrten Weg eingeschlagen hätten.

Das klang wie ein Standpunkt, den die meisten unserer Leser akzeptieren konnten.

Zum Schein fotografierten wir auch ein paar Mal den Laden des Kaufmanns, und der Fotograf versprach, ihm ein paar Extraabzüge zu schicken.

Das sind genau die Dinge, denen das *Bladet* seinen guten Ruf verdankt. In Zukunft würde zumindest Kaufmann Schmidt aus Valby uns ganz vorne auf dem Tresen platzieren.

Wir begaben uns zurück zum *Bladet* – immer wieder zurück zum *Bladet* –, ich schrieb meine Story, lieferte sie ab – und ging.

Ich fand durchaus, alles in allem betrachtet, dass ich mein Tagwerk als verrichtet betrachten durfte.

Dieses wie so viele andere.

Zweiter Teil

11

Am folgenden Morgen kam ein weiterer dieser Tage auf dem geduldigen himmlischen Fließband herangerollt. Alles wiederholte sich mit der betäubenden, tranceartigen Autonomie, die alles nach einer bestimmten Lebenszeit bekommt. Bad, Rasieren, Anziehen, Post, Zeitungen, Kaffee.

Es gibt Tage, das wacht man als Zombie auf. Man macht alles wie immer – schließlich hat man es ja jahrelang geübt –, aber man hat das unbehagliche Gefühl, nicht da zu sein. Irgendein anderes Wesen hat sich der eigenen Jacke, des Hemds, der Schuhe, des Scheckhefts, der Zigaretten und anderer Aggregate bemächtigt und spaziert in ihnen herum. Die Dinge scheinen diesem Jemand hervorragend zu passen und bemerken den Unterschied gar nicht, und man kann nichts anderes tun als ruhig abzuwarten, bis man selbst ins Diesseits zurückkehrt. Wie bei einem LSD-Trip, mit dem man diese Welt leicht verwechseln könnte.

Der Ladenjunge Klaus fand sich auf der Titelseite des *Bladet*, mit Gitarre, und sogar der Kaufmannsladen wurde präsentiert. Ich hätte gute Aussichten auf einen persönlichen Sonderrabatt, wenn ich meinen bescheidenen Warenbedarf heute dort decken würde.

Ronnie befand sich an seinem gewohnten Platz am Gasværksvej und sah Ronnie zum Verwechseln ähnlich, sogar die Filterzigarette, die ganz kooperativ einer Filterzigarette zum Verwechseln ähnlich sah. Bob war an seinem Platz im Stjernecafé und gab ein ausgezeichnetes, dokumentarisch perfektes Bild von Bob ab. Von mir hätten sie sicherlich das Gleiche behauptet, wenn aus irgendeinem Grund jemand danach gefragt hätte. Wenn ich zum Beispiel ermordet worden wäre.

So à la: »Was Sie nicht sagen! Das kann ich ja gar nicht glauben. Er war doch gestern noch hier – doch, genau wie immer, ganz wie es seine Gewohnheit ist … Nein, mir ist überhaupt nichts Ungewöhnliches an ihm aufgefallen …«

Wie man eben so sagt.

Wer ist denn nicht an manchen Tagen ein Zombie?

Oder sollte man sagen: Wie viele sind es nicht jeden Tag?

Und an wie vielen der angepriesenen vierundzwanzig Stunden eines Tages?

Und wieder einmal wanderte ich zum *Bladet* hinein. Wieder einmal nahm ich meine Post mit zu der Besenkammer hinauf, die sich als mein Büro ausgab, und setzte mich. Wieder einmal zündete ich mir eine Zigarette an, verfluchte ziel- und zwecklos das untaugliche fest angestellte Reinigungspersonal, das unfähig oder unwillig gewesen war, meinen Aschenbecher in der Nacht oder am Morgen, oder wann auch immer sie diese hygienisch sinnvolle gesellschaftstragende Aufgabe nun erledigen sollten, zu leeren, und starrte durch das Fenster auf den Rådhuspladsen hinaus, als hätte ich nicht vorher schon gewusst, dass er genau so aussehen würde wie gestern, als er, wieder einmal, gleichermaßen auffällig ausgesehen hatte wie vorgestern.

Da gab es den Zeitungskiosk mit dem täglichen Reklame-Speisezettel des *Bladet*, heute mit Klaus' keckem Konterfei geschmückt. Da gab es die Würstchenbude, und dort das überdachte Straßencafé, bereits jetzt hektisch heimgesucht von den zahllosen Vormittags-Fassbiertrinkern der Stadt und den dahinwackelnden Tauben bei ihrer kopflosen Jagd auf eventuell ungegessene Pommes Frites, dort die Bushaltestellen mit, aus dem dritten Stock betrachtet, all den menschlichen Tauben, die auf dem Weg in die Stadt oder nach Hause hin- und hereilten. Als wäre das ganze Leben ein riesiges Spielbrett für ein noch unbekanntes Spiel, dessen Regeln einfach verloren gegangen waren, beim Öffnen der Schachtel zusammen mit dem Einschlagpapier verschwunden.

Ich seufzte und machte die Post auf.

Gitte hatte – ohne Absender – ein Foto von sich geschickt, (von ihrem Vater?) aufgenommen am Strand bei Århus. Sie sah, wie immer, wenn sie es wollte, wunderbar aus. In einem weißen Bikini, sonnengebräunt, das Gesicht zur Kamera gewandt und mit dem typischen, zweideutigen Lächeln, das sie gelegentlich auflegt – in einer ansonsten undenkbaren Mischung, sowohl mädchenhaft verschämt als auch erregend auffordernd.

Auf der Rückseite stand: *Vermisst du mich?*, und dann hatte sie noch ein kleines rotes Herz gemalt.

Wenn ich sie nicht vorher schon vermisst hätte, dann hätte mich spätestens diese Fotografie dazu bewegt. Wahrscheinlich war das genau, was sie damit bezwecken wollte. Eine Art »Da kannst du selbst sehen, was dir entgeht«.

»Na, so sieht sie also aus«, sagte eine schleppende, schelmische Stimme hinter mir.

Mit einem Ruck wachte ich auf – soweit das möglich ist, wenn man gar nicht schläft. Natürlich war es Barbara, die sich durch die offene Tür hereingeschlichen hatte und jetzt hinter mir stand, unerträglich unzulässig frisch und energisch und vital und strahlend, *on top of the world.*

»Ja«, sagte ich, als wäre ich bei etwas erwischt worden, wie ein Schuljunge mitten in der Stunde mit einem Pornoheft unter dem Geschichtsbuch. »Ja, so sieht sie aus.«

Barbara betrachtete da Bild näher.

»Sie sieht mir ein bisschen ähnlich, nicht?«, sagte sie. »Du hast bestimmt eine Vorliebe für schlanke und dunkelhaarige Frauen.«

Beides stimmte wohl, also sagte ich gar nichts.

Man kann nichts gewinnen, wenn man mit Frauen diskutiert, besonders dann nicht, wenn sie recht haben.

Was eine ihrer Angewohnheiten ist.

»Was ist denn heute mit dir los?«, fragte sie.

»Nichts. Es ist wahrscheinlich nur meine monatliche Depression. Die Antwort des Mannes auf die Menstruation.«

»Weil du dieses Modell hier vermisst?«

Ich zuckte mit den Schultern.

»Es ist dir vielleicht noch nie aufgefallen, aber es gibt auf der Welt auch noch andere Modelle.«

»Barbara, verdammt ...«

»Ich bin schon weg. Armer Kleiner! Wie gemein ich doch bin, hier hereinzukommen und mich mit ein paar liebevollen Worten einfach aufzudrängen! Es gab einmal eine Zeit, da ...«

Sie knallte die Tür hinter sich zu, als sie ging. Das sah ihr überhaupt nicht ähnlich.

Vielleicht hatte auch sie ihren *off-day*.

Ich legte Gitte zur Seite.

Die übrige Post bestand aus anonymen Briefen in der Art, von der das *Bladet* im Durchschnitt zwanzig Stück am Tag erhält.

Zwei von ihnen wünschten den Hausbesetzern den Tod – mit primitiv aufgemalten Totenköpfen. Einen gab es, in dem verlangt wurde, dass alle Gastarbeiter, Flüchtlinge, Farbigen, und andere Sozialschmarotzer umgehend zusammengeschnürt und per Express in die Krematorien geschickt werden sollten – auf eigene Rechnung.

Und dann gab es einen, der seltsam war. Er war ebenso unansehnlich und unprätentiös wie die anderen, ein kleines, zusammengefaltetes Stück Papier aus einem Schreibblock von der Art, wie sie Leute benutzen, die nur selten etwas schreiben, hineingesteckt in ein billiges Drucksachenkuvert.

Auf dem Papier stand in zierlicher Kugelschreiberschrift:

Der Mord an Astrid Andersen war nur ein Test.
Fortsetzung folgt – heute Abend.

Mehr nicht. Keine Unterschrift. Nicht einmal ein Kreuz.

Ich hielt das Papier mit einem Finger – eigentlich sogar nur mit einem Fingernagel – an der Ecke fest und machte eine Kopie, bevor ich einen Boten anforderte und das Original zusammen mit ein paar erläuternden Worten zu Ehlers hinüberschickte.

Nach diesem erschöpfenden Einsatz nahm ich die unterbrochene, konzentrierte Beobachtung der alternden Attraktionen Rådhuspladsen wieder auf. Sie ergab keine neuen Erkenntnisse.

Ebenso wenig wie Ehlers, als er eine halbe Stunde später anrief.

»Nein«, sagte er. » Keine Fingerabdrücke auf dem Briefpapier. Und auf dem Kuvert waren es so viele, dass wir sie genauso gut ignorieren können. Du weißt schon: Einer hat die Briefmarke gestempelt, einer hat den Brief sortiert, einer hat ihn ausgetragen, einer hat ihn beim *Bladet* entgegengenommen, ein Bote hat ihn bei dir abgeliefert, und außerdem ...«

»Danke, ich weiß schon so ungefähr, wie das Postwesen funktioniert«, antwortete ich. »Wenn es denn funktioniert. Ich bin selbst schon Postbote gewesen. Glaubst du, dass der Brief echt ist?«

»Woher zum Teufel soll ich das wissen?«

»Halt dich an den Text. Ich habe gefragt, ob du es glaubst.«

»Hm, ja ... inoffiziell ... unter Freunden muss ich zugeben, dass ich es glaube. Keine Ahnung, warum, und wenn ich es einigen meiner Chefs gegenüber so ausdrücken würde, bekäme ich sicher auf der Stelle meine Kündigung, aber es gibt tatsächlich so etwas wie Intuition, sogar bei Männern, noch dazu bei Beamten. Wenn man schon Tausende solcher abartigen anonymen Briefe gelesen hat, fängt man an, in ihnen förmlich etwas riechen zu können – oder zumindest zu glauben, dass man es kann. Sag um Himmels willen niemandem, dass ich das gesagt hätte. Sonst heißt es als Nächstes, dass ich an den Nutzen blutsaugender Pendel bei der Täterermittlung glaube, oder dass die Polizei einen Grafologen beschäftigt, um herauszufinden, ob eine bestimmte Person einen Mord begangen haben könnte.«

»›Euer Ehren, die Schleife dieses G – beachten Sie den sicheren Schwung – beweist mit aller wünschenswerten Deutlichkeit, dass mein Klient mental vollkommen außerstande ist, eine solche bestialische Tat zu begehen.‹«

»Genau.«

»Aber du solltest dich über die Grafologie nicht lustig machen. Sieh dir einfach diesen Brief an. Es gibt da ein paar Dinge, die durchaus interessant sind ... Wie du weißt, bekommen wir beim *Bladet* auch eine anständige Ration derartiger Briefe zugeteilt, vollkommen gratis. Und dieser ist tatsächlich ungewöhnlich – in vielerlei Hinsicht.«

»Erzähl.«

»Zunächst einmal die Schrift, wie der Grafologe sagen würde. Die meisten Leute, die derartige Briefe verschicken, wollen um jeden Preis Aufmerksamkeit erregen. Sie haben in der Regel eine hochdramatische Handschrift, und sie benutzen Schnörkel und Schleifen und unterstreichen jedes dritte Wort, manchmal drei oder vier Mal, um auf Nummer sicher zu gehen. Sie werfen nach jedem Satz mit Ausrufezeichen um sich, sie sind erregt, und sie radieren ohne Ende und streichen unzählige Male aus.«

»So ist es auch mit den meisten Briefen, die wir bekommen.«

»Aber dieser hier ist kurz und deutlich, zwei geradlinige Hauptsätze, keine zitternde Hand, keine Korrekturen und keine Fehler.«

»Und was schließt du daraus?«

»Einfach nur, dass er von einem ziemlich kühlen Kopf geschrieben und verschickt worden sein muss. Allein das ist schon ungewöhnlich.«

»Vielen Dank für die Hilfe. Wir werden auf der Stelle mit der Großfahndung nach einem kühlen Kopf beginnen. Jeder, dem ein solcher aufgefallen ist, wird gebeten, sofort die Nummer 01 14 48 48 anzurufen oder sich an die nächste Polizeidienststelle zu wenden.«

»Mach dich nur lustig. Ich werde den Brief morgen in die Zeitung bringen – erst recht, wenn heute Abend tatsächlich etwas passiert.«

»Das wird es nicht. Nie im Leben.«

»Wollen wir wetten?«

Wir wetteten.

Ich gewann.

12

Aber das erfuhr ich erst ein paar Stunden später, im Laufe des Abends – und in der Zwischenzeit hatte ich mich um genug andere Dinge zu kümmern.

Jedenfalls mehr Dinge, als mir lieb war, aber, wie meine geschiedene und verstorbene Frau zu betonen pflegte, es »gehörte nicht viel dazu«, meine Gedulds- und Toleranzgrenze zu überschreiten.

Nachdem ich das *Bladet* in normaler, bedrückter Seelenlage verlassen hatte, begab ich mich die Vesterbrogade hinauf, um zu sehen, wie es den Hausbesetzern so ging. Dieses Mal war es ein einzelnes Mädchen, das vor dem Haus Wache schob. Ein zierliches, blondes, etwa zwanzigjähriges Mädchen, das meine Tochter sein könnte, wenn ich denn eine gehabt hätte – was der Herr in einem einmaligen Anfall von Weisheit inmitten seiner zahllosen dröhnenden Dummheiten mir und – so durfte man vermuten – einem unschuldigen Kinde erspart hatte.

»Wir können unserer Stimme einfach keine Geltung verschaffen«, sagte sie. So lautete ihr Refrain. »Niemand hört zu, wenn wir etwas sagen. Außer, wenn wir mit Steinen werfen.«

Ich war kurz davor, sie »Kindchen« zu nennen, konnte mich aber gerade noch zurückhalten und übersprang es. Irgendetwas sagte mir, dass das keine positiv aufgeschlossene Aufnahme finden würde.

»Alle wollen ihrer Stimme gerne Geltung verschaffen«, sagte ich. »Also, was willst du haben? ›Vorzugsbehandlung‹, heißt es nicht so? Verlangen nicht alle lautstark danach? Die Rentner sagen, dass ihnen niemand zuhören will, weil sie zu alt sind und sowieso bald sterben und dem Wirtschaftsleben und der Industrie keinen Nutzen bringen. Die Frauen sagen, dass sie von Männern und Chefs unterdrückt werden und dass jeder Mann unter allen Umständen früher oder später der Chef einer Frau wird – oder sich zumindest so aufführt. Die Gastarbeiter sagen, dass sie aufgrund ihrer Hautfarbe unterdrückt werden oder wegen ihres Glaubens oder weil sie nach Knoblauch oder Curry oder Okra riechen, oder wie zum Teufel jeder von ihnen je nach seiner Heimat eben stinkt, und die Glatzen sagen, dass sie die Unterdrückten sind und keine Zukunft haben und keine Jobs und keine Wohnung, weil die Gastarbeiter dies alles mit staatlicher Unterstützung schon gekriegt haben. Die Arbeitslosen sagen, dass ihre Stütze nur ein Hungerlohn ist, von dem sie nicht leben können, und diejenigen, die Arbeit haben, sagen, dass sie dermaßen gebrandschatzt werden, um die Stütze zu finanzieren, dass sie bald selbst nicht mehr leben können. Ich meine: Ihr seid doch nicht die einzige Gruppe, die Probleme hat und um Aufmerksamkeit brüllt, oder?«

»Wir sind die Jugend. Wir sind die Zukunft.«

»Ja, und die anderen sind entweder Vergangenheit oder die Zukunft der Vergangenheit, oder wie auch immer man das in der verdammten Grammatik nennt – aber alle zusammen sind wir trotzdem die Gegenwart, solange wir noch atmen.«

Sie sah mich an. Sie hatte sehr klare, sehr hübsche hellblaue Augen.

»Du bist aber kein ganz gewöhnlicher Journalist«, sagte sie.

»Danke«, erwiderte ich.

Was muss ich doch für ein höflicher Mensch sein. Ich ging ohne weiteres davon aus, dass sie das als Kompliment gemeint hatte.

Aber so ist es auf Dänisch wohl immer gemeint, wenn man zu hören bekommt, dass man zumindest nicht ganz gewöhnlich ist.

Im Übrigen wusste ich nicht, warum ich immer noch hier herumstocherte. Ich war mir ziemlich sicher, dass die Hausbesetzer nichts mit der Erdrosselung einer Rentnerin zu tun hatten.

Das war nicht ihr Programm. Böse Zungen würden behaupten, dass es das Programm der Regierung sei.

Aber ich stocherte rastlos weiter. Beim Journalismus geht es unter anderem darum – ich darf nicht vergessen, Otzen bei Gelegenheit in einem belehrenden Tonfall darüber in Kenntnis zu setzen –, immer weiter zu stochern. Einfach immer weiter stochern, wie ein Kind, das immer wieder versucht, eine Kiste voller Bauklötze aufzustapeln, um sie direkt wieder niederzureißen, damit es eine neue Figur bauen kann, die es anschließend wieder umstoßen wird. Ein Archäologe würde dazu sagen, dass man, wenn man lange genug an der Erdoberfläche kratzt, immer irgendetwas findet. Es können zwar nicht jedes Mal die Goldhörner von Gallehus sein, aber auf das eine oder andere wird man schon stoßen.

Sie schaute mich immer noch an.

Als ob sie auf etwas wartete. Eine Antwort, oder irgendetwas in der Richtung.

»Entschuldigung«, sagte ich. »Ich dachte gerade nach, oder besser gesagt, ich war in Gedanken versunken.«

»Da siehst du selbst«, antwortete sie. »Du bist kein ganz gewöhnlicher Journalist. Du hast genug Gedanken, um darin versinken zu können.«

Ich dachte an ein paar meiner Kollegen, wie sie bei Redaktionssitzungen aussahen oder wenn sie in der Kantine herumhingen, und musste lachen, als ich sie mir beim Denken vorstellte – nur für einen Augenblick.

Man kommt so selten zum Lachen.

Einfach nur Lachen.

»Aber kannst du dir nicht vorstellen«, fragte sie, »wie es ist, sich wie ein Köder zu fühlen? Das sind wir nämlich. Wir sind die Würmer an eurer Leser-Angel. Wir möchten einfach nur einen Platz zum Wohnen haben, und bevor wir uns versehen, geht es nicht mehr um unser Haus, sondern darum, was über uns geschrieben wird – was *ihr* über uns schreibt. Jeden Abend sitzen wir zusammen und reden darüber, was am Morgen wohl über uns in der Zeitung stehen wird. Wir wissen genau, wann wir auf die Titelseite kommen. Wir können uns die Größe der Überschrift beinahe anhand der Pflastersteine ausrechnen – wie eine Mathematikaufgabe in der Schule. Ihr nutzt uns aus.«

»Ja – und umgekehrt. Wer würde schon wissen, wo ihr seid und wer ihr seid, wenn es uns nicht gäbe?«

»Nein, das ist mir schon klar – aber trotzdem ist es schon irgendwie so: Wenn wir ein Haus besetzen, dann besetzt ihr uns.«

»Das ist nicht ganz verkehrt.«

»Wenn dir das klar ist ... Warum tust du es dann?«

»Was tun?«

»Auf dieser Schiene fahren.«

»Weil ich nichts anderes kann«, antwortete ich. »Ich bin kein Gandhi oder Luther King oder Che Guevara. Weil ich über vierzig bin, weil der größte Teil meiner Zeit schon abgelaufen ist, weil ich nicht mehr so viel Energie übrig habe und weil ich nicht mehr so verdammt viele revolutionäre Träume habe. Ich überlebe einfach – so lange ich kann. Das tun die meisten, jedenfalls in meinem Alter.«

»Ich würde mir wünschen, dass mein Vater und meine Mutter wenigstens so ehrlich gewesen wären wie du.«

»Das ist nichts Besonderes. Es erspart einem nur eine Menge Zeit.«

»Aber deine Zeitung macht das Gegenteil. Sie sorgt dafür, dass eine Menge Menschen jeden Tag eine Menge Zeit verschwenden.«

»Verschwenden ... Und was tun die ganzen Fernsehserien,

Gewaltfilme, Rock-Videos, Fußballländerspiele, Weltmeisterschaften, Wimbledon, ...«

Sie ergab sich und zuckte mit den Schultern.

»Es ist alles ziemlich hoffnungslos, nicht wahr?«, sagte sie leer.

Sie war nicht hübsch im landläufigen Sinne – welche wahre Schönheit ist das schon? –, aber ihre Augen brannten so intensiv, sie lebte so sehr jedes Wort, das sie sagte oder hörte. Sie konnte es nicht ertragen, sich selbst sagen zu hören, dass alles hoffnungslos sei: Ihre Augen erloschen, so wie man eine Kerze löscht.

Ich fühlte mich noch älter und müder – ein neuer Rekord. Ich dachte, dass es eine Zeit gibt, in der man lebt, genau auf diese Art und Weise lebt – in allem, was um einen herum geschieht, in jeder Bagatelle von einem »Ereignis«, in jedem noch so kleinen Wellenschlag des Tages. Und dann kommt die andere Zeit, die Zeit, in der man überlebt. So lange es eben geht.

Als man jung war, konnte man Abend für Abend mit Freunden und Freundinnen in kleinen, engen Clubräumen zusammensitzen und endlos diskutieren und debattieren und alles von allen Seiten betrachten, weil alles einen Sinn hatte oder einen bekommen konnte.

Jetzt schlägt man sich so schnell es geht mit dem bestmöglichen Witz durch. Vielleicht hat man einfach herausgefunden, dass es auf die »großen Lebensfragen« keine Antworten gibt. Vielleicht hat man entdeckt, dass es einer größeren Begabung bedarf, um sie beantworten zu können – wenn es sie denn überhaupt gab.

Sowohl die Fragen als auch die Begabungen.

Man spricht von der Jugend immer als der »verlorenen Generation«, aber es sind die Leute in meinem Alter, die wirklich verloren sind. Die Jungen haben diese Chance noch nicht gehabt.

Sie kommt.

Immer mit der Ruhe, sie kommt.

Kommt Zeit, kommt Rat.

Ich hatte Lust, mich noch länger mit ihr zu unterhalten, aber ich konnte nicht – nicht heute. Ich fühlte mich jetzt schon wie ein *dirty old man*, wie ein Wirklichkeitsvampir, der sich ein wenig geistig frische Jugend in den verrottenden Körper saugen wollte.

»Viel Glück«, sagte ich genauso leer, wenn nicht sogar zwanzig Jahre leerer, und wir trennten uns so abrupt wie in einem schief schrillenden Be-Bop-Akkord von Minton's Playhouse aus der Ära, in der ich geboren worden war.

Als ich mich widerwillig und widerstrebend noch einmal nach ihr umdrehte, sah ich, dass sie immer noch dastand und mir nachschaute.

Keine Weltsensation, aber aus irgendeinem eitlen affen- oder amöbenartigen animalischen Grund trug es zur Verbesserung meines, wie der Kassenarzt es nennen würde, »Allgemeinzustandes« bei.

Welchen Nutzen der auch immer haben mochte. Für andere.

Welchen Nutzen jene auch immer haben mochten. Für mich.

Ich erreichte das Stjernecafé in weniger als einer Viertelstunde, was bewies, dass meine Physik immer noch jugendlicher war als meine Psyche. Bob reichte mir mit müder Routine eine Telefonnummer – die des *Bladet*.

Ich brachte es sofort hinter mich. Es war nur der Redaktionsassistent, eine neue und unsichere Urlaubsvertretung, der mir »sicherheitshalber« mitteilen wollte, dass Klaus Mortensen mehrere Male angerufen hatte. Seine Telefonnummer lautete ...

Seine Telefonnummer gehörte zum Kaufmannsladen in Valby. Und Klaus war, als sein Chef ihm den Hörer überlassen hatte, glücklich, über alle Maßen glücklich. Seine Erwähnung im heutigen *Bladet* habe bewirkt, dass er bereits sieben bezahlte Jobs für seine Band in diversen Gymnasien und verschiedenen Jugendzentren angeboten bekommen habe. Er wolle sich nur bedanken – jetzt habe er die Chance bekommen, auf die er immer gehofft habe, und es war mein Verdienst, ich sei so ein netter Typ, und er sei so glücklich.

Ich wünschte ihm auch viel Glück und kehrte an die Theke zurück. Was ich in Wirklichkeit am liebsten gewollte hätte, war, zum besetzten Haus zurückzukehren und dem zierlichen Mädchen mit den hellblauen Augen zu beweisen, dass das *Bladet* sich tatsächlich für die Jugend einsetzte.

Nicht für das *Bladet.* Einfach um sie wieder zu sehen.

Um einen Vorwand zu haben.

»Du bist ziemlich abwesend heute«, meinte Bob.

»Ja«, gab ich zu. »Heute ist einer dieser Tage.«

»Einer der 365 im Jahr?«, brummelte Bob.

Er wartete nicht auf die Antwort. Er schaltete den neuen Fernseher der Kneipe ein. Es war schon Zeit für die Fernsehnachrichten.

Die Bilder flimmerten und flackerten wie üblich über den Bildschirm. Städte gingen in Rauch auf, Flugzeuge zerschellten, Männer, Frauen und Kinder wanden sich und lüfteten ihre Eingeweide in zerbombten Ruinen, und sachlich nüchterne Staatsmänner in Anzügen mit perfekt gebundenen Krawatten »bewerteten die Lage« – unterstützt von der örtlichen Begleitband, den Stjernecafé All Stars, mit taktfest knallenden Billardkugeln und dem rhythmischen Hämmern der Knobelbecher.

Die Musikbox spielte *What a Wonderful World.*

Das Telefon platzte wie immer mitten in diese wunderbare Welt hinein.

»Für dich«, sagte Bob. »Das *Bladet.*«

13

Es war Otzen, und schon als er dies in doppelter Geschwindigkeit bekannt gab, konnte man seiner Stimme entnehmen, dass etwas passiert war.

»Ab mit dir zu den Fernsehstudios«, sagte er. »Auf der Stelle. In dem schnellsten Auto, das du finden kannst.«

»Soll ich zu meinen Ansichten über das *Bladet* in den Nachrichten interviewt werden?«, fragte ich sarkastisch.

»Nein. Du wirst dir eine Leiche angucken – das liebst du ja so sehr. Du wirst dir Hans Aage Steincke angucken – zum letzten Mal in deinem Leben. Er ist erdrosselt worden und liegt irgendwo da draußen in einem Flur. Vor einer Minute hat mir ein alter Freund einen Tipp gegeben. Los geht's – auf der Stelle. Immer weiter! Die Polizei ist schon verständigt.«

»Okay.«

Er hatte den Hörer bereits auf die Gabel geworfen. Ein erregter Otzen hat keine Zeit, ein »okay« abzuwarten. Er betrachtet es als selbstverständlich.

»Du hast einen ungesunden Job«, sagte Bob lakonisch, als ich mit allen Anzeichen febriler Hast mein Bier austrank und meine Zigaretten einsammelte.

»Alle Jobs sind ungesund«, antwortete ich.

Ich bin nach wie vor davon überzeugt, dass ich recht hatte. Nicht dass irgendjemandem damit geholfen wäre.

Es dauerte fünfzehn Sekunden, ein Taxi zu bekommen. Man kann viel über die Istedgade behaupten, und nicht wenige haben dies im lallenden Lauf der Zeit getan, aber man kann sich nicht über Engpässe in der Taxiversorgung beklagen. Sie gleiten in einem gleichbleibenden Strom Tag und

Nacht die Straße hinauf und hinunter. Es gibt immer jemanden, der auf der Stelle schnell irgendwohin muss – in der einen oder anderen Angelegenheit.

»Zu den Fernsehstudios – so schnell wie möglich«, instruierte ich den Chauffeur.

Routiniert vollbrachte er eine Kehrtwende und sorgte umsichtigerweise dafür, dass die Reifen ein wenig quietschten, damit ich das Gefühl bekam, dass er sich Mühe gab.

»Brennt's?«, fragte er.

»Nur ein Mord«, antwortete ich. »Hans Aage Steincke.«

»Gestern habe ich ihn noch gesehen«, sagte der Chauffeur. »In den Nachrichten.«

»Zum letzten Mal.«

»Ich werd's überleben.«

Die Grabschrift.

Während wir den Aaboulevard hinunter beschleunigten, dachte ich darüber nach, was ich eigentlich über Hans Aage Steincke wusste.

Er war ein angenehm gut gekleideter Mann in ungefähr meinem Alter mit einem gepflegten Schnauzer. Die Fernsehklatschkolumnen der Illustrierten pflegten zu behaupten, er sei ein »Frauenschwarm«, aber das sagen sie von jedem, der nicht gerade eine unleugbare Ähnlichkeit mit Frankenstein oder dem Glöckner von Notre Dame besitzt und trotzdem seine Visage in die Kameras halten darf.

Seinerzeit – vor meiner Zeit – hatte er als Wald- und Wiesenreporter für das *Bladet* gearbeitet, das ihn einer jütländischen Provinzzeitung abgeworben hatte. Er hatte einen Job bei den Fernsehnachrichten angeboten bekommen und sofort zugeschlagen, wahrscheinlich weil er, ebenso wenig wie alle anderen Fernsehmitarbeiter, die Zuschauer nicht länger um das Vergnügen bringen wollte, ihn jeden Abend anglotzen zu können.

Er hatte die Nachrichten wieder verlassen, als er ein besseres Angebot bekam. Alle Fernsehjournalisten bekommen früher oder später ein besseres Angebot, wenn ihr Gesicht erst einmal lange genug gesehen worden ist, um für einen Platz in der Volksvertretung in Frage zu kommen. In seinem Fall war es die Position des PR-Chefs einer größeren Brauerei – für ein Gehalt, dass ich selbst gegenüber den freisinnigsten Gästen des Stjernecafés nur äußerst ungern beziffern wollte.

Aber Steincke war trotz allem so sehr Journalist, dass er den Job wieder aufgab und zum Fernsehen zurückkehrte, um sich erneut seinem, wie die Tagespresse es auszudrücken pflegte, »tiefschürfenden Enthüllungsjournalismus« zu widmen.

Der Chauffeur bremste erneut mit quietschenden Reifen. Ich entlohnte ihn großzügig, vergaß, mir eine Quittung geben zu lassen, vergaß sogar, dass ich aufgrund dessen einigen Ärger mit der Buchhaltung bekommen würde, und stürzte zum Eingang.

Zum Glück kannte ich einen der Pförtner aus meiner sehr kurzen Zeit als freier Mitarbeiter des Hauses.

»Wo ist er?«, fragte ich.

»Immer dem Lärm nach«, sagte der Pförtner lakonisch. »Einfach geradeaus den Gang runter, an der Kantine vorbei – du kannst es gar nicht übersehen. Die Polizei ist schon da, und die halbe Belegschaft hat einen Kreis darum gebildet. Wir sind die Einzigen, die sich nicht von der Stelle rühren dürfen.«

»Weißt du, wann er gefunden wurde?«

»Vor zwanzig Minuten – so in etwa. Während die Nachrichten noch liefen. Ein Techniker hat ihn gefunden.«

»Danke.«

Ich jagte den langen weißen Gang zu den Studios hinunter, schneller noch als irgendein fest angestellter Mitarbeiter dieses riesigen Hauses es jemals getan hatte. Festangestellte laufen niemals. Sie könnten ja riskieren, sich eine Berufskrankheit zuzuziehen.

Der Pförtner hatte recht: Hinter der ersten Abzweigung

nach links herrschte ein großer Auflauf. Mindestens vierzig, fünfzig Menschen hatten sich um ein grünes Sofa versammelt und starrten darauf hinunter. Ich richtete ein verspätetes Dankgebet an den Herrn, weil er mich so lang hat wachsen lassen, dass ich den meisten anderen über die Schultern sehen konnte. Gelegentlich ein sehr nützlicher Umstand.

Dort lag er, der Tote. Direkt neben ihm, ihn gleichsam beschirmend, stand Ehlers. Ein Arzt – es musste Bangs Vertreter sein, Dr. Ramowitz, ein magerer, dunkler Typ mit nahezu pechschwarzen Augen – hatte sich halb über ihn hinabgebeugt. Alles, was ich sehen konnte, war, dass Steincke einen blauen, sogar den Umständen wenig angemessenen lustig hellblauen Anzug trug.

»Er wollte morgen in den Urlaub fahren«, sagte irgendjemand hinter mir.

»Das wird ein billiges Last-Minute-Angebot geben«, sagte ein anderer. »Ruf doch gleich mal im Reisebüro an, Erik.«

Der Arzt richtete sich auf und hob Ehlers gegenüber resigniert die Arme. Ich schlich mich näher heran.

»Nichts zu machen«, sagte er. »Tot. Erwürgt.«

»Hier, mitten auf dem Flur?«, rief Ehlers laut. »Zwischen all diesen Menschen …«

»Nein«, meldete sich eine Stimme.

Sie gehörte zu einem großgewachsenen, ruhigen Mann mit einem braunen Arbeitskittel. Er war blass, aber seine Stimme zitterte nicht.

»Sie sind derjenige, der ihn gefunden hat?«

»Stimmt. Mein Name ist Kurt Larsen, Techniker.«

»Du hast doch Überstundenausgleich, Kurt«, sagte irgendjemand.

»Genau«, antwortete Kurt. »Ich war nur hier, weil Steincke morgen in den Urlaub wollte, und wir hatten ein paar Kleinigkeiten für die kommenden Tage vorbereitet, die wir noch ein bisschen polieren wollten, damit wir sie in seinem Urlaub senden könnten. Er hatte sich in einen dieser kleinen Technikräume gesetzt, die wir hier haben ...«

Er deutete auf die andere Seite des Korridors.

»Er wollte gerade noch ein paar Sätze in sein Manuskript einfügen, und dann hatten wir eigentlich vor, diese Korrekturen einzuarbeiten, wenn die Nachrichten gelaufen wären und ein paar Geräte zur Verfügung stünden, weil wir danach nur Dosenfutter senden würden. Das heißt, Filme ... Ich ging vor einer knappen halben Stunde zu ihm hinein, um ihn zu fragen, wie weit er gekommen sei und ob ich den Tontechniker schon herbestellen sollte. Er saß da in seinem Schreibtischstuhl vor seinen Papieren und sagte nichts, als ich ihn ansprach. Weil er mit dem Rücken zu mir saß, dachte ich zunächst, dass er vielleicht eingeschlafen sei. Ich rüttelte vorsichtig an seiner Schulter, und plötzlich fiel er vom Stuhl wie ein Sack Kartoffeln. Ich dachte, ihm wäre vielleicht schlecht geworden, und schleppte ihn raus zum Sofa hier – Niels hier hat mir dabei geholfen ...«

Ein rothaariger Mann mit Vollbart in einem ölfleckigen Overall nickte.

»Wir versuchten ihn ein bisschen zu massieren ... Mund-zu-Mund-Beatmung zu geben. Ich bin Sanitäter. Es hat nichts geholfen – nicht das Geringste. Da wurde mir klar, das er tot war. Ich dachte zuerst, es wäre ein Herzinfarkt gewesen, aber ...«

Ich hörte nicht weiter zu. Ich schlich mich zu dem Technikraum hinüber, auf den er gezeigt hatte, und schaute hinein.

Dort gab es jede Menge Tonbandgeräte und Kameras, ein paar umständlich korrigierte und mit Durchstreichungen versehene Dienstpläne an den Wänden, einen Schrank voller Filmrollen und einen kleinen Tisch mit einem einfachen Stuhl. Auf dem Tisch standen ein Becher mit kaltem Kaffee und ein halbvoller Aschenbecher mitten in einem Haufen von Papieren, die sich um irgendeinen Umweltverschmutzungsskandal drehten. Ich schaute etwas genauer nach und fand heraus, dass er dabei gewesen war, die einzelnen Sätze entweder zu verstärken oder abzuschwächen – eine Routinebeschäftigung für jeden Journalisten. An einer Stelle war aus dem Skandal eine Katastrophe geworden, aber an einer anderen Stelle hatte sich im Gegenzug die geklärte Schuldfrage in eine ungeklärte verwandelt. Es ging um Chemikalien, die in einen Fluss in Jütland geleitet worden waren.

»Tiefschürfender Enthüllungsjournalismus«.

Als ich wieder herauskam, waren die Kollegen – oder vielleicht eher die Konkurrenten – von den anderen Zeitungen eingetroffen, und die Fotografen blitzten mit ihren umgehängten Nikons und Rolleiflex um die Wette. Die Gerüchte hatten sich bereits in der ganzen Stadt verbreitet. Diesen Mord würde ich nicht für mich allein behalten können.

Ehlers stand mittlerweile ein wenig abseits und unterhielt sich mit einem ungewöhnlich gut aussehenden grauen Nadelstreifenanzug, der den Eindruck machte, als enthalte er einen Chef und sei genau zu diesem Zweck hergestellt worden.

»Das ist vollkommen korrekt«, sagte der Chef. »Er wollte morgen seinen Urlaub antreten, und es gab noch ein paar Sachen, die er vorher gerne noch persönlich fertig stellen wollte.«

Er wischte sich die Stirn mit einem tadellos passenden Taschentuch, das zusammen mit dem Anzug eingekauft worden war.

»So etwas hat es hier draußen noch nie gegeben«, sagte er.

»Dann habt ihr aber verdammt viel Glück gehabt«, sagte einer der Fotografen. »So wie sich die meisten Leute in der Stadt über eure Sendungen auslassen, könnte man glatt glauben, dass so etwas dutzendweise passiert.«

Niemand lachte. Ein paar Leute grinsten diskret.

»Wie viele Leute waren heute Abend hier im Haus?«, fragte Ehlers.

Der Chef warf resigniert die Arme in die Luft.

»Das kann ich unmöglich sagen«, antwortete er. »Ich bin nur für meine eigene Abteilung verantwortlich, die Nachrichten-Redaktion – und wir haben mindestens sieben Abteilungen, plus ein paar Spezialabteilungen, die Technik, eine Handwerkertruppe für Notfälle, das Reinigungspersonal, die Büros, die Kantine ...«

»Führt der Pförtner keine Liste darüber, wer kommt und wer geht?«

»Nein. Das wäre nicht zu schaffen. Die Leute marschieren ja den ganzen Tag rein und raus – auch die Gäste und das Studiopublikum und Besichtigungsgruppen und ...«

»Danke, das war's fürs Erste«, sagte Ehlers. Jetzt war er an der Reihe, sich den Schweiß von der Stirn zu wischen – mit einer schnöden Papierserviette. »Es wird eine lange Nacht werden.«

Das wurde es.

14

Während Ehlers vermutlich und hoffentlich seine Verhöre vornahm und das »Dosenfutter« über den Monitor flimmerte – es war ein alter, verschlissener amerikanischer Film aus Hollywoods anscheinend unfassbar unerschöpflichem Überschusslager – saßen wahrscheinlich sämtliche diensthabenden Angestellten der Sendeanstalt in der Kantine und diskutierten die lokale Sensation des Tages.

»Was glaubst du, wer jetzt seinen Job bekommt?«

»Riemenschneider – er hat schon lange seine Ansprüche angemeldet.«

»Riemenschneider? Der hat doch nicht den geringsten Schimmer, wie man Fernsehen macht.«

»Na, und? Erstens ist dieses Haus voller Leute, die nicht wissen, wie man Fernsehen macht. Und zweitens ist er mit der Nichte des Chefs verheiratet.«

»Tatsächlich?«

»Hast du das nicht gewusst? Ausgerechnet einen Tag, nachdem der Boss ernannt worden war, hat er seinen Arbeitsvertrag unterschrieben.«

»Ich habe immer gedacht ...«

»Dass er aufgrund seiner Qualifikationen angestellt wurde? Mann, bist du naiv – wir arbeiten hier in einem Staatsbetrieb!«

So lief das Gespräch am ersten Tisch, den ich passierte, nachdem ich mir ein Bier geholt hatte.

Am nächsten war man seriöser.

So halbwegs.

»Er wird nicht leicht zu ersetzen sein«, sagte einer nachdenklich und rührte in seiner Teetasse herum.

»Niemand ist unersetzlich«, verkündete ein anderer mit einer Miene, als hätte er gerade eine ausgesucht tiefsinnige Wahrheit von der Sorte verkündet, die allein ein speziell ausgebildeter japanischer Perlentaucher ans Licht bringen könnte.

»Nein, aber er hatte dieses gewisse Etwas ... Er konnte immer eine überraschende Perspektive finden.«

Ich musste innerlich lachen, aber absolut nur innerlich. »Eine überraschende Perspektive« zu finden ist journalistischer Insider-Jargon und bedeutet nichts anderes, als dass man gut darin ist, eine alte Geschichte aus einem neuen Winkel betrachtet noch einmal zu verkaufen. Es ist eine bekannte und beliebte Methode. »Wie Sie wissen, ist Johnny Madsen ein hervorragender Handballspieler, jeder weiß es – aber waren Sie sich bewusst, dass er auch ein Meister des Kreuzstichs ist? Johnny, deine Stickereien – sie bedeuten sehr viel für dich, oder? Ist es nicht so, dass sie dir helfen, dich zwischen den Spielen zu entspannen?«

Jedermann in dieser pervertieren Branche ist unaufhörlich auf der Jagd nach »überraschenden Perspektiven«.

Total in der Perspektive, Kumpel. So muss es sein. Du bist doch nur alt, müde, versoffen und zynisch.

Am dritten Tisch, hinter dem ich mich niederließ, hatte sich eine größere Gesellschaft versammelt.

»Wir sollten eine Live-Sondersendung machen«, sagte einer. »Jetzt, wo endlich einmal was passiert.«

»Eine Sonderausgabe der Nachrichten«, meinte ein anderer.

»Was für eine Story!«, murmelte ein Dritter. »Und nur die Zeitungen haben etwas davon.«

»Die essen schließlich alles.«

»Wie die Haie.«

»Die Schakale.«

»Genau.«

»Für Birthe wird es trotzdem hart werden. Jetzt sitzt sie alleine mit drei Kindern da.«

»Das war doch bisher auch nicht anders. Das ist doch nichts Neues. Viel schlimmer ist es für Nina.«

»Nina?«

»Na, diese kleine blonde Cutterin. Hast du etwa gar nicht gemerkt, dass ...«

»Das ist ja ein Ding!«

»Ich dachte, du würdest dich wenigstens in der eigenen Abteilung auskennen.«

»Das dachte ich auch.«

»Pssst. Da kommt sie.«

»Hallo, Nina!«

Die »kleine blonde Cutterin« setzte sich. Sie hatte geweint, und nicht einmal Elizabeth Ardens Kosmetika konnten es verbergen.

»Es ist ein Schock für uns alle«, sagte derjenige, der gerade über ihr Verhältnis mit Steincke gesprochen hatte. »Wir alle sind erschüttert.«

Mit diesen bewegenden Worten legte er eine beschützende väterliche Hand auf ihre Schulter. Sie wand sich los, ging zurück und setzte sich ohne ein einziges Wort an einen anderen Tisch, wo sie begann ins Leere zu starren, mit praktisch demselben Blick, den die Stammgäste des Stjernecafés aufsetzen, wenn sie aus dem Fenster hinaus in ihre eigene Leere starren.

Die anderen fuhren unangefochten mit ihrer Unterhaltung fort.

»Glaubst du, dass Riemenschneider das Rennen macht?«

»Vielleicht ... Aber da gibt es ja auch den Sohn des stellvertretenden Abteilungsleiters ...«

»Aber der ist doch kein Journalist. Er hat einen Magister gemacht, in irgendeinem Fach ...«

»Altgriechisch oder Ägyptisch oder so was.«

»Also so einen kann man doch nicht ...«

»Kann man nicht? Dann lass dich mal überraschen, mein Freund!«

»Tjaa ...«

»Und wie alle Magister mit so einem Fach ist er natürlich arbeitslos, oder? Aber vielleicht finden sie ja irgendeinen Kompromiss – sie geben Riemenschneider den Job, und der Magister wird als Berater für das Fernsehtheater oder die Erwachsenenbildung oder so was angeheuert, aufgrund seiner ›pädagogischen Qualifikationen‹.«

Die letzten Worte klangen wie ein Knurren.

»Wie viele Jahre bist du jetzt schon dabei?«

»Zu viele. Ich warte nur noch auf meine Pensionierung.«

»Kannst du nicht in den Vorruhestand gehen?«

»Habe ich versucht. Ging nicht. Ich bin mit keinem einzigen der Chefs verwandt.«

»Das hättest du dir vorher überlegen sollen.«

»Oder schon meine Eltern. Wie auch immer, ich muss jetzt ins Studio.«

»Was läuft denn?«

»Schon vergessen, dass wir in einer Stunde *Einer wird gewinnen* senden? Da muss die Beleuchtung stimmen!«

»Verdammt, stimmt – ich habe es tatsächlich vergessen. Studio 5?«

»In der Drei.«

»Okay. ... Ich bin in zehn Minuten da. *The Show Must Go On!*«

»Ja. Also bis dann.«

»Bis dann.«

Ich holte mir kein neues Bier, sondern eine Tasse Kaffee. Das konnte noch länger dauern. Ehlers war wahrscheinlich immer noch dabei, die Leute zu vernehmen, und das kann er stundenlang durchhalten. Er behauptet, das sei seine Arbeit, und wahrscheinlich weiß er selbst darüber am besten Bescheid.

Der Klatsch ging weiter – von Tisch zu Tisch.

»Erwürgt, sagen sie ... Wer zum Teufel sollte so etwas tun?«

»Keine Ahnung. Ich war es jedenfalls nicht.«

»Ich auch nicht – aber es muss doch jemand von hier gewesen sein ...«

»Warum denn? Hier kann doch jeder kommen und gehen, wie er will.«

»Aber nicht jeder kennt die kleinen Technikräume.«

»Spielst du Sherlock Holmes?«

»Ich hab schon vor vielen Jahren aufgehört zu spielen – abgesehen von diesen abgefuckten Kindersendungen, wo ich so tun muss, als würden mich diese verdammten, sabbernden Scheißerchen interessieren.«

»Warum lässt du dich nicht versetzen?«

»Ist doch scheißegal. Dann mache ich eben ›dasselbe, nur anders‹, wie diese Kochbuchtante immer geschrieben hat. Dann muss ich so tun, als würden mich irgendwelche Sportler interessieren, oder Musiker oder Schauspieler oder ...«

»Oder sogar Politiker.«

»Na, na. Du sollst hier nicht fluchen.«

»Nein, ich könnte riskieren, die Vereinigung Christlicher Zuschauer an den Hals zu bekommen. Die haben garantiert auch einen Spion in unserer Kantine stationiert – sicherheitshalber.«

»Würde mich nicht wundern.«

Draußen vor der Tür zur Kantine sah ich Ehlers stehen und hereinlugen, eifrig damit beschäftigt, der Sisyphosarbeit nachzugehen, die ihn schon seit Jahren in Anspruch nahm: seinen ungeheuren, in alle Richtungen strebenden, unregelmäßigen Vollbart zu glätten.

Ich konnte ihm ansehen, dass er keine gute Laune hatte. Trotzdem ging ich zu ihm hinaus. Ich bin in eine furchtlose Familie hineingeboren worden. Einer meiner Vorväter war ein angesehener Großwildjäger, und ein anderer hatte nicht weniger als acht Töchter.

»Du bist natürlich auch hier«, sagte er, als wäre dies die letzte schimpfliche Verhöhnung, die auf einem Haufen von bereits jetzt schon olympischen Dimensionen abgeladen wurde.

»Selbstverständlich«, antwortete ich. »Wie läuft's?«

»Super. Es ist ganz einfach. Eigentlich geht es nur darum, eine Stecknadel in einem Heuhaufen zu finden, der etwa so groß ist wie der Butterberg des Gemeinsamen Marktes. Das schaffe ich doch mit links – vorausgesetzt, dass der Mörder nett genug ist, auf der Stelle vorzutreten und freiwillig zu gestehen. Aber dieser Brief, den du bekommen hast ...«

»Was hat der denn damit zu tun?«

»Eigentlich nur«, sagte Ehlers gewichtig, »dass wir einen Brief in Steinckes Jackentasche gefunden haben, den jemand dort hineingesteckt hatte. Darauf stand ›Vernichtet alle Medien-Bonzen – sie sind Parasiten!‹.«

»So was kann doch jeder schreiben.«

»Und dabei noch ziemlich recht haben, ja. Aber nicht jeder kann es auf demselben Papier und mit derselben Schrift schreiben wie in dem Brief, den du bekommen hast. Ich bin zwar kein Grafologe, aber ...«

Er unterbrach sich und betrachtete mich mit seinem schärfsten Blick – Einstellung 7: visueller Orkan.

»Du wirst nichts über diesen Brief schreiben«, sagte er.

»Natürlich nicht«, antwortete ich. »Nicht, wenn du es für besser hältst. Das *Bladet* zieht es vor, mit den Ordnungskräften zusammenzuarbeiten.«

»›Zieht es vor‹?«

Er spuckte die Worte förmlich aus.

»Zieht es vor«, antwortete ich. »Oder volkstümlicher ausgedrückt: Wir ziehen es vor. Das heißt: unter der Voraussetzung, dass die Ordnungskräfte mit dem *Bladet* zusammenarbeiten.«

Seine Augenbrauen hoben sich um etwa einen halben Kilometer. Einen Moment lang glaubte ich, dass wir uns streiten würden.

Dann riss er sich zusammen. Ein Bulle muss sein Jus kennen. Jedenfalls genug, um zu wissen, dass ein Brief ein unverletzliches persönliches Privateigentum darstellt und nur aufgrund eines richterlichen Beschlusses beschlagnahmt werden kann, den zu erwirken des Abends ziemlich schwierig sein würde – zweifellos aufgrund der dem Richterstand angeborenen und mit der Zeit weiterentwickelten Trägheit, aber so ist das Leben, und nicht einmal ein Polizeiinspektor kann sich darüber erheben.

»Ich rufe dich kurz vor Redaktionsschluss an«, sagte er. »*Fair Play?*«

»*Fair Play*«, antwortete ich und gab ihm die Hand, um zu zeigen, dass ich es auch so meinte. »Viel Spaß bei den Ermittlungen.«

Er sah mir scheel hinterher. Er sagte nichts, aber sein Blick machte deutlich, dass manche Leute es entschieden leichter hätten als andere und dass diejenigen, die es am leichtesten hätten, dies nicht unbedingt verdient hätten und dass er wenn nötig durchaus einige naheliegende Exemplare dieser Art mit Namen benennen könne.

Ich warf noch einen Blick zurück in die Kantine, drehte mich um und ging hinaus. Otzen wartete, und Otzen war es nicht gewohnt zu warten. Das sorgte bei ihm für schlechte Laune.

Jeder hat so seine Eigenheiten.

Der Pförtner, mit dem ich bekannt war, unterhielt sich, als ich mich verabschiedete, mit einem Kollegen. Ich konnte noch die Schlussreplik ihres Gesprächs aufschnappen:

»Nein, du ... Es wird definitiv Riemenschneider. Das ist praktisch schon beschlossene Sache. Ich habe es aus allerhöchstem Munde erfahren.«

Es regnete.

15

»Das hätte ich nie gedacht, dass so etwas passieren könnte«, sagte der Taxichauffeur, als er anfuhr.

»Was?«

»Ein Mord in den Fernsehstudios.«

»Warum nicht? Gestern gab es einen in Vesterbro. Und vorgestern gab es vermutlich einen in Nørrebro. Und am Tag davor vielleicht in Kolding oder Kerteminde oder ...«

»Schon, aber an einem solchen Ort ... Der ist doch öffentlich. Ich dachte, dort gäbe es Wachen und so etwas.«

»Nicht der Rede wert. Wo hast du denn davon gehört?«

»Ach, du ... Für uns ist es doch ein gutes Geschäft. Ich habe schon zwei Journalisten hierhergefahren – und die Zentrale hat allen Wagen den Tipp gegeben, dass hier heute Abend noch viel zu tun sein wird.«

»Das hätte ich mir auch selbst denken können.«

»Es ist vielleicht nicht die feine Art, die Dinge so zu betrachten«, sagte der Chauffeur. »Ein bisschen roh. Aber man muss schließlich auch leben, nicht wahr?«

»Das muss man wohl. Und so lange wie möglich, und gerne so gut wie möglich.«

»Ein wahres Wort, Kumpel. Ein wahres Wort.«

Er war ein kleiner, abgelebter Mann. In dieser Stadt gibt es überall so viele kleine, abgelebte Männer. Nicht nur in dieser. Praktisch in allen Städten, die ich gesehen habe.

Als wir uns dem *Bladet* näherten, fiel mir die fehlende Quittung vom letzten Mal wieder ein. Er gab mir einen Block und sagte, dass ich einfach draufschreiben solle, was ich brauche – er wisse schon, »wie der Hase läuft«.

Wahrscheinlich tat er das. Angabe wird es wohl kaum gewesen sein. Man kann nicht viele Jahre für Isted-Bil fahren, ohne zu wissen, wie der Hase läuft.

Der Lärmpegel in der Kantine des *Bladet* war fast genauso hoch wie der in der Kantine der Fernsehstudios. Wenn die Wandfarben und die Taxifahrt nicht gewesen wären, hätte ich glauben können, ich sei immer noch am selben Ort.

Die Bemerkungen waren vielleicht ein wenig freundlicher.

»Er war ein verdammt guter Journalist. Könnt ihr euch an die Kampagne erinnern, die er gegen die Immobilienspekulanten gefahren ist, als er noch hier gearbeitet hat?«

»Und an damals, als er den Ministerpräsidenten mit heruntergelassenen Hosen erwischte und ihm nachgewiesen hat, dass er in Steuersparmodelle investiert hatte? Und dass der Ministerpräsident die Schuld auf seinen Rechtsberater schieben und ihn feuern musste?«

»Es gibt nicht viele Journalisten von der Sorte.«

»Du gehörst jedenfalls nicht dazu.«

»Halt die Klappe, ich bin nur ein kleiner Sportreporter, es ist nicht mein Job, nach Skandalen zu graben. Apropos: Steincke muss eine Menge Feinde gehabt haben.«

»Glaubst du …«

»Man weiß ja nie, oder?«

»Hallo, du kommst doch gerade von dort«, rief der Sportreporter mir quer durch die Kantine zu. »Komm her und setz dich.«

»Komme.«

Lauter erwartungsfrohe Augenpaare wandten sich mir zu, als ich mich an den Tisch setzte. Als würde man in den Illustrationen einer alten Wochenzeitschrift den unschuldigen kleinen Kindern im Licht der Stearinkerzen vor den noch unausgepackten Weihnachtsgeschenken in die Augen sehen.

»Na, was gibt es Neues?«

Ich zuckte mit den Schultern.

»Nichts, Freunde, tut mir leid. Ich weiß, was für eine Enttäuschung das für euch sein muss – aber es gibt tatsächlich nichts. Ich habe keine Ahnung, wie ich es anstellen soll, damit eine ganze Seite zu füllen.«

»Und dazu noch die Titelseite«, warf der Theaterkritiker ein.

»Er wurde in einem kleinen Büro erwürgt, und es gibt niemanden, der sehr viel mehr dazu sagen kann. ›Die Polizei geht davon aus, in Kürze jemanden festnehmen zu können‹, ihr wisst schon.«

»Heißt das nicht so viel wie, dass sie einen Scheiß wissen?«

»Im Großen und Ganzen schon, wenn man sich so vulgär ausdrücken möchte.«

»Du musst meine Ausdrucksweise schon entschuldigen«, sagte der Theaterkritiker. »Das sind diese ganzen Sommerrevues, die einen schlechten Einfluss auf mich ausüben. Sie ziehen einen nach unten. Wenn das Königliche Theater im Herbst die Saison wieder eröffnet, sieht es schon ganz anders aus.«

»Kennt ihn einer von euch noch aus der Zeit, als er hier gearbeitet hat?«

»Ich habe ihn gekannt«, sagte der Sportreporter. »Ein Jahr lang jedenfalls.«

»Wie war er?«

»Ein harter Hund – ich glaube, so würde Otzen es ausdrücken. Mir ist bei dieser Zeitung noch nie jemand begegnet, der so hart und so lange am Stück geackert hat. Ich glaube, er ist der Einzige, der jemals Ärger mit der Personalabteilung bekam, weil er vergessen hatte, seine Urlaubstage zu nehmen, und damit ihre Berechnungen durcheinanderbrachte. Das sollte in die Geschichtsbücher des *Bladet* eingehen.«

»Ja, aber wie war er so – rein persönlich?«

»Keine Ahnung, du. Es war kaum an ihn heranzukommen.«

»Lass es mich so sagen«, fuhr der Theaterkritiker fort: »Der Verstorbene war kein offener, extrovertierter Typ. Gefällt dir diese Ausdrucksweise besser?«

»Viel besser.«

»Er war ein Typ, der es lieber mochte, wenn andere Leute redeten.«

»Genau«, pflichtete ihm Sporty bei. »Aber ich bin mir nicht sicher, ob er jemals zugehört hat, was andere so erzählten.«

»Bist du dir sicher«, fragte ich, »dass in dieser Kantine jemals etwas gesagt wurde, das es wert war sich anzuhören?«

»Ach, sei doch still«, sagte der Theaterkritiker. »Hör auf damit. Wir sind doch keine Universität oder Akademie. Wir sind eine armselige, stinknormale Zeitung, und davon leben wir. Wir müssen schließlich auch leben.«

»Das hat mein Taxichauffeur auch gesagt.«

»Ein kluger Mann. Du solltest von ihm lernen.«

»Das mache ich doch. Immerhin bin ich noch am Leben.«

»Wenn du es so nennen möchtest, dann viel Glück noch damit, möge es dir noch viele, viele Jahre gut gehen. Nun denn, ich muss wieder ins Büro zurück und die Revue *Küsse im Sommerland* besprechen. Macht's gut.«

»Tschüss.«

Er ging zu seiner Revue, der Sportreporter zu den aufregenden Agenturmeldungen mit den Ergebnissen der Tischtennis-WM, und ich mit den gesammelten Zeitungsausschnitten des *Bladet* von und über Hans Aage Steincke in mein »Büro«.

Steincke war fleißig gewesen, weit mehr als der Durchschnitt, und er war hartnäckig gewesen, noch sehr viel mehr als der Durchschnitt. Es stimmte schon, was sie in der Kantine gesagt hatten: Er musste sich eine Menge Feinde gemacht haben. Überall in Vorständen, Logen und diversen »parlamentarischen« oder »verantwortlichen« Kreisen.

Ich zündete mir eine Zigarette an und sandte einen leeren Blick auf den Rådhuspladsen hinaus. Es war offenbar einer dieser Tage, an denen alle, denen man begegnete, man selbst nicht ausgenommen, ununterbrochen leeren Blicks auf irgendetwas hinausstarrten.

Einer dieser vielen Tage.

Dann ging ich zu Otzen hinunter.

Endlich eine auffällige Ausnahme. Er starrte nicht leer vor sich hin. Er saß da und schmiedete Pläne.

»Drei Seiten«, sagte er, ohne Zeit mit gleichgültigen Bagatellen wie etwa einer Begrüßung zu verschwenden. »Du schreibst eine Seite über den Mord und die Stimmung in den Fernsehstudios. Lass sie heulen und sagen, dass sie nie wieder einen solchen Mitarbeiter bekommen werden! Mavis schreibt eine Seite mit seinem Lebenslauf und einem riesigen Bild, und Knud und Poul schreiben jeweils einen kleinen Artikel darüber, wie er als Freund und Kollege während seiner Zeit hier beim *Bladet* war. Und egal, was du schreibst, vergiss nicht, dass er einmal hier beschäftigt war.«

»Nein. Man muss schließlich leben.«

»Warum zum Teufel sagst du so was?«

»Ich habe zu viele Sommerrevues gesehen. Ich meine: Die Leute sagen es die ganze Zeit zu mir.«

»Bist du überarbeitet?«

»Fühlen Sie sich müde, ermattet, fertig? Eine Tasse warmen Tees um vier Uhr am Nachmittag wird Ihren Puls im Nu auf ...«

»Jetzt halt mal die Klappe. Ich habe Arbeit zu erledigen – und du auch. Also los jetzt!«

»Mir ist schon bewusst, dass du einmal befehlshabender Offizier gewesen bist. Du musst es nicht jeden Tag noch unterstreichen.«

Ehlers rief früher als erwartet an.

Er sagte, dass er mich gerne bitten würde, meinen anonymen Brief nicht zu veröffentlichen. »Unter diesen Umständen«.

Ich fragte ihn, welche »Umstände« er meine.

»Verdammt noch mal«, antwortete er gereizt. »Du kannst dir doch denken, was sonst passiert. Es würde schlicht und einfach Panik ausbrechen!«

»Du meinst: *Wann schlägt der Schrecken der Kopenhagener, der irre Würger, wieder zu?*«, fragte ich.

»Genau. Du bist der Einzige außerhalb der Polizei, der diesen Zusammenhang kennt. Wenn du darüber schreibst, erwürge ich dich – höchstpersönlich.«

»Beleidigende, lebensgefährliche Drohungen aus dem Munde eines prominenten Amtsträgers gegen einen Mitarbeiter des *Bladet.* Als unser Korrespondent …«

»Siehst du nicht, wie ernst es ist?«

»Doch, aber macht das eigentlich einen Unterschied? Wir haben es doch vorher schon versucht. Kannst du dich an diesen Verrückten erinnern, der jeden Montag ein Mädchen ermordete, drei Wochen lang, immer in der Gegend des Kreisverkehrs von Nørrebro …«

»Ja. Ich kann mich auch an die Panik erinnern. Du warst ziemlich gut darin, sie anzuheizen.«

»Ich habe sie nicht angeheizt. Ich war objektiv. Ich habe sie gespiegelt.«

»Einer deiner üblichen sprachlichen Tricks. Na, wenn schon …«

»Okay, *Fair Play* – aber das heißt auch: Eine Hand wäscht die andere. Was kann ich zum Beispiel über den Einsatz der Polizei und ihre augenblicklichen Pläne schreiben?«

»Tja … Alle verfügbaren Leute sind natürlich auf den Fall angesetzt, es werden umfassende Vernehmungen und Ermittlungen durchgeführt, und innerhalb der nächsten Tage erwarten wir …

»Danke, den Rest kann ich selbst. Ich glaube sogar, dass meine Schreibmaschine das von selbst erledigen kann. Gute Nacht.«

»Gute Nacht.«

Die Stimme klang, als litte Ehlers an einem spontanen Anfall von akutem Selbstmitleid. Warum auch nicht? Es gibt nur wenige, die von dieser weit verbreiteten Viruskrankheit verschont bleiben.

Es war spät, als ich die Schilderung des Todesfalls und »der Trauer und Empörung, welche von den Kollegen in den Studios Besitz ergriffen hatte,« abgeschlossen hatte. Es war noch ein bisschen später, als ich aufstand, um zu gehen, und daran dachte, dass es doch einen Einspalter über Kaufmanns Klaus und seine jugendliche Freude über den ersten gymnasialen Gitarren-Gig seines Lebens geben sollte.

»Verstehst du«, erklärte ich Otzen über das Haustelefon. »Das *Bladet* hat ihn bekannt gemacht – und jetzt bekommt er seine Chance!«

»Das *Bladet* ist immer bereit, für die Jugend zu sprechen und neue Talente in den Blickpunkt zu stellen«, sagte Otzen pompös. »Das ist und war stets eine Herzensangelegenheit des *Bladet*. Schick den Artikel einfach runter!«

»Ja. Ich gehe jetzt.«

»Okay. Du bleibst morgen an der Sache dran?«

Sein diskret fragender Tonfall war reine Höflichkeit – aber selbst das war schon etwas Besonderes.

»*Business as usual.*«

»Wenn etwas ist, dann rufen wir dich an – zu Hause oder im Stjernecafé, falls das nicht auch zu Hause ist.«

»Gut.«

Es gab nur noch den stillen, sanften Sprühregen, als ich den bis zur Widerwärtigkeit wohlbekannten Weg über den Rådhuspladsen, die Vesterbrogade hinauf, durch den Hauptbahnhof hindurch und die Istedgade hinunterging. Es war ein stiller Abend im Viertel. Das kommt ab und zu vor, und niemand kann vorhersehen, wann es passiert, obwohl man es gerne und aus einleuchtenden Gründen vorher wissen würde.

Ich nahm nur zwei Drinks im Stjernecafé, bevor ich in mein einsames Bett stieg. Das war nicht meine Entscheidung, sondern als ich den dritten bestellen wollte, deutete Bob mit dem Zeigefinger nach oben.

Gelegentlich, wenn es ihn überkommt, kann einen Bob ziemlich bevormunden.

In der Regel hat er trotzdem recht. So auch in diesem Fall.

16

Ein weiterer Morgen kam. Ein unnachgiebiger, neuer Morgen aus einem Lager, das anscheinend ebenso unerschöpflich war wie das von Hollywood, und mindestens ebenso exotisch erregend.

»Du hattest viel zu tun«, sagte Ronnie mit der üblichen, vorsichtigen Untertreibung, als er meinen Kaffeebecher füllte.

Ich gab ihm Recht und faltete meine Zeitungen auseinander, soweit sich dieses Projekt an einem seiner kleinen Tische umsetzen ließ.

»Hängt dir das alles nie zum Hals raus?«, fragte Ronnie. »Ich meine, die ganze Gewalt, und ihr dann auch noch hinterherzurennen und darüber zu schreiben, einen Tag nach dem anderen ...«

»Hängt dir das alles hier nie zum Halse raus?«, fragte ich. »Ich meine, der ganze Kaffee, und dann noch mit ihm herumzurennen und einzuschenken ...«

»Du brauchst dich nicht über mich lustig zu machen«, entgegnete er beleidigt.

»Das tue ich auch nicht. Zum Teufel, natürlich hängt es mir zum Hals raus. Mir hängt es schon seit Jahren zum Hals raus – eigentlich schon seit ich diesen Job bekommen habe, oder seit dem Tag danach, um ganz genau zu sein. Ja, und? Was zum Teufel sollte ich denn sonst tun?«

»Du warst doch mal Musiker.«

»Das ist lange her, Ronnie. Zu lange her. Und selbst wenn mir der Behindertenverband ein ganzes Jahr lang einen Rehabilitationskurs bezahlen würde, gäbe es Tausende von ganz jungen Kerlen, die zehnmal so viel könnten wie ich.«

»Du scheinst ja keine hohe Meinung von dir selbst zu haben.«

»Nein. Dafür habe ich auch keinen Grund.«

»Warum wohnst du eigentlich hier im Viertel?«

»Ich bin hier geboren.«

»Das bin ich auch, und ich habe mein ganzes Leben lang hier gewohnt. Aber du – du bist gereist, du bist in der Welt herumgekommen ...«

»Und wieder zurückgekehrt, ja. Der Täter kehrt immer an den Ort des Verbrechens zurück.«

»Ich kann dich nicht so recht begreifen.«

»Es gibt auch keinen Grund dafür, dass du es können solltest. Du würdest nur deine Zeit damit verschwenden. Solange du Kaffee ausschenken kannst, ohne dabei zu kleckern, ist doch alles im Lot.«

»So redest du dauernd. Wo du doch so jung bist.«

»Jung? Ich bin vierzig!«

»Ich bin über sechzig. Wenn man erst einmal so weit ist, ist man schon in der letzten Kurve. So ist es für einen Vierzigjährigen nicht. So einer ist jung. Ein junger Mann sollte Pläne haben, Ambitionen, Ideen.«

»Worüber? Dicke Autos, uniformierte Chauffeure, Villen am Strandvejen, exotische Gespielinnen, Kaviar und Champagner? Woran denkst du denn?«

»Hast du denn keine Träume?«

»Nein. Nur Alpträume – doch davon habe ich zum Ausgleich jede Menge, falls du interessiert sein solltest. Du bekommst einen Sonderrabatt, wenn du ein Abonnement kaufst.«

Ronnie entfernte sich mit einem freundlichen Kopfschütteln, und ich konnte mich endlich auf meinen Zeitungsstapel stürzen.

Steincke konnte sich nicht über einen Mangel an Aufmerksamkeit beschweren. Sowohl Knud als auch Poul beschrieben ihn als einen allseits geschätzten, respektierten, beliebten und stets energischen und inspirierenden Kollegen mit einem klaren Blick für die Ungerechtigkeiten in unserer Gesellschaft und einem großen Herzen für die Untersten in eben dieser Gesellschaft. Überall, wo Unterdrückung und Korruption ihr Unwesen trieben, war Steincke mit seinem niemals nachlassenden Adlerblick zur Stelle gewesen. Überall wo Ungerechtigkeit und Unrechtmäßigkeit sich zeigten, war Steincke prompt auf der Matte gestanden. Wenn es Menschen wie Hans Aage Steincke nicht gäbe, würden wir in einer sehr viel schlechteren Welt leben.

Die reinste Reinkarnation des Engels mit dem Flammenschwert.

Und Otzen hatte sogar den Leitartikel geschrieben, worin er – weiß Gott zum wievielten Mal – einen zufälligen aktuellen Anlass nutzte, um das Hohelied der Heiligen Meinungsfreiheit zu singen, unter Freunden auch *Bladet* genannt.

Hans Aage Steincke war ein Kämpfer, stand dort. *Nicht mit dem Schwert, sondern mit der Feder. Er ergriff Partei – als Mensch und auch als Journalist. Mit Bertolt Brecht könnte man sagen, dass die Herrschenden ohne ihn sicherer gesessen hätten.*
Hans Aage Steincke gab das Beste für sein Land und sein Volk als ein hellwacher, kritischer Beobachter des gesellschaftlichen Alltags in Dänemark. Er war ein Vertreter des aktiven, nachhakenden Journalismus, der seinerseits die Garantie für die Demokratie darstellt, ja, eigentlich ihren innersten Nerv.
Viele werden sich heute in Trauer an ihn erinnern – nicht zuletzt hier beim Bladet. *Er hat eine Lücke in der dänischen Presse hinterlassen, die schwer, wenn nicht gar unmöglich wieder zu schließen ist.*
Ein jeder kann nur sein Bestes tun, um den Verlust erträglicher zu machen.
Das Bladet *wird seinen Beitrag leisten. Das* Bladet *wird die*

Erinnerung an Steincke nicht nur mit Reden, Kränzen und Blumen in Ehren halten, sondern auf die Art und Weise, die er selbst vorgezogen hätte: Mit dem fortgesetzten Kampf gegen Machtmissbrauch, mit der Aufdeckung von Korruptionsaffären und mit der Arbeit für eine bessere und gerechtere Gesellschaft.
Das schulden wir Steincke – und unseren Lesern.
Und das wissen wir. Auch morgen und übermorgen wird das Bladet *wieder bereit sein, von Neuem seiner Verantwortung gerecht zu werden.*

Der Zigarrenrauch hing dick zwischen den Zeilen – jedenfalls für diejenigen, die Otzen kannten.

Die konservativen Zeitungen waren nicht annähernd so hoch gestimmt. Sie zogen es vor, Wörter wie »umstritten« und »kontrovers« in Bezug auf den Verstorbenen zu verwenden. »Kontrovers« ist ein schönes Wort, man kann es beinahe für alles gebrauchen. Genauso wie beispielsweise »Demokratie«. Oder »Freiheit«. Oder wie die meisten anderen Wörter.

Ansonsten brachten alle Zeitungen im Großen und Ganzen dieselben Aufnahmen der Leiche, des »zielstrebigen Polizeiinspektors Ehlers« und der »wie gelähmten Kollegen in den Fernsehstudios«. Die Letztgenannten ließen sich über den Verstorbenen nur in den allerhöchsten Tönen aus. Nicht zuletzt ein gewisser Riemenschneider, der gegenüber der christlichen Zeitung erwähnte, dass Steincke einen »journalistischen Standard« gesetzt habe, den zu erreichen jeder andere seine Schwierigkeiten haben dürfte.

Ziemlich flott formuliert. Man muss schließlich leben – »unter diesen Umständen«. Es gibt keine anderen, oder vielleicht sind sie nur noch nicht erfunden.

Vielleicht werden sie es auch nie.

»So, so«, sagte Bob, als ich das Stjernecafé betrat. »Ich habe das *Bladet* gesehen. Jetzt verstehe ich besser, warum du gestern dermaßen beschäftigt warst.«

»Endlich jemand, der mich versteht«, antwortete ich.

»Weißt du nicht, dass das genau der Grund ist, warum es Barkeeper gibt?«, sagte Bob beruhigend. »Das ist die eigentliche Kernkompetenz unseres Fachs. Die ganze Getränkeausschenkerei ist nur Nebensache. Eine Art *misdirection*, du weißt schon – wie die Zauberkünstler es machen.«

»Wie wäre es, wenn du dich mal ein bisschen auf diese Nebensache konzentrieren würdest?«

»Gerne, der Herr.«

Ich hatte gerade noch Gelegenheit, aus dem Glas zu probieren und mir eine Zigarette anzuzünden, als der Hübsche hereinstürzte. Der ansonsten so friedliebende Hübsche sah zornig erregt aus. Er hechtete sich geradezu zu mir an die Theke, klatschte das *Bladet* auf den Tresen, als wollte er Fliegen oder Moskitos erschlagen, sah mich böse an und höhnte: »Pop-Journalismus!«

Ich starrte ihn verwundert an. Verwundert aus zwei unverrückbar gültigen Gründen: Fürs Erste pflegte der Hübsche, wie gesagt, die Liebenswürdigkeit in Person zu sein, sofern man bereit war, sich seine Lieder anzuhören. Zum Zweiten hatte er, seit ich ihn kenne, noch nie zuvor irgendeine Form von Journalismus kommentiert, weder meine noch die eines anderen, inländisch oder ausländisch, und in diesen Jahren hätte es Ozeane voller Anlässe gegeben, wenn er sich versucht gefühlt haben sollte.

»Was steht denn da so Schlimmes drin?«, fragte Bob ebenso überrascht.

»Guck dir das an!«, sagte der Hübsche und blätterte so heftig um, dass die Seiten nach allen Seiten von der Theke flogen. »Guck dir das hier mal an!«

»Das hier«, stellte sich als der Artikel über den Ladenjungen, den Gitarristen Klaus, heraus – ein Zweispalter, der mir bei Ronnie noch gar nicht aufgefallen war.

Applaus für Klaus hatte der zuständige Chef vom Dienst die

Story erfindungsreich betitelt. Das Bild mit dem Lastenfahrrad und der Gitarre illustrierte das Ganze.

Wenn aus Klaus irgendwann einmal etwas werden sollte, und sei es nur etwas halbwegs Ordentliches, würde sich dieses Bild für den Fotografen mannigfach bezahlt machen. Wiederverwertung, Wiederverwertung und noch einmal Wiederverwertung. »Hier, im Hinterhof dieses Kaufmannsladens, fing alles an.«

»Genau das ist es, was mit der Presse nicht stimmt«, donnerte der Hübsche. »Die Art, wie ihr immer mit der Musik umgeht. Billige Sensationen. Nuttenjournalismus! Niemand weiß, ob dieser Mann überhaupt spielen kann, niemand hat ihn je gehört, aber nur, weil er in einen Mord verwickelt war, muss er sofort zu einem genialen Gitarristen aufgeblasen werden. Das zeigt nur, wie es läuft. Billige PR-Tricks! Aber über ehrliche, selbständige, originelle Musik ...«

»So wie deine?«, warf Bob ein.

»... wird nie ein Wort verloren«, fuhr der Hübsche fort, ohne sich um irritierende Zwischenbemerkungen zu kümmern. »Es ist einfach so verdammt typisch! Es sind genau diese Sachen, gegen die man als kreativer Künstler ankämpfen muss. Aber dass ausgerechnet du so etwas tust ...«

»Verdammt«, sagte ich. »Lass den Jungen doch seine Chance bekommen. Wenn er nichts taugt, dann wird trotzdem nichts aus ihm werden, also was soll's? So hat er es wenigstens versucht, und er kann später immer noch im Lagerraum seines Ladens sitzen und sich mit seiner Gitarre amüsieren, wenn er Zeit hat, und ...«

»Sich mit seiner Gitarre amüsieren!«, höhnte der Hübsche. »Genau in diesem Punkt liegst du total falsch. Eine Gitarre ist nichts, womit man sich amüsiert. Musik ist kein Amüsement. Musik ist essentiell. Musik ist notwendig. Sie ist das Leben selbst! Sie ist harte Arbeit. Musik ist wie eine Geburt. Ein wahrer Musiker opfert Blut, Schweiß und Tränen ...«

»... über Randnotizen im *Bladet*«, schloss Bob. »Mann, entspann dich!«

»Wie kann man denn in so einem Milieu entspannen? Das ist Opium für die Massen! Das ist geistige Umweltverschmutzung!«

»Wir müssen auch bald mal eine Story über dich und deine neuen Lieder ins Auge fassen«, sagte ich zum Hübschen und zwinkerte Bob dabei zu. »Ich werde mal mit dem Redakteur darüber reden.«

»Das hast du vor ein paar Monaten auch schon gesagt.«

»Vielleicht ist die Zeit inzwischen reifer dafür.«

»Ja«, bemerkte Bob bescheiden und privat. »Schließlich ist ja Sauregurkenzeit.«

Als ich ging, querulierte der Hübsche immer noch.

17

Auch dieses Mal saß Ehlers in seinem Schreibtischstuhl, aber er saß nicht so dicht am Rand, als hätte er sich gerade erst hingesetzt.

Er saß wie eine Statue, festgefroren, so ähnlich wie Holger Danske auf Schloss Kronborg – abgesehen vom Bart. Er sah aus, als würde er sich nie wieder bewegen. Er sah aus, als würde er es gar nicht mehr können, selbst wenn er sich irgendwann dazu entschließen würde.

Ich habe Ehlers seit einigen Jahren immer wieder unter ganz unterschiedlichen Umständen getroffen. Ich habe ihn voller aggressiver Wut gesehen, freundlich und hilfsbereit, sanft mitfühlend, trostlos ermattet und total gleichgültig gegenüber allem und jedem.

Aber niemals so, wie er an diesem Vormittag aussah: wie eine erstarrte Silbermaske.

»Was ist passiert?«, fragte ich.

Instinktiv.

Dumm.

Natürlich dumm. Instinkte sind in der Regel dumm – wie Hunde.

Er sagte auch nichts davon, was passiert war.

»Ich habe heute das *Bladet* gesehen«, sagte er. »Vollkommen in Ordnung, finde ich. Danke für deine Loyalität.«

»Nichts zu danken.«

»Doch, doch. Du hättest uns alles vermasseln können.«

»Es war auch so genug Stoff. Worüber bist du so erschüttert?«

»Kannst du es nicht erraten?«

Doch, ich konnte. Ich hielt genau deshalb meine Klappe, um ihm zu zeigen das ich geraten hatte, und zwar richtig.

»In diesem Augenblick liegt sie auf dem Operationstisch ...«, sagte er. »Sie haben nicht gewagt, noch länger zu warten.«

»Tjaa ...«, antwortete ich hohl.

Was sollte jemand denn dazu sagen?

Tut mir leid, das zu hören, altes Haus?

Wollen wir nicht schnell noch einen trinken gehen?

Er nahm sich zusammen, wobei man sehen konnte, wie er seine Rückenmuskeln spannte, um auch nur halbwegs präzise und deutlich sprechen zu können.

»Du möchtest bestimmt erfahren, wie es heute Nacht lief?«

»Wenn es da etwas zu erfahren gibt.«

»Ich wünschte, das gäbe es. Wir waren die ganze Nacht draußen in den Studios. Schon jetzt habe ich zwischen zwei- und dreihundert DIN-A4-Seiten mit den Informationen, die wir eingesammelt haben, und den Protokollen der Vernehmungen, die wir durchgeführt haben. Und das Ergebnis ist null.«

»Ihr müsst doch ...«

»Irgendetwas herausgefunden haben, wolltest du sagen? Wie soll das denn gehen? Der Mann kommt. Setzt sich in ein Büro, und dort wird er erwürgt. In der Zwischenzeit sind die Leute rein und raus und rauf und runter und vor und zurück marschiert, wie sie es sonst nur während der Stoßzeiten auf dem Hauptbahnhof tun. Und alle hatten einen triftigen Grund dafür – das heißt alle, mit denen wir geredet haben. Und denjenigen, die keinen hatten, boten sich genug Möglichkeiten, in der Zwischenzeit zu verschwinden, wenn sie sich nicht selber einen Grund ausdenken konnten, und das konnte eigentlich jeder. Herrjemine, es ist so leicht!«

»Aber es gibt doch Wachen.«

»Aber die können dem Rücken einer abgewandten Jacke doch nicht ansehen, ob darin ein verzweifelter Mörder oder

der freiwillige Teilnehmer irgendeines hirntoten Quizprogramms die Studios verlässt. Die sehen doch gleich aus.«

»Zumindest gleich verzweifelt. Aber wenn jemand kommt, den sie nicht kennen ...«

»Sie können unmöglich alle kennen.«

Natürlich. Das können sie beim *Bladet* auch nicht. Und noch weniger auf der Polizeiwache am Halmtorvet. Oder anderswo.

»Und der Polizeipräsident macht Druck«, sagte er verbittert. »Besonderen Druck. Schließlich war der Tote ein Fernsehstar, und er hatte Beziehungen. Das ist schließlich etwas anderes, als wenn ein ganz normaler Bürger umgebracht wird. Es ist ein VIP-Tod! Sogar in schwedischen und norwegischen Zeitungen wird darüber berichtet. Was glaubst du, wie viele dänische Morde so weit herumkommen?«

»Keine Ahnung, aber ...«

»Der Justizminister ist empört – das ist er jedes Mal, wenn es Stimmen bringt. Der Polizeipräsident ist empört – das ist er jedes Mal, wenn der Justizminister empört ist. Gott und die Welt sind empört, und das Einzige, was sie von mir verlangen, ist, dass ich ihnen den Täter im Laufe des Nachmittags auf einem Silbertablett serviere, vielleicht könnten sie sich im Notfall auch mit Meißner Porzellan begnügen, aber der Ermittlungserfolg soll es noch in die Zeitung von Morgen schaffen.«

»Aber das kannst du doch gar nicht.«

»Das weiß ich selber. Und das wissen sie auch. Was sie mir also sagen – indirekt, inoffiziell – heißt, dass ich irgendjemanden ›auf Verdacht‹ festnehmen soll, damit es so aussieht, als kämen die Ermittlungen mit Volldampf voran. So wie sich die Lage im Augenblick darstellt, wäre es mir dementsprechend sogar möglich, beispielsweise dich zu verhaften, dann hätte ich ein paar Tage Ruhe, bevor ich gezwungen wäre, dich wieder laufen zu lassen.«

»In Gottes Namen, wenn ich dir damit helfen kann ...«

»Dein Chefredakteur hätte dich binnen zehn Minuten wieder draußen. Er hat auch Beziehungen.«

»Und außerdem wäre es ein Anschlag auf die Meinungsfreiheit – glaube ich jedenfalls.«

»Das ist es immer. Zumindest in der Presse!«

»Ja, ja. Kann ich dir irgendwie helfen?«

Idiotische Frage. Idiotische Idee. Wie zum Teufel sollte ausgerechnet ich Ehlers helfen können?

Da saß der Polizeiinspektor mit all seinen »amtlichen Befugnissen«, wie es so schön heißt, dem Recht, alle Bullen auf die Straße zu schicken, jeden für sich oder alle zusammen, damit sie dort vollbrachten oder versuchten zu vollbringen, was auch immer ihnen aufgetragen worden war. Er, mit allen seinen Möglichkeiten und Beziehungen, seinen Kontakten, seinen Spitzeln und seinen Spionen. Er mit all seiner Macht.

Und dennoch – war die Macht des *Bladet* nicht ebenso groß wie die der Polizei? War sie in Wirklichkeit vielleicht sogar noch größer?

War es nicht so wie dieses Kinderspiel »Wer hat Angst vorm bösen Wolf«? Ganz gleich, was die Polizei unternahm: Sie konnten dem *Bladet* nicht schaden.

Aber das *Bladet* konnte der Polizei schaden. Vielleicht konnte es nicht so viel anderes. Aber das konnte es.

Das *Bladet* konnte jedem schaden – mindestens ein paar Tage lang.

Wenn es wollte.

Doch im Augenblick war das *Bladet* ich, und es wollte nicht.

»Ja«, sagte Ehlers plötzlich, und sein Kopf machte einen abrupten Ruck, als wäre er ein zu Boden gefallener Epileptiker, der entgegen allen Erwartungen erwachte. »Ja, wenn du willst, könntest du mit zu Birthe Steincke hinausfahren.«

»Hast du immer noch nicht mit ihr gesprochen?«

»Selbstverständlich. Gestern. Das musste ich ja. Aber die eigentliche Vernehmung haben wir auf heute verschoben. Sie stand unter Schock, und gestern Abend ist es so spät geworden …«

»Gerne, aber …«

»Du bist schließlich eine Art Kollege, oder?«

»›Eine Art‹ ist eine sehr hübsche und diplomatische Formulierung. Doch, so könnte man sagen.«

»Und – ausgerechnet jetzt …«

Resigniert hob er die Arme. Er machte keinen Versuch, den Satz zu Ende zu bringen.

Das war auch nicht nötig: Ich wusste, was er meinte. Man wird von einer seltsamen Stimmung ergriffen, wenn man eine Frau aufsuchen und vernehmen sollte, deren Mann gerade gestorben war, und man selbst ein Mann war, der jederzeit mit der Nachricht rechnen muss, dass seine Frau soeben gestorben war.

Was soll man dazu sagen?

Ich sagte gar nichts. Ich zündete mir eine Zigarette an.

Was die meisten Menschen tun, wenn sie nicht wissen, was sie sagen sollen.

Was der Tabakindustrie im Laufe der Jahre Millionen eingebracht hat.

Ich schaute aus dem Fenster und tat so, als wäre ich brennend daran interessiert, einen Trupp von Schlachtereiarbeitern genauestens dabei zu beobachten, wie sie vor den Schlachthöfen Schinken von einem LKW luden.

Ehlers schaute zur Wand hinüber. Er tat so, als wäre er brennend an den Dienstplänen der kommenden Woche für das verfügbare Personal – minus Urlaub und Überstundenausgleich gemäß gültigen Tarifvertrags – in der Polizeiwache am Halmtorvet interessiert. Die allermeisten hätte er damit täuschen können. Wenn man lange genug in demselben Stuhl sitzt, gewöhnt sich der Rücken daran, und es sieht so aus, als könnte man von einer Symbiose sprechen, als ob es der Stuhl wäre, der spricht und dem Mann seine Stärke, seinen Status und seine Stimme leiht.

Die meisten Menschen scheinen einen Stuhl dieser Art zu brauchen, ganz gleich, wie sie ihn zu nennen pflegen. Es gibt so viele Namen dafür.

»Natürlich«, sagte ich.

Was so viel hieß wie: Ehlers, dir geht es verdammt schlecht. Ehlers, ich verstehe das gut. Und du möchtest nicht gerne allein sein, und ich möchte es nicht gerne laut sagen, aber es ist ein verdammt großes Kompliment, das du mir gerade machst: Wenn du ganz unten bist und zusammengebrochen und am Ende, dann nimmst du lieber mich mit als irgendeinen deiner festen Kollegen.

Wahre Komplimente kommen oft durch die Hintertür – auf genau diese Weise.

»Wo wohnt sie denn?«, fragte ich.

»In Lyngby ... Oder vielleicht ist es auch Bagsværd ... Irgendwo da draußen. Ich habe natürlich die Adresse.«

Natürlich hatte er die Adresse. Er redete um des Redens willen. Oder besser ausgedrückt: Er redete, um nicht schweigen zu müssen. Damit nicht so verdammt viel Schweigen den Raum erfüllte.

»Ich warte nur noch auf einen Telefonanruf«, sagte er.

Ich nickte.

Natürlich.

Er kam zwei Minuten später – just als ich meine Zigarette ausdrückte. Er stürzte sich auf den Hörer wie ein Torwart auf einen angeschnittenen Ball.

»Ja ... Aha ... Nein, das kann man wohl nicht so aus dem hohlen Bauch heraus entscheiden ... Nein, das verstehe ich ... Davon bin ich überzeugt, Herr Doktor ... Ja, das werde ich gerne tun, vielen Dank ... Gibt es eine Durchwahl?«

Er schrieb sie auf.

»Sie wissen noch nichts«, sagte er. »Wir ebenso wenig. Wollen wir losfahren und sehen, ob wir nicht wenigstens ein bisschen weiterkommen können?«

18

Im Wagen wurde kein Wort gesprochen. Wir fuhren durch den Jagtvejen, nach Vibenshus hinauf, weiter den Lyngbyvejen entlang und bogen in der Nähe des Nybrovejen ab.

Dort in einer Seitenstraße, genau auf der Grenze zwischen Lyngby und Bagsværd, lag eine hübsche kleine Eigenheimsiedlung und sah aus, als hätte sie sich seit längerer Zeit schon darauf vorbereitet, für *Schöner Wohnen* fotografiert zu werden. Die Gartenwege waren mit Sorgfalt geharkt worden, die Rasenflächen akribisch gemäht, und die Schornsteine sahen aus, als würde sie allein der Gedanke an etwas so abscheulich Unschönes wie Ruß dazu bewegen können, sich ganz in ihre Dächer zurückzuziehen.

»Seltsame Gegend für jemanden wie ihn«, sagte ich unwillkürlich.

»Auch du wirst an einem solchen Ort enden«, antwortete Ehlers. »Du kannst nicht für den Rest deines Lebens im Kiez bleiben.«

»Kann ich nicht?«

»Okay, du kannst. Aber Gitte kann es nicht.«

Da war etwas dran. Da war eigentlich ziemlich viel dran.

Jedenfalls genug, um bis auf weiteres die Klappe zu halten.

Vor Steinckes Haus liefen zwei kleine Jungen auf der Straße herum und spielten Fußball. Sie hatten Sommerferien.

Auf einer kleinen, rechteckigen Rasenfläche vor dem Haus tobte ein fünf-, sechsjähriges kleines Mädchen herum und spielte mit einem großen Hund, der wie ein Rottweiler aussah. Mal ritt sie auf ihm, mal warf sie ihn um, hin und wieder zog sie ihn an den Ohren. Der Hund schien nichts dagegen einzuwenden zu haben; er kläffte begeistert, ganz gleich, was sie anstellte.

»Papa?«, fragte sie, als wir den gepflasterten Weg hinaufgingen.

»Das sind die Sachen, die mich wirklich fertig machen«, flüsterte Ehlers, ohne ihr zu antworten.

»Nicht Papa?«, versuchte sie es noch einmal.

»Nein«, sagte Ehlers und klang wie ein geübter, erfahrener Papa. »Nicht Papa. Mit deiner Mama reden.«

»Mama drinnen.«

Das Mädchen zeigte auf das Haus und nahm ihr unterbrochenes Spiel mit dem Hund wieder auf. Der Hund hieß uns mit einem schwachsinnig schwingenden Schwanzwedeln willkommen. Er schien ein freundliches Tier zu sein, das gerne unterstreichen wollte, dass wir jederzeit mit ihm spielen dürften, wenn wir Zeit und Lust hätten – je mehr wir wären, desto lustiger.

Birthe Steincke war eine kleine, zierliche rothaarige Frau. Sie gehörte zu der Sorte, von der man zuerst annehmen würde, dass sie so leicht wie ein Streichholz zerbrechen können, während man später häufig entdeckt, dass sie härter als Stahl sind.

Sie war sehr blass.

Sie führte uns durch eine Diele voller Kinderschuhe und -sandalen in ein Wohnzimmer, das klassisch dänisch eingerichtet war: Esstisch, Couchtisch, der vorgeschriebene Kamin, Fernseher und Videorekorder. Sie teilte uns je einen Kunstledersessel zu, setzte sich selbst aufs Sofa, strich ihren grün karierten Rock glatt und fragte, ob sie uns etwas anbieten dürfe.

Ehlers lehnte höflich ab.

»Wir möchten Ihnen so wenig Unannehmlichkeiten wie möglich bereiten«, sagte er. »Zunächst möchte ich Ihnen mein Beileid aussprechen, Sie haben einen schweren Verlust erlitten, und ...«

Sie zündete sich eine Zigarette an. Ihre Hände zitterten nicht einmal.

»Das können Sie sich sparen«, sagte sie, nicht unfreundlich, auch nicht unhöflich, nur ein bisschen überdrüssig wie ein seriöser Zeitstudien-Techniker. »Wir standen ohnehin kurz vor der Scheidung, und ich kann Ihnen genauso gut gleich selbst erzählen, dass sein Tod für mich durchaus ein Gewinn ist – das finden Sie ja ohnehin heraus. Ein bisschen habe ich von Hans Aage doch lernen können.«

Ehlers antwortete nicht. Das war auch nicht nötig. Die Frau gehörte zu der seltenen Sorte Menschen, die selbst herausfinden können, was gesagt werden muss und wann es gesagt werden muss.

»Er wollte sich scheiden lassen, weil er eine Neue gefunden hatte«, sagte sie, so cool, als wäre sie eine Radiosprecherin, die die Börsenkurse und Warennotierungen und die Sturmwarnungen im Kattegatt bekannt gab. »Irgendeine vom Sender – ich weiß nicht wer, und ich möchte es am liebsten auch nicht wissen. Sie können das draußen fragen – dort wissen es wahrscheinlich schon alle Kollegen.«

Sie inhalierte tief und sachlich. Sie saß nicht wie viele andere Frauen da und wackelte müßig mit einer Alibi-Zigarette zwischen den Fingern herum. Sie rauchte wie ein Mann. In bewussten, harten und rhythmischen Zügen.

»Ich verstehe nicht ganz«, sagte Ehlers verwirrt, »was Sie damit meinen. Was gewinnen Sie dabei?«

»Die Zukunft«, sagte sie knapp. »Meine eigene Zukunft. Diese Haus gehörte ihm, es ist auf ihn eingetragen, und jetzt ist es meins, weil er nie ein anderes Testament geschrieben hat. Die Kinder sind jetzt auch meine. Er hätte sonst den Jungen für sich beansprucht. Männer denken fast immer nur an einen Sohn, oder? Alles andere ist Kleinkram. Ich hätte dann das Mädchen behalten können. Jetzt sieht alles anders aus, weil er es nicht geschafft hat, rechtzeitig die Scheidung einzureichen.

Die Papiere liegen noch dort drüben auf seinem Schreibtisch.«

»Sie wollten doch in Urlaub ...«

»Er wollte – ja. Heute. Mit seiner Geliebten. Nicht mit den Kindern oder mit mir.«

Ich begann die Frau zu mögen. Sie heulte nicht, sie beklagte sich nicht. Sie trug nur ruhig und präzis die kalten, klaren Fakten vor. Sie war die Art von Frau, mit der ich gern zusammenleben würde. Aber das tat ich ja schon.

»Wissen Sie, ob Ihr Mann irgendwelche Feinde hatte?«

»Das ist eine dieser Fragen, die Sie immer stellen müssen, nicht wahr? Es klingt wie in einem mittelmäßigen Fernsehfilm. Natürlich hatte er Feinde. Er muss viele gehabt haben. Im Laufe der Zeit hat er tonnenweise anonyme Drohbriefe bekommen, tausendfach psychopathische Telefonanrufe, einmal sind uns unsere Fenster eingeworfen worden, als er in irgendeiner Situation wohl zu gründlich nachgebohrt hatte ... Das Übliche eben. Aber ich weiß nicht, wer es war. Mit seiner Arbeit hatte ich nichts zu tun, und er war nicht der Typ, der das Bedürfnis verspürte, sich am Mittagstisch oder vor dem Kaminfeuer darüber mitzuteilen. Er kümmerte sich einfach um seinen Job – und ich kümmerte mich um die Kinder.«

Das kleine Mädchen kam wie aufs Stichwort hereingelaufen, gefolgt von dem Hund, der neugierig zu Ehlers lief und ihn einer gründlichen Abschnüffelung unterzog. Mich hatte er anscheinend von vornherein schon abgeschrieben.

Der Polizeiinspektor behandelte ihn wie ein wahrer Hundebesitzer. Ließ ihn in Ruhe fertig schnüffeln, tätschelte ihm zärtlich den Rücken und deutete mit ein paar sinnlosen Silben an, das er ein guter Hund sei, ein wunderbarer Hund, eine Perle unter den Hunden.

Das Tier erkannte, dass es auf einen Experten gestoßen war, einen wahren Hundekenner, und legte sich bewundernd zu seinen Füßen nieder.

»Papa bald zu Hause?«, fragte das Mädchen. Es war vom Spielen und Herumtollen ganz rot im Gesicht.

»Nein«, sagte seine Mutter. »Geh jetzt raus und spiele. Papa kommt nicht nach Hause.«

»Papa verreist?«

»Ja, so kann man es wohl ausdrücken ... Papa ist verreist.«

Das Mädchen sah aus, als ob es mit dieser Erklärung vollkommen zufrieden wäre, als ob Papa schon viele Male zuvor verreist gewesen wäre. Sie rief den Hund und stürmte wieder mit ihm nach draußen.

»Ich habe es ihnen noch nicht gesagt«, sagte Birthe Steincke. »Ich bringe es nicht über mich, obwohl ich weiß, dass ich es sollte. Es wird wahrscheinlich so enden, dass sie es von einem ihrer Spielkameraden in der Nachbarschaft erfahren, deren Eltern die Zeitung gelesen haben.«

»Das ist schwer«, sagte Ehlers. »Das ist das Allerschwerste.«

Sie betrachtete ihn mit neuer, wachsender Sympathie.

»Sie haben auch Kinder?«, fragte sie.

»Zwei – so wie Ihre. Nur älter. Aber ich kann mich gut erinnern ...«

Sie nickte. Auf eine Weise waren sie ein Bündnis eingegangen. Sie verstanden einander – wie Tiere, die sich am Wasserloch begegneten, oder wie Frauen in der Geburtsabteilung.

»Gibt es irgendetwas, das ich tun muss?«, fragte sie pragmatisch – als ob sie alles so schnell wie möglich hinter sich bringen und den Albtraum einfach nur vergessen und wieder aufwachen wollte, um von vorne anzufangen.

Ehlers wachte auf wie aus einem Traum. Fünf zu eins, dass er von seiner Frau geträumt hatte.

»Entschuldigung«, sagte er. »Einen Augenblick bitte. Darf ich mal Ihr Telefon leihen?«

»Bitte sehr. Eines steht dort auf dem Schreibtisch. In der Diele steht ebenfalls eins, falls Sie lieber allein sein wollen.«

Das wollte er. Er schloss die Tür mit bescheiden diplomatischer Gründlichkeit.

»Seine Frau liegt auf dem Operationstisch«, brummte ich gedämpft – *sotto voce,* wie wir ehemaligen Musiker zu sagen pflegen. »Er weiß nicht, ob sie es überstehen wird. Er ist sehr nervös.«

»Liebt er sie sehr?«

»Ich glaube, ja.«

»Schön zu hören, dass es wenigstens einen Mann gibt, der das tut.«

Sie klang nicht einmal verbittert. Sie klang, als würde sie das Schicksal akzeptieren, und das Schicksal war, dass es im Großen und Ganzen gesehen eben sehr wenige Männer gab, die ihre Frauen liebten, und dass sie nicht unter den Glücklichen war.

Sie war eine sehr starke Frau.

Wenn sie sich entschloss, einen Mord zu begehen ...

Ehlers kehrte zurück. Er zuckte mit den Schultern, als wollte er signalisieren – auch gegenüber sich selbst, seiner eigenen Nervosität –, dass es nicht Neues zu berichten gab.

Er setzte sich wieder und begann sich zu konzentrieren.

»Ich muss Sie leider fragen, was Sie gestern Abend getan haben«, sagte er entschuldigend.

»Ja, das ist klar. Es soll auch kein Geheimnis bleiben: Ich habe Essen gekocht und auf meine Kinder aufgepasst.«

»Hat Ihr Mann zu Hause gegessen?«

»Nein. Er hatte eine Verabredung, wie er es ausdrückte. Ein Arbeitsessen. Sie. Ich habe es ihm angemerkt.«

»Kann jemand bezeugen, dass Sie zu Hause waren?«

»Die ganze Straße. Kennen Sie diese Art von Straßen nicht? Haben Sie noch nie in einer solchen Siedlung gewohnt? Haben Sie nicht gesehen, wie niedrig die Hecken sind? Wenn ich nicht hier gewesen und die Kinder zum Abendessen hereingerufen hätte, wäre das niemandem entgangen. Fragen Sie sie nur!«

Ehlers nickte, stand auf, gab ihr die Hand und verbeugte sich. Ich tat dasselbe.

»Tut mir leid, dass ich Sie trotz Ihrer Trauer behelligen musste«, sagte er.

»Ich dachte, Sie hätten verstanden«, antwortete sie und begleitete uns in die Diele, »dass die Trauer sehr begrenzt ist.«

Das Mädchen und der Hund spielten immer noch im Sonnenschein auf dem Rasen.

19

»Großes Mädchen«, sagte ich, als wir außer Hörweite in der Sicherheit des Wagens saßen.

»Erwachsen«, nickte Ehlers. »Sie sieht aus wie eine Puppe, aber ...«

»Vielleicht hätte er gerne eine Puppe gehabt.«

»Musst du unbedingt so küchenpsychologisch sein?«

»Nicht besonders – aber wollen die meisten Männer nicht genau das haben? Eine kleine Puppe, mit der sie spielen können? Fügsam und genügsam, wie der Dichter sagt? Und wenn man dann an seine Geliebte denkt.«

»Kennst du sie etwa?«

»Kennen und kennen ... Ich habe gestern Abend ein bisschen Klatsch in der Kantine der Studios gehört.«

»Erzähl!«

»Ich weiß nur, dass sie Cutterin ist, sie ist klein – wie seine Frau –, aber blond, und ihr Vorname ist Nina, ihren Nachnamen weiß ich nicht, und gestern in der Kantine sah sie sehr traurig aus. Entweder konnte sie es nicht verbergen, oder aber sie wollte es gar nicht.«

»Du hast die dritte Möglichkeit vergessen: Schauspielertalent. Hältst du sie für eine Frau, die einen Mord begehen könnte?«

»Wer ist das schon?«

»Frau Steincke könnte zum Beispiel eine solche Frau sein.«

»Aber sie war es eben nicht.«

»Sagt sie.«

»Schick einen Mann raus, und lass ihn die Nachbarn befragen – ich gehe jede Wette ein, dass ihr Alibi dicht ist. So ist es in diesen kleinen Eigenheimsiedlungen. Jeder verfolgt das Kommen und Gehen der anderen, vom Küchenfenster aus oder aus dem Garten.«

»Das wird selbstverständlich überprüft werden. Die andere war jedenfalls da.«

»Du hast sie nicht gesehen. Für eine kleine Frau ist es praktisch unmöglich, einen ausgewachsenen Mann zu erwürgen.«

»Das ist wahr. Außerdem erwürgen Frauen selten.«

»Sie würden es sicher gerne tun – sie eignen sich nur nicht so gut dafür.«

»Ich werde wohl besser mit ihr reden. Kommst du mit?«

»Wohin?«

»Zu den Studios, natürlich.«

»Wer sagt denn, dass sie da ist? Sie haben dauernd Überstundenausgleich oder Brückentage, diese Leute. Sie sind doch Beamte! Wenn sie heute mit Steincke in den Urlaub fahren wollte, dann muss sie doch Urlaub haben. Und wenn sie Urlaub hat, dann sitzt sie vermutlich mit ihrem ganzen Vorrat an Taschentüchern und Servietten zu Hause und heult sich aus.«

»Da sagst du was.«

»Das ist so eine meiner Angewohnheiten.«

»Kannst du ein Bier trinken?«

»Habe ich das jemals nicht gekonnt?«

»Jedenfalls nicht, seit ich dich kenne. Also lass uns ein Lokal suchen, von dem aus ich telefonieren kann.«

Ich schaute mich um. Wir waren kurz vor dem Hans Knudsens Plads, mitten in einem infernalischen Verkehrschaos von Bussen und Autos und brüllenden Zwanzigtonnern.

»Fahr über den Platz«, sagte ich. »Und bieg danach in eine der Seitenstraßen nach rechts ab, dort liegt auf der anderen Seite eine Kneipe – ich glaube, sie heißt Tom's.«

»Mir scheint, du kennst überall irgendeine Kneipe. Machst du den ganzen Tag nichts anderes?«

»Es sind nicht nur die Kneipen, mein Freund. Ich kenne eben meine Stadt, das ist alles.«

»Und warum heißt es dann Hans Knudsens Plads – das habe ich mich schon immer gefragt. War das ein Bürgermeister?«

»Nein, ein Pfarrer. Bestimmt ein tüchtiger Kerl. Er leistete irgendwann vor hundert Jahren einen besonderen Einsatz für die Behinderten, und darum liegt das Behindertenheim direkt dort drüben. Sehr bequem für die Invaliden: aus der Tür direkt hinein in eines der schlimmsten Verkehrsnadelöhre und eine Todesfalle für alle Leute, die ein bisschen langsamer sind. Aber das konnte Knudsen damals schließlich nicht wissen.«

»Manchmal beeindruckst du mich richtig«, sagte Ehlers.

»Danke«, sagte ich. »Erwähne das bei Gelegenheit bitte Otzen gegenüber, sei so nett.«

»Das ist gar nicht nötig. Nicht, bei den Freiheiten, die dir gelassen werden.«

»Die habe ich mir ausschließlich damit erkämpft, dass ich lange genug an meinen Fesseln gezerrt habe. Journalisten sind keine Beamten – oder Käfighühner oder Boxenkälber. Es bringt nichts, sie in Büros einzusperren. Sie gehen einfach ein, verwelken wie Zimmerpflanzen.«

»Aber die meisten sitzen doch trotzdem da.«

»Die meisten sind schon vorher eingegangen, einfach so. Das besorgt die so genannte Journalistenhochschule für sie.«

Ehlers parkte in der Engelstadsgade, und wir schafften es lebend über den Lyngbyvejen und zu Tom's hinein.

Tom's sieht so aus wie jede andere Kneipe dieses Schlags – von ihnen muss es in Kopenhagen Tausende geben. Ein bisschen imitierte Westernromantik mit ein paar Holzbalken kreuz und quer, Barhocker mit aufmontierten Reitsätteln, eine Musikbox, drei einarmige Banditen, eine Pinnwand mit Polaroidaufnahmen gutgelaunter Stammgäste, die an einem besonders feuchtfröhlichen Abend einander die Arme um die

Schultern gelegt hatten, verschlissenes Inventar – und eine Theke als notwendiger und unumgänglicher Mittelpunkt des ganzen Rests.

Ich bestellte, während Ehlers hinausging, um zu telefonieren. Ich hatte eine Idee, oder zumindest den winzigsten Ansatz für den Beginn einer Idee, die wie ein Motorrad in einer Todesschleife irgendwo in meinem Unterbewusstsein herumdonnerte. Ich konnte ihn nicht einfangen, und das ärgerte mich. Wenn plötzlich vage, formlose Ideen irgendwo zu prickeln beginnen, dann – so habe ich mit der Zeit gelernt – tun sie es in der Regel deshalb, weil sie von etwas in Gang gebracht worden sind, das man gesehen oder gehört hat. Dahinter steckt immer irgendetwas Handgreifliches. Es verbirgt sich dort irgendwo, aber seine Konturen müssen noch sichtbar gemacht werden, wie beim Entwickeln einer Fotografie. Und es kann ein verdammt schwieriger Prozess sein, das Bild deutlich hinzubekommen.

So weit war ich noch nicht gediehen, als Ehlers wieder hereinkam.

»Du hattest recht«, gab er zu. »Sie ist ab heute in Urlaub.«

»Dann bleibt die Frage, ob sie allein gefahren ist.«

»Das ist sie nicht. Ich habe sie angerufen und gesagt, dass wir kommen werden. Es liegt ohnehin auf dem Weg. Sie wohnt am Aaboulevarden.«

»Nettes Plätzchen.«

»Und das sagst du – mit deinem Slum. Wollen wir los?«

Nina wohnte in einer Dreizimmerwohnung im dritten Stock, ganz nah am Radiohuset. Sie öffnete die Tür in ein paar Slacks, einer grünen Bluse und mit einem verheulten Gesicht, das sie mit der uneigennützigen Hilfe der Kosmetikindustrie wiederherzustellen versucht hatte.

»Ich dachte mir schon, dass Sie kommen würden«, sagte sie. »Ich habe auch daran gedacht wegzufahren, aber ich konnte nicht. Und Sie hätten dann vielleicht geglaubt, dass ich fliehen wollte, weil ich ...«

Sie ließ den Rest in der Luft schweben.

Wir setzten uns in kleine, moderne Rohrstühle, die exakt für Frauen ihrer Größe und ihres Gewichts konstruiert waren. Wir saßen um einen runden weißen Tisch von der Art herum, wie man sie in den neuen, modischen, rundum verglasten Cafés der Innenstadt sieht, in denen Cappuccino und Calvados serviert werden. Der Verkehr draußen ließ ihre Fensterscheibe in rhythmischen Abständen von etwa fünfzehn Sekunden erklirren.

»Sie hatten eine Affäre mit Steincke?«, fragte Ehlers unverblümt.

»Nicht einfach nur eine ›Affäre‹«, antwortete sie, als ob dieser Ausdruck eine Beleidigung wäre. »Er wollte sich scheiden lassen, und wir wollten heiraten. Wir waren sehr ... verliebt.«

Sie zog ein Taschentuch hervor. Birthe Steincke hatte keinen solchen Bedarf an derartigen Hilfsmitteln gehabt.

»Wie lange sind Sie – waren Sie – mit ihm bekannt?«

»Ein halbes Jahr.«

»Wo haben Sie sich getroffen?«

»Hier. Nur hier.«

»Nicht in der Stadt?«

»Nicht oft. Er war ein bekanntes Gesicht aus dem Fernsehen. Es würde getratscht werden, sagte er – und seine Frau ...«

»Sie wusste es.«

»Wirklich?«

»Das tun Frauen immer. Sie hätten es bestimmt auch gewusst, wenn es andersherum gewesen wäre.«

Sie schien darüber nachzudenken. Dann nickte sie.

»Bestimmt haben Sie recht«, sagte sie. »Na ja, aber das ist jetzt egal, nicht wahr?«

»Haben Sie ihn gestern Abend gesehen?«

»Nur für einen Augenblick. Ich hatte auch Sachen, die ich

vor dem Urlaub noch fertig machen musste ... Er ist kurz in den Schneideraum gekommen und hat hallo gesagt. Er wollte mich abholen, wenn er seine Beiträge durchgearbeitet hätte ...«

Das Taschentuch kam erneut zum Vorschein.

»Haben Sie Zeugen dafür?«

»Der Produzent, für den ich arbeite, John Clausen. Glauben Sie, als Cutterin darf man alleine arbeiten? Wir sind der verlängerte Arm des Produzenten. Wir tun, was uns gesagt wird, und wenn es ein netter Produzent ist, oder einer, der nicht weiß, was er tun soll, dann besteht schon mal die Gefahr, dass wir um Rat gefragt werden.«

»Sie waren die ganze Zeit mit Clausen zusammen?«

»Bis wir beide ... davon ... hörten.«

Ehlers stand auf und wollte gehen.

Sie sah ihm in die Augen.

»Sie werden doch nicht etwa mich verdächtigen?«, fragte sie. »Ich bin diejenige, die hier den Schaden hat. Ich verliere etwas. Meinen Geliebten. Meine Zukunft.«

»Sie werden darüber hinwegkommen.«

»Das sagen meine Eltern auch. Das sagen meine Freundinnen auch. Alle sagen es.«

Ehlers versuchte nicht, sie noch weiter zu trösten. Zum einen war er nicht in der richtigen Form dafür, zum anderen lag es außerhalb seines Arbeitsgebiets.

Und auch außerhalb des meinigen.

Ihre letzten Worte, als wir in der geöffneten Tür standen, waren eine besorgte Frage, mit zitternder Stimme gestellt: »Muss es jetzt ans Licht kommen? Unser Verhältnis, meine ich?«

Ehlers antwortete knapp und bestimmt: »Nein. Das kann ich Ihnen versprechen. Nicht, wenn Ihr Alibi in Ordnung ist.«

Dann waren wir draußen. Die Benzinabgase und der Smog-

Gestank auf dem Aaboulevarden wirkten wie ein reinigendes und erfrischendes Bad. Männer können nun einmal nicht mit Tränen umgehen – besonders dann nicht, wenn sie echt zu sein scheinen.

20

»Sie war es nicht«, sagte Ehlers entschieden, ruhig und entschlossen, als er sich hinter das Steuer setzte.

»Deine weibliche Intuition?«

»Ganz im Gegenteil. Meine Intuition für Frauen. Ich habe schon mehrere getroffen.«

»Wie ein Bestseller, was? *Wenn Frauen lieben ...*«

»Dann bringen sie ihren Geliebten nicht um, nein. Wenn sie ihn nicht mehr lieben, dann könnten sie es tun. Verflixt und zugenäht, es passt einfach nicht zusammen. Die mit dem Motiv war nicht dort, und die dort war, hatte kein Motiv.«

»Frauen erwürgen nicht, darüber sind wir uns doch einig geworden. Du steckst in einer Sackgasse. Du solltest nach einem Mann Ausschau halten.«

»Du hast recht. Dieser Fall geht mir zu sehr unter die Haut. Ich bewege mich im Kreis. Nicht zuletzt, weil ...«

»Deine Frau, ich weiß.«

Er ließ den Wagen langsam an, als würde er sich zum ersten Mal eines so neuen und gefährlich unbekannten Phänomens wie dem des Zündschlüssels bedienen.

»Es gibt Zeiten, da sollte man einfach frei haben«, sagte er.

»Du könntest ganz einfach frei nehmen. So, als würdest du beim Fernsehen arbeiten.«

»Ja. Und dann würde ich durch die Wohnung hin und her tigern, den Teppich zu Fransen zerschleißen und die ganze Zeit – daran denken. Da ist es doch besser, wenn man arbeitet.«

»Und sich gleichzeitig darüber beklagt?«

»Tun das nicht alle?«

»Das ist der dänische Nationalsport. Gleich nach dem Fußball, oder vielleicht sogar vor dem Fußball.«

»Hör mal zu. Dir steht das Archiv des *Bladet* zur Verfügung. Kannst du Steincke nicht mal durchgehen und dir alles angucken, was ihr über ihn habt? Seine ganze Vergangenheit?«

»Selbstverständlich. Das ist allerdings eine Heidenarbeit.«

»Ja, und?«

»Nichts und. Ich bin es gewohnt, meine Zeit zu verplempern. Ich werde es mir schon anschauen, so bald wie möglich.«

»Danke. Rufst du mich heute Abend an? Dann haben wir die Alibis überprüft, und du erfährst, was du nicht schreiben darfst. Wo soll ich dich absetzen?«

»Auf dem Halmtorvet. Ich finde schon nach Hause.«

Als wir anhielten, ausstiegen und uns verabschiedeten, gab er mir die Hand.

Das tat Ehlers normalerweise nicht. Es war der beste Beweis dafür, wie sehr ihn diese Sache mitgenommen hatte.

Es war bereits später Nachmittag, als ich die Istedgade hinaufging. Die Leute erledigten ihre letzten Einkäufe. Mit Taschen und Tüten bepackte Frauen gingen in die zahlreichen Läden der Straße und kamen wieder heraus, um nach Hause zu wandern und das Abendessen vorzubereiten. Birthe Steincke war vermutlich ebenfalls damit beschäftigt, sie hatte ihre beiden Kinder zu ernähren.

Nina würde heute wohl nichts essen.

Ehlers auch nicht.

Und doch – die Leute essen, allgemein betrachtet, trotz allem. Todesfälle treten ein, Katastrophen geschehen, die Welt scheint auseinanderzufallen – aber immer sitzt irgendjemand da und mampft Steaks, Fischfilets, Kartoffeln oder Kaviar. Der Mensch muss essen. Dazu hat ihn die Biologie verurteilt. Es ist eine Überlebensstrategie.

Hin und wieder, eigentlich fast immer hat es den Anschein, als wäre das ganze Leben eine Überlebensstrategie.

Die Nutten, denen ich auf meinem Weg begegnete, versuchten zu überleben – auf die Art, die sie konnten, auf die Art, mit der sie eben eine Chance hatten. Genauso taten es die Drogensüchtigen. *Cosi fan tutte* – wir tun es alle, wie ein alter Musiker es ausdrückte.

Bob grinste mich an, als ich ins Stjernecafé kam.

»Was zum Teufel ist denn hier so lustig?«, fragte ich.

»Der Hübsche. Er hat die große Nervenkrise. Vor zwei Stunden ist er nach Hause gegangen. Er schreibt gerade ein spontanes Lied darüber, wie die wahren Künstler von den Medien unterdrückt werden.«

»Oh, nein.«

»Oh, doch. Du kennst seinen Rhythmus, wenn du noch eine Stunde bleibst, wird er sicherlich zurückkommen und ihn dir vorsingen, wegen der zahlreichen anonymen Wünsche.«

»Kannst du mir eine neue Stammkneipe empfehlen?«

»Du kannst dir selbst eine aussuchen. Es gibt genug Möglichkeiten.«

»Weiß Gott, ja. Es gibt ja gar nichts anderes in dieser Straße. Wollen wir eine Runde knobeln?«

»Okay. Das ist übrigens ganz lustig, du ...«

»Was ist denn jetzt schon wieder lustig? Du hast ja verdammt viel Unterhaltung hier.«

»Ich kenne dich schließlich, und mir fiel nur gerade ein, dass es jedes Mal, wenn du Knobeln möchtest, es irgendetwas gibt, über das du unbedingt nachdenken musst.«

Bob trifft immer ins Schwarze, sogar mit geschlossenen Augen – wie ein Zen-Meister. Wahrscheinlich weil er einfach nur den ganzen Tag lang dasteht, groß und schwer hinter seinem Tresen, und sich die putzigen, prätentiösen Pinguine anschaut, die man Menschen nennt und die Stunde für Stunde ihre Dummheiten ventilieren.

Weil menschliche Dummheiten einfach ventiliert werden müssen.

Wie muffige Zimmer.

Wir spielten, ich blieb sitzen – und genau wie Bob vorhergesagt hatte, kam der Hübsche. Mit seinem neuen Lied. Und wie der Prophet Bob so korrekt vorausgesehen hatte: Er sang es.

Etwas in der Art wie:

Du bezahlst das Abo für die Zeitung,
Aber zahlst du nicht noch mehr als nur für die Verbreitung?

Du bezahlst auch für die Droge Sensation,
So wie du im Puff bezahlst für eine Liebes-Illusion.

Du bezahlst für tausend sterbende Ideen,
Es kostet nichts hinaufzuschau'n – die Sterne sind so schön.

Der Hübsche war wirklich indigniert. Der Hübsche hat ein außergewöhnlich gut entwickeltes Talent dafür, indigniert zu sein.

Ein solches Talent kann Gold wert sein, wenn man eine gute Stimme hat.

Der Fahrradbote Klaus würde niemals erfahren, was er hier in Gang gesetzt hatte.

Und warum sollte er auch? Was geht es ihn an? Die Leute laufen ununterbrochen herum und setzen bei anderen irgendetwas in Gang, und oft ist es besser für alle Beteiligten, wenn sie nicht wissen, was bei wem und warum.

Auch Hans Aage Steincke musste etwas in Gang gesetzt haben, und jetzt ...

Ich stand auf.

»Tja, ich muss noch einmal zum *Bladet*«, sagte ich.

»Und die Leute verdummen!«, sagte der Hübsche. »Und dich selbst! Warum drehst du nicht eine Runde draußen im Park an der frischen Luft? Warum schaust du dir nicht den Sonnenuntergang am Strand an? Warum ...«

Ich nickte Bob zu und ging. Er musste sich alleine um den Rest kümmern, aber er war es gewohnt und machte es hervorragend.

Er war ein Profi.

Das war ich auch. Ich schrieb einen Artikel über die »untröstliche Witwe« und die »trauernden Kinder«. Witwen sind per Definition »untröstlich« und sollen es auch sein, das ist keine Beleidigung, und keine kann einen verklagen, weil man behauptet, dass sie traurig über den Tod ihres Mannes sei. Jeder Abonnent wird das »unter den gegebenen Umständen« für glaubwürdig erachten. Was die Kinder angeht, ist es nur natürlich, dass sie danach fragen, wo ihr Vater geblieben ist, wenn sie sich überhaupt einmal daran gewöhnt haben, dass es zu Hause einen solchen gibt. Sie würden sich ungefähr genauso verhalten, wenn es sich bei dem Toten um einen Kanarienvogel gehandelt hätte.

Erst am Abend konnte ich Ehlers erreichen.

»Es stimmt alles«, sagte er schwer. Sein Atem klang durchs Telefon wie der eines chronischen Asthma-Patienten. »Sie sind beide ›über jeden Verdacht erhaben‹, wie es in alten Zeiten in den Polizeiberichten so schön hieß.«

»Ach, so ...«

»Drei Nachbarn können bezeugen, dass Birthe Steincke den ganzen Abend zu Hause war. Einer von ihnen, ein pensionierter Ministerialdirektor aus dem Landwirtschaftsministerium, hat den ganzen Abend in seinem Garten direkt gegenüber gearbeitet und gehört, wie sie ihre Kinder hereinrief und den Fernseher, wie er fand, ein wenig zu laut aufdrehte, und gesehen, dass sie später noch eine Runde mit dem Hund drehte. Eine andere Nachbarin, die Witwe eines Wirtschaftsprüfers, hat offenbar, obwohl sie es nur ungern einräumte, den ganzen Abend an ihrem Küchenfenster gesessen und das gesetzlose Treiben auf der Straße bis ins Detail verfolgt.«

»Daran ist doch nichts Verwerfliches.«

»Warum sagt sie dann nicht einfach, dass es ihr Hobby ist? Sie wollte es gar nicht zugeben. Na ja, jedenfalls ist es wasserdicht. Wenn Frau Steincke unerwartet eine Seitenstraße überquert hätte, dann wäre es ihr nicht entgangen. Der dritte Nachbar war ein Bankangestellter, der Hunde hasst und sich ziemlich genau um 19.45 Uhr – dem Zeitpunkt des Mordes, mit anderen Worten – darüber beklagt hat, dass sich Steinckes Hund auf seinem Teil des Bürgersteigs erleichtert hat. Zu diesem Behufe telefonierte er über die Straße hinweg, und sie ging ran. Sie bedauere es, sagte sie – sagt er.«

»Deswegen sagen die Leute auch immer: Der Hund ist der beste Freund des Menschen.«

»Gleich nach dem Branntwein, hätte W. C. Fields gesagt. Und die Geliebte Nina ist auch aus dem Schneider. Ich habe selbst mit ihrem Produzenten John Clausen gesprochen. Er ist fünfundsechzig Jahre alt, grauhaarig, studierter Theologe und war gerade damit beschäftigt, eine kulturhistorische Sendung über die Kalkmalereien in alten dänischen Domkirchen fertig zu stellen – sie wird nächsten Samstag gesendet, und sie wird dich bestimmt interessieren, also nicht verpassen. Er hat dasselbe ausgesagt wie sie: Sie haben die ganze Zeit zusammen im Schneideraum gesessen. Es gab ein paar technische Probleme mit einem bestimmten Altarbild in Viborg, wo der Fotograf geschlafen und vergessen hatte, irgendeinen Filter vor die Kamera zu schrauben, und es hatte seine Zeit gebraucht, bis alles fertig war.«

»Das haben die Kalkmalereien zu ihrer Zeit bestimmt auch.«

»Ja. Und die handschriftlichen Manuskripte der Mönche – bevor Gutenberg die Kunst des Buchdrucks erfand. Aber die Methode verwendet ihr beim *Bladet* nicht mehr, oder?«

»Wir sind keine Mönche. Es ist alles nur noch Computersatz.«

»Und die Technik entwickelt sich weiter, die Dinge beschleunigen sich, die Vergangenheit ist vergangen und ... Ich bin müde. Wir sprechen uns morgen wieder, okay?«

»Was gibt es Neues von deiner Frau?«

»›Operation überstanden. Jetzt unter Beobachtung. Zu früh für ein abschließendes Urteil – aber bester Hoffnung.‹«

So könnte auch eine Beschreibung des Planeten Erde lauten: Unter Beobachtung. Zu früh für ein abschließendes Urteil. Bester Hoffnung ...«

Der Bericht eines Berichterstatters.

Damit ging ich nach Hause und ins Bett. Doch immer noch mit dieser Idee, die ich nicht greifen konnte.

Sie rotierte weiter in meinem Kopf. Auch nachdem ich eingeschlafen war. Sie trat sogar in meinen üblichen Alpträumen auf.

Wie ein noch nicht entwickeltes Negativ.

Dritter Teil

21

Am nächsten Morgen wurde ich von Gitte geweckt. Von einer zu allem Überfluss auch noch unangemessen morgenfrischen und unmoralisch gutgelaunten Gitte.

»Na«, sagte sie neckisch. »Du bist heute wohl verkatert? Du gehst wohl jeden Abend aus?«

»Ich bin selten weniger ausgegangen als jetzt.«

»Das sagst du einfach nur so.«

»Ich schwöre.«

»Das Blaue vom Himmel herunter. Schwör nur drauflos! Glaubst du, ich kenne dich nicht?«

»Nicht genug, um mit mir Schluss zu machen – noch.«

»Ich werde sehen, was sich da machen lässt. Ich komme morgen nach Hause, und dann ist es an der Zeit, dass wir beide mal zusammen Urlaub machen.«

Die Art, wie sie »wir zwei« und »zusammen«, sagte, war pornographischer als ein ganzes Dutzend Jahrgänge des *Playboys.*

»Kannst du deinen Fall bis dahin nicht zu Ende bringen? Dann können wir irgendwohin reisen.«

»Wie soll ich das jetzt schon wissen?«

»Du brauchst es nicht zu wissen. Du musst es nur wollen.«

»Glaubst du vielleicht, dass ich den Mörder mit Hilfe von Telepathie zum einem freiwilligen Geständnis bewegen kann?«

»Du könntest es zumindest versuchen.«

»*All right.* Ich werde es versuchen.«

»Ich habe dich vermisst.

»Ich habe dich auch vermisst.«

Letzteres war allerdings zum Teil gelogen. Seit sie gefahren war, hatte ich praktisch keine einzige freie Minute gehabt, während der ich sie hätte vermissen können. Aber wenn ich eine Minute gehabt hätte, dann hätte ich sie natürlich dafür genutzt.

Es war wieder warm – viel zu warm. Eine verdammt unnatürliche, geradezu beengende Wärme.

In der Straße gab es nichts Neues. In den anderen Zeitungen gab es auch nichts Neues. Ronnie und Bob waren auch nicht neu, und das *Bladet* sah sich selbst zum Verwechseln ähnlich, so früh am Vormittag, dass der Zigarrenrauch der Nacht noch in der Luft der Flure und Korridore hing und um sein Leben kämpfte.

Ich ging ins Archiv hinunter. Der alte Erichsen mit dem dünnen weißen Bart saß wie immer dort zwischen den Papieren und putzte sein Kassengestell. Er putzte seine Brille, seit ich angefangen hatte, für das *Bladet* zu arbeiten, und bestimmt hatte er es auch schon in den Jahrzehnten davor getan, aber offenbar war er mit dem Resultat immer noch nicht zufrieden.

»Ich muss dich leider um alles bitten, was wir über Steincke haben«, sagte ich.

»Du hast gestern den Umschlag bekommen.«

»Vorgestern, aber das reicht nicht. Das war nur der Stoff für den Nachruf. Nur der Hintergrund. Ich brauche seine komplette Artikelsammlung.«

»So etwas haben wir nicht. Du kannst die gebundenen Jahrgänge des *Bladet* aus der Zeit haben, in der er hier gearbeitet hat.«

»Und wann genau war das?«

»Das weiß ich nicht. Ich werde das Personalbüro fragen.«

Erichsen telefonierte. Ich zündete mir in der Zwischenzeit eine Zigarette an und starrte auf den ganzen Staub, der in den Sonnenstrahlen, die durch das Fenster hereinfielen, einen wilden Can-Can durch das Archiv tanzte. Es gibt kein Archiv ohne

Staub. Es gibt auch kein Archiv ohne einen alten Archivar. Archivare sind per Definition immer alt, oder zumindest lässt das Archivieren sie schnell altern. Aus Staub bist du erschaffen ...

»Ja«, sprach Erichsen in den Hörer. »Danke.«

Er sagte es mit dieser dünnen Stimme, die er immer benutzte, einer Stimme, die klang, als fürchte er, ein paar der Papiere in den zahlreichen Hängeregistern zu erschrecken. Sie könnten durch den Schock vielleicht hochfahren und an einer verkehrten Stelle landen.

»Zwei Jahrgänge«, sagte er. »Vor fünf Jahren. Du bekommst acht Quartalsbände, wenn du alles auf einmal mitnehmen möchtest.«

Ich seufzte ehrlich und tief empfunden.

»Zwei Jahrgänge! Das heißt zwei Mal dreihundert Ausgaben – Sonntage, Streiktage und Bummelstreiks beim technischen Personal bereits abgezogen. Sechshundert Zeitungen à ungefähr 48 Seiten ...

»Das sind«, sagte Erichsen wissend, »um die 28.800 Seiten. »Aber du kannst ja den Sport, das Radioprogramm, die Comicstrips und die Kulturseiten überspringen – dann sind es nur noch ... mal sehen ...«

»Danke. Mir ist bereits schwindlig. Gib mir für den Anfang mal die ersten vier Bände.«

»Hier sind sie«, sagte Erichsen und holte die riesigen Folianten aus einem Regal, wo noch Hunderte derselben Art standen. »Und komm dann einfach wieder, wenn du die anderen brauchst – in einer Stunde oder ein paar Tagen oder wann auch immer es so weit ist.«

Ich seufzte noch einmal, genauso ehrlich. Diesmal darüber, wie schwer ein Jahrgang des *Bladet* doch wog – rein physisch betrachtet.

Nach dem üblichen einleitenden betäubten Starren aus meinem »Büro« auf den Rådhuspladsen nahm ich mich zusammen und begann mit dem ersten Quartal, in dem Hans Aage Steincke bei uns angestellt war.

Wie alle anderen auch, die von einer Provinzzeitung kamen, hatte er klein angefangen: Er wurde erst einmal auf die Probe gestellt. Den ersten Monat hatte er anscheinend damit verbracht, die Agenturmeldungen zu redigieren und zurechtzustutzen, Füllsel und Vermischtes, bevor er schließlich der Polizeiredaktion zugeteilt wurde.

Dort hatte er offenbar als erste übergreifende Aufgabe die Drogenkriminalität zugeteilt bekommen. Er hatte »das kriminell infizierte Milieu von Vesterbro durchleuchtet«, wo »die gierigen Hände und die unmenschliche Profitgier unbekannter Hintermänner« dafür sorgten, dass »die Drogensüchtigen starben wie die Fliegen« und »junge Mädchen ihre Körper für den nächsten Schuss verkauften«.

Ja, ja. Wenn man selbst lange genug in diesem Viertel gewohnt und genauso lange die Zeitungen gelesen hat, weiß man, dass solche Artikel mindestens einmal pro Halbjahr in jeder Zeitung gebracht werden. Ich konnte förmlich hören, wie Otzen Steincke oder irgendwelchen anderen Angestellten erklärte, dass solche Dinge zu der Ausbildung eines jeden Journalisten beim *Bladet* gehörten.

»*Bladet* – die Zeitung auf Pflastersteinniveau!«, wie unser neuer Slogan es so bewundernswert klar formulierte.

Nachdem er die Grundausbildung überstanden hatte, wurde Steincke der Gruppe zugeordnet, die sich damals mit der Immobilienspekulation in Kopenhagen auseinandergesetzt hatte, eine der größten und massivsten Kampagnen, die das *Bladet* jemals gefahren hatte – und genau die Kampagne, mit der Otzen Monat für Monat unsere Auflage bis zu dem Niveau verdoppelte, auf dem wir immer noch lagen und das uns immer noch zur meistverkauften Zeitung Dänemarks machte.

Es war eine gute Kampagne gewesen, selbst wenn man sie

viele Jahre später betrachtete. Sie wirkte sogar auf einen Journalisten beeindruckend. Zuerst vor allem durch die Bilder. Eine verkommene Brandfalle nach der anderen, insbesondere in Vesterbro und Nørrebro. Treppenhäuser wie nach einem Bombenangriff, undichte Dächer, unhygienische Plumpsklos im Hinterhof, zerbröselte Wände und Fußböden – Häuserblock für Häuserblock, Straße für Straße, für unglaublich hohe Mietpreise verwaltet von der Building Consult GmbH oder der Immobiliengesellschaft vom 17. Juli 1978 GmbH, undurchschaubare Gesellschaften, deren gemeinsame Muttergesellschaft eine Briefkastenfirma in Liechtenstein war.

Wohnungen, oder was man so zu nennen beliebte, die auf merkwürdige Weise umso wertvoller wurden, je mehr sie vernachlässigt waren und verfielen. Mieter, die bis aufs Blut für »Modernisierungen« geschröpft wurden: eine Trennwand mitten durch das Wohnzimmer, damit aus einer Zwei- eine Dreizimmerwohnung wurde, oder manchmal ein so wahnwitziger Luxus wie eine Duschkabine aus Plastik.

Und dort begann die Kampagne – auf Pflastersteinniveau. Aber sie entwickelte sich schnell, während ich weiterblätterte. Steincke und die drei anderen aus dieser Gruppe begannen Leute ausfindig zu machen. Plötzlich bekamen die Spekulanten – mittlerweile in »Haie« umbenannt – ein Gesicht, ein Foto mit einem Namen darunter, ihrem Geburtsdatum und ihrer Adresse.

Es war interessant zu sehen, wer sie waren. Einer war ein Baron mit einem größeren Gut auf Fünen, dem eine Reihe von Slum-Immobilien in der Istedgade gehörte. Ein anderer war ein prominenter Rechtsanwalt, der Steuerrecht an der Kopenhagener Universität lehrte. Der Dritte war ein bekannter konservativer Politiker, allgemein geachtet für seine besonders sachkundige Expertisen im Bauausschuss des Parlaments. Der Vierte ...

Die Zeit lief rückwärts, während ich eine der schon vergilbten Seiten nach der anderen umschlug. Ich kam mir vor wie in einer anderen Welt. Eine Welt, in der ich fünf Jahre jünger war.

Und trotzdem – sie war immer noch dieselbe. Es war die Welt, die ich jeden Tag in Vesterbro verließ und zu der ich abends wieder zurückkehrte. Es geschahen immer noch dieselben Dinge. In der Zwischenzeit waren einfach nur ein paar Namen ausgetauscht worden.

Die Kampagne des *Bladet* war durchaus ein Erfolg gewesen, und viele der damals aktiven Spekulanten hatten mit Geldstrafen oder Haft für ihre Taten büßen müssen. Und was dann? Sie hatten, wie sich herausstellte, allmählich einer nach dem anderen ihr Geld ins Ausland geschafft und die Immobilien an Mitarbeiter, Freunde, Strohmänner oder ähnliche Figuren verkauft. Neue Firmen, neue Eigentümer – die gleiche Sauerei.

Egal was man anstellt: Man kann diesen Typen niemals ernsthaft beikommen. Man kann glauben, dass man es tut. Man kann es versuchen, und das ist sehr ehrenwert. Aber dieses System in seinen Grundfesten zu erschüttern – das vermag nicht einmal das *Bladet*.

Oder höchstens für eine Weile. So wie das Reinigungspersonal des *Bladet*, wenn es die Fenster aufreißt und es dann für fast eine Viertelstunde nicht nach altem Zigarrenqualm stinkt. Oder wie die städtischen Behörden, wenn sie eine Kehrmaschine schicken, um die Glasscherben, Einwegspritzen, Kondome und zerknüllten Zigarettenpackungen aus den Rinnsteinen der Istedgade zu entfernen, damit es wieder Platz gibt für den Abfall des nächsten Tages.

Steincke hatte sich hartnäckig an dem Thema festgebissen – ein unverkennbares Zeichen dafür, dass jemand ein guter Journalist ist. Beinahe jeden Tag hatte er die Story fortgesetzt, ein bisschen detailreicher und ein bisschen näher am Nerv. Ich fing an ihn zu mögen. Mit ihm hätte ich gut zusammenarbeiten können.

Nicht zuletzt seine Gespräche mit den Opfern, wie er sie konsequent nannte, waren spannend. Die »Opfer« waren hauptsächlich junge Leute – dieses Archiv sollten sich die Hausbesetzer einmal anschauen, wenn sie es nicht schon getan hatten. Junge Leute, Arbeitslose, Einwanderer und die Alten.

Die Alten?

Auf einem Foto in einer seiner Reportagen erkannte ich ein Gesicht.

Ein Gesicht, das ich schon einmal gesehen hatte, allerdings in einem anderen Zustand.

Das Gesicht von Astrid Andersen.

22

Die Schlagzeile hieß: *Immobilienhai verfolgt Rentner.*

Auf dem Foto sah man eine verweinte Astrid Andersen vor dem Haus, das Ehlers und ich unlängst besucht hatten: Valby Tværvej 24.

Die Bildunterschrift lautete: »Astrid Andersen, 67, wohnt seit 25 Jahren hier. Jetzt setzt ein gewissenloser Spekulant sie auf die Straße.«

Ich las den Artikel.

Er bot im Grunde genommen nichts Überraschendes – es war die alte Geschichte. Der übliche gewitzte Spekulant hatte still und heimlich ein paar Blöcke mit kleinen Mietwohnungen in Valby zusammengekauft und hegte nun dynamische Entwicklungspläne. Die Trennwände sollten eingerissen werden, in jeder Etage sollte es nur noch eine »Liebhaber-Wohnung« mit sechs Zimmern geben, die modernisiert und mit funkelnagelneuen Einbauküchen versehen werden sollte, und jede dieser Wohnungen sollte für etwa anderthalb Millionen Kronen als Eigentumswohnung verkauft werden. »Ein seriöses Angebot für den wählerischen Kenner in einer charmanten, zentralen Seitenstraße in Hauptstadtnähe«, zitierte Steincke aus einem bereits ausgearbeiteten, vertraulichen Werbebrief.

Die einzigen Verlierer seien »die vielen Menschen, die oft schon seit zwanzig oder dreißig Jahren in diesem Viertel wohnten. Die meisten von ihnen seien wie Astrid Andersen Rentner, die sich nach einem langen Leben voller harter Arbeit auf ein paar Jahre eines sicheren und verdienten Ruhestands gefreut hätten. Menschen, die den Wohlstand mit erarbeitet hätten, dessen wir uns jetzt alle erfreuten, Menschen, die ihr ganzes

Leben geackert und geracker, ihre Steuern bezahlt und unsere Gesellschaft mit aufgebaut hätten, würden nun von einem gewissenlosen Spekulanten in Zusammenarbeit mit einer Stadtverwaltung, die man ohne Übertreibung als korrupt bezeichnen könne, schamlos geopfert. So jedenfalls sehen es mehrere Bewohner in diesem Viertel«, stellte Steincke fest.

»Die Älteren sind verunsichert und wissen nicht, was sie erwartet – außer, dass sie mit ihrer bescheidenen Rente keine Möglichkeit haben werden, weiterhin dort zu wohnen, wo die meisten von ihnen den Großteil ihres Lebens verbracht haben. Astrid Andersen weinte, als sie dem Korrespondenten des *Bladet* von der trostlosen Stimmung in den Häusern berichtete ...«

Ich markierte die Seite mit einem Stück Papier und blätterte weiter.

Schon in der folgenden Ausgabe gab es ein paar Leserbriefe, die dem *Bladet* dafür dankten, dass es versuchte, »Licht in den Kopenhagener Immobiliendschungel zu bringen«. Und es gab Briefe von zahlreichen Rentnern aus anderen Teilen der Stadt, die fragten, »wann wir anderen dann ausrangiert werden sollen, wie alte Eisenbahnwaggons, die niemand mehr braucht.«

Das *Bladet* hatte sogar einen Leitartikel abgefeuert – unverkennbar einer von Otzen selbst. »Es kann nur verwundern, dass eine Stadtverwaltung die Genehmigung für ein solches systematisches, skrupelloses Schachern mit Menschenleben erteilt. Wir glauben, dass die Wähler in Valby wissen, wie sie ihre einzige Möglichkeit, diese Politiker zu belohnen, nutzen können – mit dem Kugelschreiber im Wahllokal nämlich, bei den Kommunalwahlen in nur zwei Monaten. Das *Bladet* wird in der Zwischenzeit das Seine dafür tun, dass diese Geschichte nicht in Vergessenheit gerät. Hier müssen Köpfe rollen, und das sollten die der politisch Verantwortlichen sein.«

An diesem Tag hatten sie drei Seiten bekommen. Man

konnte der fünf Jahre alten Zeitung immer noch ansehen, wie überlastet die Telefonleitungen des Viertels gewesen sein müssen, nachdem das *Bladet* ausgeliefert worden war.

Am nächsten Tag wieder: *Wohnungsbauminister greift ein. Aktuelle Fragestunde im Parlament. Wütende Politiker: Das kann nicht rechtens sein! Sozialdemokratischer Parteivorsitzender bestellt Valbys Bürgermeister zum Krisentreffen. Pensionärsverband sendet scharfe Protestnote.*

Der Kessel stand unter Druck. An dem Tag muss sich Otzen die Hände wund gerieben haben.

Vierter Tag: *Vorsitzender des Bauausschusses in Valby tritt zurück. Bürgermeister: Wir wurden falsch informiert.*

In einem besonders ausführlichen Artikel wurde nachgewiesen, dass der Spekulant, ein gewisser Hugo Müller, einen Bruder namens Albert Müller hatte, der dem örtlichen Bauausschuss vorstand.

Es zeigte sich weiterhin, dass bislang gegen vier oder fünf Paragrafen des Mieterschutzgesetzes verstoßen worden war und dass es noch ein Dutzend mehr werden könnten, wenn das Projekt umgesetzt werden würde.

Was nicht passierte.

Albert Müller trat »aus gesundheitlichen Gründen« zurück, während er zugab, »unzureichend informiert« gewesen zu sein, und dem Gefühl Ausdruck verlieh, »das Vertrauen der Wähler und der Kollegen verloren« zu haben.

Der Vorsitzende seiner Partei, die bequemerweise die Mehrheit im Stadtrat stellte, bedauerte, dass Albert Müllers »langes politisches Leben und sein energischer Einsatz auf eine solche Weise enden mussten, aber so sind nun einmal die Regeln der Politik, und so müssen sie auch sein. Fehler können vorkommen, aber sie müssen korrigiert werden, und es zeugt von der anhaltenden Stabilität der dänischen Demokratie, dass sie es auch werden.«

Es gab Stimmen in der Partei, die auch den Rücktritt des

Bürgermeisters forderten, aber es stellte sich für ihn glücklicherweise heraus, dass die Angelegenheit behandelt worden war, während er sich auf einer »Studienreise« in Paris befand, um den Aufbau moderner französischer Krankenhäuser im Hinblick auf eine geplante Renovierung des Valby Hospitals zu studieren, die möglicherweise »in einer überschaubaren Reihe von Jahren« durchgeführt werden würde.

Und das *Bladet* hatte ein Bild von Hugo Müller aufgetrieben – ein Bild von der Sorte, die unsere Leser zu schätzen wissen. Ein offensichtlich wütender Mann, der den Fotografen mit geballten Fäusten aus einem Auto heraus bedrohte, das mindestens zehn durchschnittliche Jahresrenten gekostet hatte.

Er sah schlichtweg so aus, wie man sich einen solchen Hai vorstellte – wie ein Gorilla, den man in einen Anzug gesteckt hatte. Er war gut gekleidet, er war ein Selfmademan, er besaß dreißig, vierzig Immobilien überall in der Stadt, und sein einziger Kommentar lautete, dass man »dem Fortschritt nicht dauerhaft im Weg stehen« könne. Im Übrigen spiele er mit dem Gedanken, entweder nach Spanien oder nach England auszuwandern, weil Dänemark in »einem Dornröschenschlaf« liege und keine vernünftigen Rahmenbedingungen »für geschäftstüchtige Privatunternehmer« mehr biete, die »Dinge ins Rollen bringen wollten«.

Alles zusammen stimmte sehr nachdenklich. Und hatte beinahe ausgereicht, damit sich trotz allem ein Mitarbeiter eine Stunde lang ein bisschen stolz auf das *Bladet* fühlen konnte.

Ich blätterte noch ein paar Monate weiter, fand aber nichts mehr. Die Angelegenheit hatte sich anscheinend in Wohlgefallen aufgelöst. Die Rentner durften wohnen bleiben. Hugo Müller hatte einige seiner Immobilien »veräußert« und war an die spanische Sonnenküste gereist »wo so viele dänische Schwindler und Betrüger im Laufe der Jahre ein bequemes und komfortables Asyl gefunden haben, das sie mit dem mitgebrachten Blutgeld finanzierten«, wie Steincke es formulierte.

Der Bürgermeister wurde zwei Monate später nicht wiedergewählt. Erneut war die Rede von einem Rücktritt »aus gesundheitlichen Gründen«, was unter Politikern und Spitzenbeamten verblüffend häufig vorzukommen schien. Er übergab seinen Posten und seinen Stuhl an einen anderen und teilte mit, dass er sich »nach vielen Jahren in einer bedeutenden und entscheidenden politischen Position mit einer großen und schweren Verantwortung« nun darauf freue, »den Garten zu bestellen und mit meinen Enkelkindern zu spielen«. Er wolle jedoch nach wie vor »mit Rat und Tat« zur Verfügung stehen, wenn die Kollegen von seiner Erfahrung profitieren wollten, und würde einige Aufsichtsratsposten in der privaten Wirtschaft behalten, womit er sicherstellen wolle, dass dieselben Erfahrungen »nach wie vor genutzt« würden.

Kein Wort mehr über Astrid Andersen – bevor sie neulich, zum zweiten Mal in ihrem Leben, wieder im *Bladet* auftauchte.

Das war eine Story. Das war nicht nur eine Story, das war eine Bombenstory – besonders im *Bladet.*

Und es gab mir die Möglichkeit, eine Verbindung zwischen Astrid Andersen und und Hans Aage Steincke und zwischen den beiden Morden anzudeuten, ohne auf die Briefe zu sprechen kommen zu müssen, die Ehlers nicht erwähnt haben wollte.

Für solche Augenblicke lebt ein Journalist: Der Augenblick, wo die eigentliche Story vor seinen Augen sozusagen geboren wird, aus dem Unterbewusstsein und der Unwissenheit heraufsteigt und wie ein Neugeborenes auf dem Laken strampelt.

Polizisten müssen etwas Ähnliches erleben, wenn sie einen Fall lösen, Schachspieler, wenn sie eine unüberwindbare Kombination finden, die den Gegenspieler unvermeidlich in sechs Zügen mattsetzt, Billardspieler, wenn es ihnen gelingt, die Kugel über zwölf Banden auf Rot und Kegel zu spielen.

Vielleicht war das die fixe Idee, die mir gestern im Kopf herumgeschwirrt war. Vielleicht hatte ich irgendwo im obszönen Ozean des Unterbewusstseins eine Erinnerung an das Bild der weinenden Astrid Andersen abgelegt gehabt.

Vielleicht.

Es war auch egal. Mit lang vermisstem Enthusiasmus griff ich mir den Archivband und stürmte zu Otzens Büro hinunter.

»Da haben wir eine Ladung Dynamit, Chef«, sagte ich.

Das war die Art, die Otzen mochte. Er ging sogar so weit, dass er die Zigarre einen Augenblick lang ablegte und aufschaute.

Ich zeigte ihm die Seiten, und er überflog sie schnell. Er hatte sie früher schon einmal gesehen, und sein Gehirn ist wie ein Computer – falls Computer so viele Informationen auf einmal speichern können.

»Das ist ja ein Ding!«, sagte er ehrlich überrascht. »Das hatte ich ja total vergessen!«

Er nahm seine Zigarre wieder auf. Nach großen Gemütsbewegungen braucht man etwas Stärkendes.

»Das haut rein. Lass Fotokopien von den alten Artikeln machen. Besorg das Bild der alten Dame aus dem Archiv. Lass es vergrößern. Mann, ist das ein Knaller!«

Er lehnte sich zurück und fügte skeptisch hinzu: »Es sei denn, es ist nur ein Zufall.«

Ich konnte immer noch nichts von den Briefen erzählen. Ich begnügte mich damit zu brummeln, dass es selbst dann noch eine verdammt gute Story wäre.

Am Ende gab er mir Recht.

Selbstverständlich. Chefredakteure lieben es, wenn ihre Zeitung sich verkauft. Das ist so eines ihrer Laster. Ohne diese Droge können sie einfach nicht leben.

23

»Na, hast du etwas gefunden?«, quäkte der alte Erichsen, der immer noch mit der permanenten Reinigung und versuchsweisen Feinpolitur seines Kassengestells beschäftigt war.

»Ja, danke. Ich hätte gerne ein paar Fotokopien und Abzüge hiervon und hiervon und von diesem Bild – und ... Das Ganze sicherheitshalber in dreifacher Ausfertigung.«

»Ist das wirklich nötig? Ich habe ziemlich viel zu tun!«

»Das kommt ganz auf dich an. Es hängt davon ab, ob du nach dem normalen System in Pension gehen möchtest oder ob du es vorziehst, auf der Stelle den Vorruhestand unter deutlich weniger vorteilhaften Bedingungen anzutreten. Du darfst es dir aussuchen.«

»Gut gesprochen. Dann lege ich mal los.«

Während er mit seinen diversen Maschinen hantierte und manipulierte, betrachtete ich das Archiv mit neuem Respekt.

Früher war es mir beinahe wie eine verstaubte Höhle vorgekommen, eine Spezialabteilung für kalte Schlacke. Jetzt erkannte ich, worin sein eigentlicher Sinn lag: Es war eine Art Zeuge der Vergangenheit.

Weiß Gott, wie vielen seiner Nachbarn, oder wie vielen von denen, die in diesem Augenblick anscheinend unbekümmert über den Rådhuspladsen gingen, man mit den vergilbten Informationen aus dem Archiv buchstäblich den Genickschuss verpassen konnte.

Ich bekam meine Papiere, schrieb die Story, legte die Kopien bei und nahm eine Extra-Kopie mit zu Ehlers. Auf dem Weg vom *Bladet* hinunter zur Polizeiwache am Halmtorvet fühlte ich mich so gutgelaunt, dass ich dem Stjernecafé einen weiteren Besuch abstattete, meine Kopien herausholte und noch einmal durchsah, als ob ich ganz sicher gehen wollte, dass ich nicht irgendetwas missverstanden hatte.

Das hatte ich nicht.

Aus irgendeinem Grund wirkten sowohl die Istedgade, das Wetter als auch die Menschen auf der Straße sympathischer und liebenswerter und angenehmer, als sie es in den Tagen zuvor getan hatten. Und wie die Schnulzentenöre in meiner frühen Jugend in den Wunschkonzerten des dänischen Radios zu singen pflegen, bedarf es dazu sehr wenig.

»Es sieht so aus, als würde sie durchkommen«, waren Ehlers erste Worte, nachdem ich die Tür geöffnet hatte.

»Das freut mich.«

»Du hast gut reden. Du kennst sie ja nicht einmal.«

»Du hast uns einander ja nie vorgestellt.«

»Nein, hmm. Wahrscheinlich ist es so, dass man bei meiner Arbeit beinahe paranoid wird, wenn es darum geht, sein Privatleben zu schützen. Hier machen es alle so – wir haben zwei Leben, eines im Dienst und eines außerhalb. Das ist eine Berufskrankheit. Aber, weißt du, sie sagen ›es sieht so aus‹. ›Es sieht so aus‹ ist eine ziemlich schwammige Formulierung.«

»Immer noch besser als das Gegenteil.«

»Da hast du recht. Setz dich, aber lass es mich dir gleich sagen, ich habe nichts Neues. Nichts außer einem fünf Seiten langen Bericht der Handschriftexperten, die mit, wie sie behaupten, ›wissenschaftlichen Beweisen‹ belegen, dass die beiden Briefe von derselben Hand geschrieben sind. Ich werde dir einen wohlgemerkt vertraulichen Ausschnitt vorlesen:

›Das geschwungene S (beachten Sie insbesondere den Abschluss des obersten Bogens) reicht in Vereinigung mit dem auffällig abgesenkten P (ein sehr seltener und daher charakteristischer Zug) schon aus, um jede Möglichkeit auszuschließen, dass die Absender der beiden Schreiben nicht identisch sind. Das Papier und das Schreibmaterial unterstützen diese Auffassung.‹«

»Das hast du doch die ganze Zeit schon gesagt.«

»Ich weiß, aber ich bin Beamter. Ich muss mich absichern. Ich muss mir, wie sie im Justizministerium zu sagen pflegen, ›den Rücken freihalten‹. Ich kann mir nicht erlauben, einen Bericht ohne diese verdammten sachkundigen Anlagen einzureichen.«

»Bist du dir darüber im Klaren«, fuhr Ehlers hitzig fort, »dass ich, als ich zur Polizei kam, ein Polizist war, der Polizeiarbeit machte? Das waren noch Zeiten, ich sage dir! Heute ist ein Polizist jemand, der Berichte schreibt und Anlagen und Kopien von Anlagen sammelt und sie zusammenheftet und in Mappen legt und Aktenzeichen und Daten auf Aktenordner schreibt. Man könnte genauso gut für den Zoll oder die Steuerbehörde arbeiten.«

»Anwälte pflegen das als ›Rechtssicherheit‹ zu bezeichnen.«

»Anwälte leben davon, sie sind es schließlich, die alle Paragrafen kennen oder die zumindest eine Sekretärin haben, die sie nachschlagen kann. Wenn Kellermann auf der Straße steht, kann er keine verdammte Gesetzessammlung in der einen Tasche tragen und den richtigen Paragrafen suchen, bevor er sich höflich irgendeinem Rowdy zuwendet, der gerade einen älteren Herrn oder eine ältere Dame auf das Pflaster zerrt, um sich deren Geldbörse zu schnappen.«

»Na, wenn ich mich nicht falsch erinnere, ist es ein paar Mal passiert, dass ihr einfach, na ja, ich meine, ich muss es wohl nicht vertiefen, aber ich war selbst bei gewissen Gelegenheiten zugegen, als …«

»Ja, ist das nicht erstaunlich? Lustigerweise können auch wir mal hartnäckig sein. Wenn da ein Psychopath steht, der schon einen Kollegen erschossen hat und dabei ist, den nächsten aufs Korn zu nehmen, dann kann es passieren, dass einer von uns anderen ›die Besinnung verliert‹, wie man so sagt, und den Betreffenden erschießt, sodass er um einen, wie die Presse es nennt, ›fairen Prozess‹ gebracht wird. Das ist aber auch schade!«

»Das ist die eine Seite, aber ...«

»Bist du dir eigentlich bewusst, wie viele Verbrecher einfach so durch die Maschen des Gesetzes schlüpfen?«, fragte Ehlers verbissen. »Mit der Hilfe eines gerissenen Anwalts, der in der Lage ist, ›berechtigte Zweifel‹ an der ›Beweislage‹ zu äußern oder auf einen längst vergessenen Präzedenzfall von achtzehnhundertirgendwann zu verweisen oder auf eine ›unter den gegebenen Umständen unberechtigte Festnahme‹ oder auf irgendeinen anderen Hokuspokus, und wir stehen da und wissen zwar genau, was passiert war – aber machen uns total lächerlich.«

Ehlers musste Dampf ablassen, entweder wegen des Falls oder wegen der Operation seiner Frau. Er hatte plötzlich denselben störrischen Tonfall angenommen wie der Hübsche, wenn er auf der unwiderruflich unvergesslichen Schönheit und Relevanz seiner Lieder beharrte.

Ich ließ ihn einfach gewähren. Manchmal, ziemlich oft eigentlich, ist es das Einzige, was man tun kann, oder auch nicht.

Als er eine Pause einlegte, sagte ich so still und ruhig wie ein Hausarzt der alten Schule, der gerade trotz nervöser, febriler Erstlings-Eltern konstatiert hat, dass Kind Nr. 1508 in seiner Praxis seine vorgeschriebenen Windpocken bekommen hat:

»Ich habe etwas gefunden, dass man sich vielleicht ansehen sollte.«

Ich legte die Papiere auf seinen Tisch, wandte mich den Fenstern und ihm den Rücken zu, zündete mir eine Zigarette an und sah zur Abwechslung einmal auf den Halmtorvet hinunter.

Die Leute sind so unterschiedlich. Manche Pioniere und

Abenteurer stehen ständig vor beeindruckenden Panoramen im Grand Canyon, unbekannten Tälern im Tibet oder enormen Inlandeisflächen bei Narssassuaq. Andere sind darauf angewiesen, sich abwechselnd durch mehr oder weniger schmutzige Fensterscheiben den Rådhuspladsen, die Istedgade oder den Halmtorvet anzusehen.

»Alte Zeitungen!«, höhnte Ehlers. »Was zum Teufel glaubst du ...«

»Lies«, sagte ich. »Das ist auch eine Form, Berichte zu verfassen – auch wenn sie anders funktioniert als eure.«

Er las, verächtlich schnaubend.

Eine halbe Minute lang. Dann vergaß er das Schnauben.

Ich schaffte noch eine weitere Zigarette, bevor ich hörte, dass er wie ein routinierter Kartenspieler, der den Stoß vor der nächsten Runde sorgfältig mischt, die Kopien zusammenlegte.

Als er damit fertig war, ging er sie noch einmal schnell durch, um sich die wichtigsten Punkte zu merken. Ausgezeichnete Lesetechnik.

»Aha ...«, sagte er.

Er zündete, um sich abzuregen, sogar seine Pfeife an. Ausgezeichnete Selbsttherapie.

»Ja«, antwortete ich für ihn – irgendwie war es jetzt mein Einsatz. »Ja, jetzt haben wir zwei Verbindungen zwischen den beiden Todesfällen.«

»Ist das nicht ein bisschen weit hergeholt?«

»Hast du einen besseren Ansatz?«

»Nein, aber ...«

»Ich auch nicht. Unter allen Umständen, und egal, was du davon hältst, und meinetwegen auch, was der Justizminister davon hält, gibt es hier einen klaren Beweis dafür, dass Astrid Andersen und Hans Aage Steincke sich begegnet sind – und für das *Bladet* ist das ausreichend. Der Rest des Problems gehört dir, und falls du es vorziehst, dann kannst du ja einfach nie davon gehört haben. Niemand kann uns verbieten, unseren Lesern zu erzählen, was wir in unserem Archiv gefunden haben. Wir werden nach wie vor nichts von den Briefen schreiben, aber es steht uns frei anzudeuten, dass man sich vielleicht eine Verbindung zwischen den beiden Fällen vorstellen könnte. Es ist nicht verboten zu spekulieren, es ist legal, Hypothesen aufzustellen – sogar Zeitungen dürfen das. Es ist einfach nur ein technisches Problem, indem man dabei mehr Fragezeichen und weniger Ausrufezeichen verwenden muss – und wir haben von beiden genug.«

»Augenblick mal«, sagte Ehlers. »Augenblick.«

Er sah aus, als würde er ein wichtiges Problem durchdenken, als ob er Zahlen im Kopf addierte, bevor er die Ladenrechnung bezahlte.

»Es gibt eine dritte Person«, sagte er. »Wir könnten mit ihm reden. Wenn wir das hier ernst nehmen wollen.«

»Wen?«

»Den Fotografen, der die Aufnahme gemacht hat.«

Er hatte recht. Es war peinlich für einen Pressemann, dass er zuerst darauf gekommen war. Ich hätte vorher daran denken müssen.

»Foto: Kurt Click«, sagte er.

»Riecht nach Pseudonym«, antwortete ich. »So heißt doch niemand.«

»Ein Künstlername?«

»Das ist dasselbe wie ein Pseudonym.«

»Arbeitet er immer noch beim *Bladet*?«

»In dem Fall hätte er den Namen geändert – oder sein Pseudonym. Ich habe ihn noch nie gesehen.«

»Frag nach.«

Ich rief beim *Bladet* an und erfuhr, dass Kurt Click ungefähr zur selben Zeit aufgehört hatte wie Steincke, und zwar um in die Mode- und Reklamebranche zu wechseln. Sein eigentlicher Name, derjenige, den sie damals auf seinen Gehaltsscheck zu schreiben pflegten, lautete etwas prosaischer Kurt Kristiansen. Er war, soweit das Personalbüro informiert war, inzwischen freiberuflich tätig.

24

Ich brauchte eine ganze halbe Stunde und eine Menge Telefongespräche auf Kosten des hoffentlich geduldigen und duldsamen Steuerzahlers, um Kurt Click, alias Kurt Kristiansen, ausfindig zu machen. Doch Geduld wird belohnt, wie die Alten sagten. Schlussendlich glückte es mir, ihn unter dem Namen Curtis Click zu lokalisieren. Den Tipp verdankte ich einem alten Freund, einem ehemals talentierten Schlagzeuger, der dazu übergegangen war, seine Brötchen bei einer Werbeagentur als Layouter für Supermarktswurfreklame zu verdienen.

»Kurt?«, sagte er. »Er heißt jetzt Curtis. Er fotografiert für internationale Modezeitschriften.«

»Weißt du, wo er arbeitet?«

»Er ist Freelancer. Soweit ich weiß, wohnt er offiziell in New York.«

»Und soweit du inoffiziell weißt?«

»Arbeitet er für die International Advertising Agency in der St. Kongensgade – oder für United Model Booking in der Købmagergade.«

»Vielen Dank.«

»Ich habe zu danken. Du weißt wohl, dass ich bei dir jetzt etwas gut habe?«

»Das weiß ich wohl.«

»Okay. Ich wollte es nur noch einmal erwähnen. Eines Tages fehlt euch vielleicht ein bisschen Know-How beim Layout des *Bladet*, nicht wahr? Da ist es doch nett, wenn man noch etwas gut hat.«

»Das kann ich mir vorstellen, theoretisch.«

Ehlers schaute auf, als ich zum siebten und bis jetzt letzten Mal den Hörer aufgelegt hatte.

»Und?«, sagte er.

»Tja«, antwortete ich.

Ich wiederholte es sogar.

Man sollte niemals mehr versprechen, als man halten kann. Schon meine verstorbene Mutter hatte etwas in dieser Richtung geäußert, als sie versuchte, ihre Kinder zu erziehen, woran sie unaufhörlich und unaufhaltsam und mit einer Unbeugsamkeit arbeitete, die nach Meinung vieler eines besseren Gegenstands würdig gewesen wäre, eines besseren Gegenstands, der bedauerlicherweise nicht die Liebenswürdigkeit besessen hatte, sich zu zeigen, jedenfalls nicht am helllichten Tag.

Ehlers tigerte durch sein Büro und glich dabei einem verfolgten Flüchtling aus Torturistan, weil er – die paar Minuten! – nicht an seinem eigenen Telefon in seinem eigenen Büro gesessen hatte.

Man gewöhnt sich so an sein eigenes Büro. Man hat so selbstverständlich die Kontrolle über sein eigenes Telefon. Man hat vielleicht gar nicht so viel anderes.

United Model Booking hatte geschlossen und den Anrufbeantworter eingeschaltet, der unter Zuhilfenahme einer intim einladenden, einschmeichelnd erstickenden Frauenstimme erklärte, dass die Firma sich darauf freue, morgen ab neun Uhr meinen Anruf entgegenzunehmen.

Die International Advertising Agency bedauerte gleichermaßen ihren vorübergehend geschlossenen Zustand, verwies eilige Gespräche allerdings unter genauer Angabe einer Telefonnummer an das Scandinavian Art Studio.

Das Scandinavian Art Studio reagierte, konnte Curtis Click im Augenblick allerdings nicht stören, da er gerade eine Aufnahme vorbereitete. Als ich vorsichtig andeutete, dass ich von der Presse sei, wurde der Ton ein anderer. Natürlich durfte ich gerne vorbeikommen, aber es war ein dringender Auftrag, der innerhalb weniger Stunden erledigt sein müsse, wenn ich mich also damit begnügen könne, mit Curtis nur in den Pausen zu sprechen ...

Ich sagte, dass ich das könne, und bekam die Adresse – auch sie in der St. Kongensgade.

»Willst du mitkommen?«, fragte ich Ehlers.

Ausnahmsweise durfte ich diesmal einladen.

»Ich glaube«, sagte er, nachdem er sich die Sache ein paar Minuten lang überlegt hatte, als ob er jeglichen Antrieb verloren hatte, »dass es besser wäre, wenn du alleine dorthingehst. Wenn etwas dabei herauskommt, kannst du es mir erzählen. Du kannst sicherlich besser mit ihm sprechen, und es ist ja sowieso alles deine Idee.«

»Was im Klartext bedeutet, dass du nicht einmal ein kleines bisschen daran glaubst, oder?«

»Das habe ich nicht gesagt.«

»Nein. Gesagt hast du es nicht.«

Ich ging hinunter zur Straße und winkte mir ein Taxi heran.

Es war ein großes, herrschaftliches Gebäude im St. Kongensvej, in dessen zweitem Stock sich das Art Studio befand. Ich drückte auf eine Gegensprechanlage und durfte hereinkommen – wahrscheinlich deshalb, weil ich meinen Namen nicht gesagt hatte, sondern nur, dass ich vom *Bladet* sei.

Die Treppen waren mit einem weichen roten Läufer bespannt, der ganz angenehm sein musste, wenn man täglich seinen Viertelliter Milch und sein halbes Brötchen hinauftrug. Ich überlegte, ob ich nicht meinen Hausverwalter bei Gelegenheit auf eine solche Möglichkeit ansprechen sollte, entschied mich zwischen dem ersten und dem zweiten Stock aber dagegen.

Ich würde ohnehin nicht umziehen wollen.

Eine Nymphe in einem sowohl tief ausgeschnittenen als

auch geschlitzten hellblauen Kleid ließ mich herein. Sie lächelte mit diesem besonders großen, sexy, extrabreiten Superbonus-Lächeln, mit dem solche Frauen um sich werfen, solange sie nicht sicher wissen, dass man nicht der Kunde ist, der möglicherweise für die nächste Monatsmiete aufkommen wird.

»Haben Sie einen Termin?«, fragte sie. Diese Stimme musste sie sich antrainiert haben – keine Frau, von einer Frau geboren, bekommt eine solche von der Natur geschenkt.

»Ich wollte mit Curtis Click sprechen. Kristiansen, unter Freunden.

»Er ist im Augenblick beschäftigt. Wenn Sie bitte an der Rezeption warten wollen – oder im Atelier?«

»Im Atelier.«

»Hier entlang, bitte.«

Sie führte mich durch einen langen, zitronengelb gestrichenen Flur, dessen Wände mit blauen Gemälden von jungen Damen am Strand bei Sonnenuntergang behängt waren, bis in einen großen Raum, in den die Nachmittagssonne durch die Fenster hineinfiel – und wo zwei junge Männer mit großen schwarzen Plastikquadraten damit beschäftigt waren, eben diese Quadrate gegen die unrechtmäßige, unfotografische, unkontrollierbare imperialistische Einmischung eben dieser Sonne in ihre Arbeit in Stellung zu bringen.

In der Mitte des etwa 200 Quadratmeter großen Raumes, der ausschließlich aus Plastikquadraten, Sonnenschirmen, künstlichen Vinylwänden, Fotoschirmen und Kameras jeder denkbaren Art und Größe zusammengesetzt war, stand ein Mann und maß das Licht. Er sah aus, als wäre ein bisschen mehr als erlaubt davon im Umlauf, um anfangen zu können.

»Curtis?«, fragte ich.

»Kommt gleich«, antwortete er.

Er fuhr damit fort, das Licht zu messen. Meine Anwesenheit interessierte ihn nicht im Geringsten, und ich machte ihm deswegen keine Vorwürfe.

Ich kenne dieses Gefühl und verstehe es.

Sogar, vielleicht sogar am besten, wenn ich alleine bin.

»Kasten!«, rief er, nachdem er anscheinend fertig gemessen hatte.

Die beiden jungen Männer – beide in Jeans und T-Shirts mit der weißen Aufschrift »I'm Your Dream, Baby!« auf schwarzem Grund – hatten das Licht erfolgreich ausgesperrt und verschwanden in einem Hinterzimmer. Einen Augenblick später kamen sie mit einem weiß gestrichenen Pappmachékasten zurück, wie man ihn in Galerien benutzt, um kleinere Skulpturen darauf auszustellen.

Er kontrollierte noch einmal das Licht.

»Rechts ist immer noch ein Schatten«, sagte er vorwurfsvoll. »Ihr müsst ihn zukleben.«

Sie klebten ihn zu.

Ein weiterer Mann kam herein, ein großer, fetter Mann, etwa fünfzehn Jahre jünger als ich, mit einer wilden Mähne und in eng anliegende Lederhosen und ein kariertes Sporthemd gekleidet, das offen stand und die Aussicht auf eine spärlich behaarte Brust erlaubte – so spärlich, dass andere es sich vielleicht genau überlegt hätten, ob sie sie ausstellen oder ob sie es nicht besser noch ein paar Saisons aufschieben sollten.

»Hallo, Curt!«, sagte der Lichtmesser. Nicht Kurt, sondern *Curt*.

»Hallo. Seid ihr so weit?«

»Beinahe.«

»Wer ist das?«

Er deutete auf mich. Seine Stimme klang, als hätte er in Wirklichkeit lieber gesagt: »Was ist das?«

Vielleicht war mein Schlips unterwegs ein bisschen derangiert worden.

Dreist machte ich einen Schritt auf ihn zu.

»Ich komme vom *Bladet*«, sagte ich, und sprach B-l-a-d-e-t so deutlich wie möglich aus, wie in der ersten Grundschulklasse.

»Ich hätte gern zehn Minuten mit dir gesprochen – unter vier Augen.«

Er sah mich unsicher an. Vielleicht hatte er sich so sehr an mechanische Lichtmesser gewöhnt, dass seine eigenen Augen mit der Zeit immer unsicherer geworden waren. Das ist ein häufiges Problem zwischen Mensch und Maschine.

»Ich habe viel zu tun«, sagte er. »Kann es noch eine halbe Stunde warten?«

Ich begnügte mich mit einem Nicken.

Kurz, männlich und beruhigend.

»Mona kann dir so lange einen Kaffee servieren«, sagte er, als wollte er mit dem gesamten Weihrauch Arabiens locken. »Mona!«

Ich schüttelte abwehrend den Kopf.

»Nicht meinetwegen. Ich warte einfach nur.«

»Wir werden trotzdem einen nehmen«, sagte er.

Sein Tonfall ließ keinen Zweifel daran, dass er sich andernfalls die ganze Mühe gar nicht erst gemacht hätte.

Mona, die Nymphe in Hellblau, tauchte augenblicklich auf, wie die Fee in einem Disney-Zeichentrickfilm, mit einem Tablett und einer Thermoskanne und fünf Plastikbechern, fünf Plastikteelöffeln, sowie Milch und Zucker in zwei Bechern – ebenfalls aus Plastik, wie wahrscheinlich auch der Inhalt. Sie stellte es auf einem kleinen Tisch ab und begann einzuschenken. Entweder wusste sie genau, was jeder der drei anwesenden Herren hinsichtlich Milch und Zucker bevorzugte, oder sie war mit hellseherischen Fähigkeiten geboren worden. Jedenfalls fragte sie nicht nach.

Nachdem vier Becher eingeschenkt waren, schaute sie mich fragend an.

»Schwarz, danke«, antwortete ich.

»Und Mona«, sagte Curtis, »Holst du bitte den Gegenstand.«

»Sofort«, erwiderte sie und verschwand nach draußen.

Kurz darauf kehrte sie mit einer Schale zurück, offensichtlich dem »Gegenstand« – keine Plastikschüssel, sondern eine Silberschale, auf der vier Grapefruits und ein Obstmesser lagen.

Curt betrachtete die Früchte sorgfältig, nahm jede einzelne auf und wog sie in der Hand, betrachtete sie von allen Seiten, hielt sie gegen das Licht, untersuchte minutiös die Oberfläche und philosophierte gründlich über die individuelle Form jeder einzelnen verdammten Grapefruit.

»Diese hier«, sagte er dann.

Wie ein Juror bei einem Schönheitswettbewerb in St. Tropez, oder wo auch immer Menschen ihr Leben damit verschwenden, sich gegenseitig vorzumachen, dass sie interessanter seien als die anderen.

Einer der jungen Männer nahm die Silberschale und das Obstmesser und legte beides auf den weiß gestrichenen Kasten.

»Und die hier dahinter – halb verdeckt.«

Er reichte ihm eine andere Grapefruit.

Der Mann legte die Früchte zurecht. Curt beobachtete ihn aufmerksam mit zusammengekniffenen Augen.

»Nein ... Weiter nach links ... Nicht so weit ... Ja, so. Nein – ein bisschen mehr nach links – sodass man das Silber dazwischen noch sehen kann.«

Ich wartete. Ich habe einen großen Teil meines Lebens mit Warten verbracht und kann ohne Übertreibung behaupten, dass ich inzwischen ziemlich gut darin bin.

25

Es sagte »click – click – click«, immer und immer wieder. Mutmaßlich unschuldige Filme wurde in Kameras hineingepfeffert und aus Kameras herausgerissen. Es ist erstaunlich, wie viele materielle Ressourcen verbraucht werden können, um Grapefruits zu fotografieren. Sicherlich einiges mehr, als die Früchte selbst kosten.

»Ich glaube, wir haben es jetzt«, sagte Curt. »Nur noch ein bisschen mehr Licht!«

Der Assistent drehte an einer Lampe.

»Das ist es!«, sagte Curt begeistert. »Super! Ihr könnt jetzt Bente holen!«

Bente stellte sich als ein sehr hübsches Model heraus – wie Models durch die Bank eben so sind. Groß, schlank, blond, blauäugig und im Besitz genau des Körperbaus, der die meisten Männer auf vorhersagbare Ideen und Einfälle bringt, was vermutlich im Großen und Ganzen der Sinn der Sache ist – falls die Sache überhaupt einen Sinn hat.

Bente trug einen roten Morgenrock.

»Versuch es mal rechts«, sagte Curt. »Beug dich über die Früchte, nimm das Messer, und sieh erwartungsfroh aus.«

Sie tat, was sie konnte, aber es war anscheinend nicht genug.

»Mehr lächeln! Du freust dich auf deine Grapefruit!«

»Ich kann Grapefruits nicht ausstehen.«

»Das ist doch ganz egal. Kein Mensch auf der ganzen Welt interessiert sich dafür, was du ausstehen kannst. Du liebst dein Honorar, oder? Stell dir vor, du schaust deinen Scheck an!«

Das half. Das große, glückliche Lächeln wurde aus der Plastiktüte geholt.

»Gut. Was sagt das Licht?«

»Rechts ein bisschen dunkel.«

»Miss noch mal nach.«

»So.«

»Lass sehen.«

»Das macht nichts. So bekommen wir genau die Morgenstimmung, die wir brauchen. Sie ist gerade aufgewacht, es ist immer noch ein bisschen dunkel, und das Erste, was ihr einfällt, ist ihre Grapefruit. Bente, mach noch einen Knopf mehr auf.«

»Willst du Brüste sehen?«

»Natürlich. Du bist gerade aufgestanden, nicht? Du hattest noch gar keine Zeit, dich anzuziehen, oder? Das ist nur natürlich. Du sehnst dich so sehr nach deiner Grapefruit, dass du halbnackt in die Küche tapst, um sie dir zu holen, stimmt's? Dann lass mal sehen ...«

Bente öffnete einen Knopf.

Bente hatte sehr schöne Brüste. Die beiden Assistenten betrachteten sie voller Bewunderung. Curt studierte sie sachlich und beurteilte die eine oder andere Perspektive.

Mona kam wieder herein und sah aus, als würde sie solche Sachen zutiefst und innerlich verachten.

»Ja, so. Und jetzt beugst du dich darüber und nimmst das Messer – nein, nicht so. Pass auf: Du öffnest die Lippen, als ob du in die Grapefruit verliebt wärest und sie küssen möchtest, und dann nimmst du das Messer zwischen Daumen und Zeigefinger der rechten Hand – nein, nein, ganz falsch, ich werde es dir zeigen.«

Er zeigte es ihr.

»Probe!«

Sie probten.

»Nein. Weiter nach vorne – du sollst dich weiter nach vorne beugen.

»Damit man tiefer blicken kann?«

»Natürlich.«

»Ich hatte gedacht, dass wir Grapefruits verkaufen wollen.«

»Das tun wir auch. Früchte sind Früchte. Wir können eine verdammt gute Perspektive zwischen deinen Früchten und denen auf dem Tisch hinkriegen. Ein bisschen weiter nach links. Ein bisschen weiter nach links ... Ja, so ist gut. Und jetzt noch einen Knopf!«

»Glaubst du, wir machen hier Porno?«

»Jede Werbung ist Porno. Jetzt verträumt gucken! Denk an irgendetwas, das dir gefällt, und lehn dich seitwärts über den Tisch – besser, viel besser ...«

»Ja. Genau. So bleiben!«

Er knipste.

»Okay, ein bisschen mehr Oberlippe, ja, und ein bisschen weiter nach vorn, ja, das ist es, und einen Filter, einen Moment ...«

Er wechselte den Film.

Bente sah einen Augenblick lang so aus, als könnte sie sich in Wirklichkeit gut vorstellen, irgendeiner ehrlichen Arbeit nachzugehen, aber natürlich konnte sie das nicht. Wer zum Teufel schert sich schon um ehrliche Arbeit? Sie ist schlecht bezahlt, man muss morgens verdammt früh aufstehen, und es ist überhaupt eine verfluchte Last, damit zu tun zu haben.

Man gibt sich nur damit ab, wenn es gar keine anderen Möglichkeiten mehr gibt.

Und bei den Brüsten, die sie hatte, würde es immer andere Möglichkeiten geben.

»Du musst wirklich ein bisschen mehr Begeisterung zeigen«, sagte Curt. »Es ist so weit okay, alles passt, und das Licht ist perfekt, aber dir fehlt noch die Glut in den Augen.«

Bente sah aus, als hätte sie ihm am liebsten etwas ins Gesicht geworfen. Dann überdachte sie ihren Entschluss noch einmal und legte Glut in ihre Augen.

Wahrscheinlich können Fotomodelle das einfach so.

Sie brachte mich dazu, Gitte zum ersten Mal seit Tagen wirklich zu vermissen.

»Ja«, sagte Curt. »Ja. Das war's. Danke.«

»Dank zurück«, antwortete sie. »Darf ich mich wieder zuknöpfen?«

»Wenn du so eine Egoistin bist, dass du deinen Mitmenschen nicht einmal ein kleines, bescheidenes Vergnügen gönnst, dann ja.«

Sie ging.

Endlich hatte der Chef-Fotograf ein bisschen Zeit für meine Wenigkeit übrig.

»Und was willst du?«, fragte er. »Du bist vom *Bladet*, wie ich höre ...«

»Da warst du selbst doch auch einmal.«

»Irgendwo muss man schließlich anfangen, nicht wahr?«

»Ja, und irgendwo aufhören. Kannst du dich an diese Story hier erinnern?«

Ich zeigte ihm die Kopie von Steinckes Artikel über Astrid Andersen. Er warf einen kurzen Verschwende-meine-Zeit-nicht-Blick darauf.

»Ja«, antwortete er.

Kurz und bündig.

»Du hast die Bilder geschossen?«

»Ja. Leider. Sie waren nicht ganz geglückt. Man hätte sie retuschieren müssen ... Guck dir mal den Schatten da links im Hintergrund an.«

»Scheiß drauf. Hast du mitbekommen, dass Hans Aage ermordet wurde?«

»Ich lese Zeitungen. Ich gehöre zu den Fotografen, die lesen können. Wir haben einen Verein gegründet. Wir sind nicht sehr viele.«

»Und auch, dass die Dame ebenfalls ermordet wurde?«

»Das wusste ich nicht. Ich interessiere mich nicht so brennend für ältere Damen.«

»Kannst du dich an die Story erinnern?«

»Tja ... so ganz dunkel ... Steincke sagte, da wäre ein Spekulant am Werke und wir müssten jemanden finden, der für die Leser weinen könnte, und eine, hm, eine ältere Dame wäre ganz besonders gut dafür geeignet, und dann haben wir sie zum Weinen gebracht, und ich habe die Aufnahme gemacht, während sie weinte. Langsam entwickelt, wenn ich mich recht erinnere. Ein etwas körniges Negativ. Und was soll das jetzt?«

»Sie sind beide tot.«

»Das bin ich nicht.«

»Noch nicht.«

»Worauf willst du hinaus?«

»Ich weiß es nicht einmal selbst.«

»Du bist genauso wie Steincke. Ihr ganzen verdammten Journalisten-Dummköpfe, die durch die Gegend rennen und nach irgendeinem blödsinnigen Stoff suchen, den ihr verkaufen könnt ...«

»Nichts für ungut, Kollege, aber wovon lebst du denn?«

»Grapefruits, Strumpfbänder, Lippenstifte und Filterzigaretten. Hin und wieder auch einmal Kühlschränke oder Königliches Kopenhagener Porzellan – was im Grunde alles aufs Gleiche herausläuft.«

»Kannst du dich an gar nichts mehr erinnern von damals?«

»Doch. Ich kann mich an alles erinnern. Ich kann mich erinnern, dass ich die Order bekam, eine weinende alte Schachtel zu fotografieren. Ich fotografierte die weinende alte Schachtel und entwickelte das Bild. Dafür bekam ich mein Honorar, und dafür habe ich es auch getan. Was zum Teufel willst du eigentlich hören?«

»Es hätte ja sein können, dass du etwas weißt.«

»Das tue ich nicht.«

»Warst du Steincke nahe – damals?«

»Ja, sehr – wir fuhren im selben Auto. Der Beinabstand war zehn Zentimeter.«

»Du weißt, was ich meine.«

»Nein. Ich meine: Ja, das weiß ich natürlich, aber ich war es nicht. Er hatte diese ganzen idiotischen Ideen und Ideale – eine bessere Gesellschaft, Gerechtigkeit, Demokratie und so was ...«

»Und du?«

»Ich verdiente meine Brötchen.«

»Du vermisst das *Bladet* nicht gerade, oder?«

»Vermissen? Das *Bladet?* Bist du verrückt, Mann! Ich glaube nicht an die Wiedergeburt – ich glaube, dass ich ein Leben habe, und zwar dieses. Und wenn ich selbst entscheiden kann, dann will ich lieber als amerikanischer Staatsbürger geile Weiber für zweitausend die Stunde fotografieren, mit voller Aussicht auf ihre hervorragenden Eigenschaften, als alte, weinende Tanten für zweihundert die Stunde, abzüglich Steuern – mit einer Aussicht, vor der ich lieber die Augen verschließen würde.«

»Okay, und entschuldige noch einmal. Ich wollte dich nur warnen.«

»Mich warnen? Da bist du nicht der Einzige. Gerade heute habe ich einen Drohbrief bekommen. Irgendjemand schrieb, ich wäre ›der Nächste‹.«

»Der nächste was?«

»Keine Ahnung. Ich habe ihn weggeworfen. Für so einen Kram habe ich wirklich keine Zeit. Wie ich dir schon gesagt habe: Ich habe nur ein Leben. Und ich will verdammt noch mal etwas davon haben.«

Als ich ging, rief er mit lauter Stimme nach Bente. Es klang, als wollte er sie haben.

Höchstwahrscheinlich hatte er recht. Das war das Schlimmste daran.

26

»Ja«, sagte ich zu Ehlers am Telefon. »Doch, ich habe mit ihm gesprochen.«

»Wie war er?«

»Kennst du den amerikanischen Ausdruck *smart-ass?*«

»Ich kann mir halbwegs denken, was damit gemeint ist. Schließlich bin ich zur Schule gegangen.«

»Aber er hat einen Drohbrief bekommen.«

»Was?«

»Du hast ganz gut verstanden, was ich gesagt habe.«

»Ja. Hast du ihn gekriegt?«

»Er hat ihn weggeworfen. Er gehört zu diesen Menschen, die niemals auf die Idee kommen würden, dass ihnen selbst so etwas passieren kann. Das ist ja auch nicht sicher, oder? Du selbst glaubst ja auch nicht daran ...«

»Zum Teufel ...«

»Und zur Hölle, und in Dreiteufelsnamen, und – gibt es noch mehr?«

»Nicht dass ich wüsste.«

»Warum sagen wir immer solche Sachen?«

»Vielleicht, weil es gute Gründe dafür gibt.

»Vielleicht. Okay, ich habe getan, was ich konnte.«

iger war auch kaum drin. Hast du viel zu tun?«

»Nein. Warum?«

»Ich könnte mir vorstellen, ohne mich in irgendeiner Weise in die inneren redaktionellen Angelegenheiten des *Bladet* mischen zu wollen, dass dein Redakteur es zu schätzen wissen würde, wenn du dich ans obere Ende der Vesterbrogade begäbest. Ich selbst bin auch auf dem Weg dorthin.«

»Was denn? Doch nicht noch ein Mord?«

»Nein, wenn es nur das wäre – hätte ich beinahe gesagt. Aber die Hausbesetzer sind dabei, das Nachbarhaus zu erobern – also ist die gesamte Mannschaft dorthinkommandiert worden, und Mord und all solche Sachen sind bis auf weiteres vom Arbeitsplan gestrichen worden. Jetzt müssen wir Kinder zähmen. Oder sie uns.«

»Ich komme.«

»Das macht bestimmt einen Höllenunterschied.«

»Weiß der Teufel, oder wer auch immer ...

»Bis dann.«

»Ja.«

Der Plan funktionierte. Wir sahen uns wieder.

Oder ich erhaschte zumindest einen Blick auf ihn.

Eine Viertelstunde später.

Auf einer abgesperrten Vesterbrogade, schon wieder. Auf einer Vesterbrogade, wo die Leute, zum wievielten Mal auch immer, vor- und zurückwogten und sich gegenseitig die Straße hinauf- und hinunterjagten.

»Was gibt's?«, fragte ich.

Ich hatte Per sofort entdeckt, der an der Ecke zur Sundevedsgade stand und zuschaute.

»Das nächste Haus«, sagte er. »Du weißt schon, es steht auch leer. Klare Sache – sie versuchen, sich zu vergrößern. Die reinste Expansion.«

»Warum stehen diese ganzen Häuser denn leer, Mann?«

»Frag mich nicht – ich bin kein Politiker. Ich habe eine Ausbildung als Spengler, aber das habe ich nach zehn Jahren Stütze fast schon wieder vergessen.«

»Werden jetzt wieder ein paar Schädel zertrümmert?«

»Könnte man sich denken.«

»Ja, aber ...«

»›Ja, aber‹ ... Das sagt sich so leicht.«

»Das ist doch vollkommen durchgeknallt ...«

»Findest du das auch?«

»Na, da sind wir zumindest schon zwei, die dieser Meinung sind.«

»Zwei? Wir sind vier, fünf Millionen – minus 179.«

»Welche 179?«

»Die 179, die im Parlament auf ihren fetten Ärschen sitzen und sich einbilden, dass sie irgendeinen Schimmer davon haben, was hier draußen vorgeht.«

»Wenn sie dort sitzen, dann nur deshalb, weil sie uns anderen vormachen konnten, dass sie es hätten.«

»Euch anderen, danke – mir nicht. Ich habe noch nie gewählt.«

»Das ist die sicherste Methode, sie auch noch zu unterstützen.«

»Kennst du nicht diesen alten Witz, Mann, ich glaube, der ist von Groucho Marx, dass du, egal für wen du stimmst, immer für einen Politiker stimmst, und dann ist es ja auch egal?«

Genau wie neulich wurden wir wieder in verschiedene Richtungen gedrängt. Per winkte gut gelaunt zum Abschied. Er sah aus, als hätte er sich daran gewöhnt, und wenn es noch lange so weiterging, würden wir uns wahrscheinlich alle daran gewöhnen, der ganze Stadtteil, still und leise. Man kann sich an so viel gewöhnen. Man hat eigentlich kaum eine Chance, etwas anderes zu tun.

Ein Ziegelstein flog durch die Luft. Ich schaffte es gerade, mich im richtigen Augenblick zu ducken, aber der Mann hinter mir war nicht so schnell. Er ging mit einem abgeschnittenen, gerade begonnenen Fluch aufs Pflaster.

»Mörder!«, rief eine Frau. Vielleicht sein persönliches, privates Model.

»Polizei!«, rief eine andere.

»Polizei?«, antwortete eine Männerstimme. »Hier gibt es doch nichts anderes!«

Noch ein Ziegelstein kam angeflogen. Es gelang mir, mich

ein paar Meter zurückzuziehen. Feige, klar, aber ich redete mir sorgfältig und fürsorglich ein, dass ich es wegen Gitte tat. Feige zu sein fühlt sich immer besser an, wenn man es für andere ist.

Unter anderem dafür hat man ja auch andere.

Mehr Schreie ertönten.

Auf einmal kam Verstärkung. Etwas, das wie hundert Bullen aussah, kam mit griffbereitem Tränengas die Straße heruntergelaufen.

»Jetzt kommen sie raus«, sagte jemand mit einer vergnügt glucksenden Stimme. »Das ist das Einzige, was wirklich hilft.«

Zehn Minuten später kamen sie raus, aus dem Nachbarhaus. Ihre Augen tränten, und sie hielten die Hände hinter dem Nacken verschränkt wie südafrikanische Geiseln in einer Reportage der Fernsehnachrichten.

Per war wieder da.

»So, das war's«, sagte er. »Die Vorstellung fällt aus wegen Tränengas. Technische Panne. Die nächste Folge kommt morgen oder übermorgen.«

Das blonde zwanzigjährige Mädchen, mit dem ich gesprochen hatte, war eine der Ersten in der Reihe. Sie weinte.

Man sollte keine blonden, und nicht einmal dunkelhaarige Zwanzigjährige solchen Dingen aussetzen. Und sie selbst sollten sich dem genauso wenig aussetzen.

Die jungen Leute wurden auf die Straße gelegt, und man drehte ihnen die Arme auf den Rücken. Danach wurden sie zusammengebunden wie Heringe oder Makrelen und in die grünen Minnas geworfen. Fürs Erste waren in Kopenhagen Ruhe und Frieden wiederhergestellt.

Plötzlich stand Ehlers neben mir.

»Und was passiert jetzt mit ihnen?«, fragte ich ihn natürlich dämlicherweise. Ich bin nun einmal dämlich.

Es wird mir nur nicht immer so deutlich bewusst.

»Nichts«, antwortete Ehlers müde. »Untersuchungshaft,

Identifizierung, Auferlegung von Bußgeldern, die aller Wahrscheinlichkeit nach ›als uneinziehbar betrachtet‹ werden müssen, und dann wird alles wieder von vorne beginnen.«

Es begann dunkel zu werden. Die Dämmerung hatte stets ein Gefühl für das richtige Timing. Es war haargenau der passende Zeitpunkt.

Die Polizeiwagen fuhren ab. Die Neonlichter gingen an. Die Menschenansammlung löste sich auf.

Auch ich löste mich auf – zurück in die Istedgade.

»Na«, fragte Bob, als ich ins Stjernecafé kam. »Ist es schon vorbei?«

Gerüchte verbreiten sich schnell in diesem Viertel. Ihre Geschwindigkeit muss sich im selben Bereich wie die des Lichts oder eines Blitzes bewegen.

»Ja.«

»Freut mich – für René.«

»René?«

»Kennst du nicht den Roten René? Ihm gehört die Kneipe gegenüber von dem besetzten Haus. Jedes Mal, wenn es Aufruhr und Schlägereien gab, war sein Laden den ganzen Abend rappelvoll mit Nachbarn, die einander erzählten, was und wen sie gesehen hatten und wer als Nächstes dran war, einen Ziegelstein auf den Kopf zu bekommen. Ansonsten hat er es ziemlich schwer – keine Kunden, und es ist noch gar nicht so lange her, dass er meinte, bald schließen zu müssen. Aber dann kamen die Hausbesetzer, und in die Dinge kam Bewegung.«

»Des einen Tod ...«

»Es gab doch wohl keine Toten?«

»Hätte aber leicht passieren können.«

»Irgendwann wird es so weit sein – du musst nicht traurig sein. Wenn es so weitergeht, wirst du früher oder später deinen vierspaltigen Tod bekommen. Nur immer am Ball bleiben.«

»Vielen Dank.«

»Nichts zu danken. Ich versuche nur, meine Kunden bei halbwegs guter Laune zu halten.«

»›Halbwegs‹ ist das richtige Wort.«

»Ein Kaltes? Würde das helfen?«

»Ein eisiges Schaumiges.«

»Und das ganze Drumherum, ja, ja. Hier!«

»Kannst du auch nur irgendetwas von dem Ganzen verstehen, Bob?«

»Nicht mal im Ansatz, nein – und ich habe es auch noch nie gekonnt, und ich glaube auch nicht, das ich Lust dazu habe, wenn du mich so direkt fragen würdest. Ich kann gerade genug verstehen, um zu begreifen, was ein eisiges Schaumiges ist. Den Rest darfst du dir selbst ausrechnen – inklusive der Zeche.«

»Vielen Dank für die Hilfe.«

»Keine Ursache. Und womit kann ich dir helfen, Robert?«

Bob hatte sich bereits weiter den Tresen entlang bewegt. Gut, wenn man eine Aufgabe hat. Das kann einen oft am Nachdenken hindern, denn dabei kommt sowieso nichts heraus, außer man ist Akademiker und zu eben diesem Zweck angestellt – mit Pensionsanspruch.

Das Telefon klingelte. Auch das kann gegen Nachdenken helfen, wenn es einen im Gegenteil nicht erst dazu bringt.

Bob hob ab und zeigte auf mich. Ich schnappte mir den Hörer.

Es war Ehlers. Er rief an, um zu sagen, dass Curtis Click tot war.

Nett von ihm, sich die Mühe zu machen.

Also, von Ehlers.

27

»Ja«, sagte Ehlers. »Volltreffer. Exakt genauso wie mit den anderen. Er wurde erwürgt – ›stranguliert‹, wie Dr. Bang es ausdrücken würde. Nette, klinisch saubere Arbeit. Nicht dieser ganze dramatische Quatsch mit knallenden Pistolen und gewetzten Messern und Blut, das überall rumfließt und alles einsaut, sodass man erst eine gründliche Reinigung braucht, bevor die trauernden Hinterbliebenen alles an die Heilsarmee geben können. Sauber und akkurat – aber trotzdem ziemlich brutal. Es muss ein starker Mann gewesen sein. Curtis war kein Kind.«

»Nein, jedenfalls nicht körperlich.«

»Das habe ich schon verstanden.«

»Das dachte ich mir schon. Im Übrigen war auch Steincke kein Kind – weder körperlich noch seelisch.«

»Nein. Willst du mit rauskommen und die Leiche anschauen, wo wir jetzt schon einmal beide in Schwung sind?«

»Wohin?«

»Zu diesem – wie zum Teufel heißt es jetzt – Scandinavian Art Studio – SAS.«

»Im Augenblick wohl eher SOS, oder?«

»In deiner Freizeit bist du ja so witzig.«

»Vielen Dank. Ich habe noch ein paar Extrawitze im Ärmel.«

»Überanstreng dich bloß nicht. Du wirst mich im Hinterhof finden. Dort liegt er nämlich.«

»*Back in your own Backyard.*«

»Was willst du damit sagen?«

»Nichts. Nur ein alter Song, den ich gespielt habe, als ich

Musiker war. Mittlerweile erinnert mich alles an alte Songs. Senilität, weißt du? Bis dann.«

Oh you can walk to the East
Walk to the West
But someday you'll come
Weary at heart
Back where you started from
You'll see your castle in Spain
New York window-pane
Back in your own
Back-yard . . .

Ja, so ging er – am Schluss mit einem steigenden Ton, jedenfalls haben wir es damals immer so gespielt.

Ein sehr passendes Grablied für Curtis Click – nach dem bisschen zu beurteilen, das ich von ihm gesehen habe.

Ein Mann, der – wie eine andere, etwas unterschiedliche Ausgabe des Hübschen – große Träume gehabt hatte. Die gigantischen Multiscope-Technicolor-Glaskuppel-Träume. Internationaler Modefotograf. Mirakulöse Models. Haufenweise Dollars. Schlösser in Spanien.

Und jetzt: zurück in seinem eigenen Hinterhof. Buchstäblich.

Ich pfiff den Song noch einmal, leise, für mich selbst. Da waren ein paar Töne, von denen ich nicht wusste, wo sie hingehörten. Es gibt immer irgendetwas, von dem man nicht weiß, wo man damit hinsoll.

»Arbeit?«, fragte Bob.

Bob kennt jede einzelne meiner Bewegungen, so wie er die Bewegungen aller seiner Stammgäste kennt. Er kann einem Körper, der sich von der Theke erhebt, ansehen, ob er noch eine Runde bestellen oder zahlen und gehen möchte. Es ist nicht nötig, mit Bob zu reden, wenn er einen kennt, man macht es eher aus Routine. Seine Kunden sind seine Haustiere, und er weiß zehn Minuten bevor sie selbst es bemerken, dass ihnen die Zigaretten ausgegangen sind.

»Ja. Ein Mord.«

»Noch mehr Fernsehsprecher?«

»Nein. Diesmal ist es ein Modefotograf.«

»So etwas hätte man selber werden sollen. Die laufen förmlich von morgens bis abends zwischen Schönheiten herum.«

»Sie laufen in der Istedgade herum, verdammt! Das ist doch im Großen und Ganzen dieselbe Sauerei. Es ist einfach nur eine Istedgade, die gewaschen und gebügelt und jeden Morgen von Flecken und Erbrochenem befreit wird.«

»Ich hätte nichts dagegen, wenn sie das hier auch machen würden.«

»Bob, ist dir klar, dass es vor ein paar hundert Jahren, also vor drei, vier Generationen oder so, in dieser Stadt vollkommen normal war, seinen Nachttopf auf der Straße auszuleeren?«

»Du musst los, oder?«

»Denk trotzdem darüber nach, Bob. Es ist nicht ganz verkehrt, diese Dinge ein bisschen in die richtige Perspektive zu rücken. Es hat auf der Welt immer eine gleich bleibende Menge Dreck gegeben, und solange es Menschen gibt, wird es auch so bleiben. Du selbst bist ein Teil dieses Komplotts, und auch deine Frau. Na, damals flog der Dreck nur so aus den Fenstern, weil es in den Stuben so stank, und wenn es Søren Kierkegaard im Nacken landete, dann war es natürlich ärgerlich für ihn. Aber es war nun einmal da, und man musste es loswerden, und das Fenster war die einfachste Methode.

Na, und? Jetzt sind wir doch zivilisiert, oder? Auf so etwas würden wir doch niemals kommen – das wäre doch verdammt unästhetisch und widerlich, pfui Teufel, pfui Teufel! Also bauen wir ein paar enorme Rohrsysteme und Kanalkonstruktionen, damit wir es noch weiter wegtransportieren können.

Damit wir es so weit wegtransportieren können, dass wir keine Ahnung mehr haben, wohin. Wir ziehen einfach an einer Schnur, und das Problem ist verschwunden. So sehen im Großen und Ganzen die Veränderungen der letzten zweihundert Jahre aus. Wir haben ein schönes Wort dafür. Es heißt ›Zivilisation‹.«

»Und was willst du damit sagen?«

»Keine Ahnung, du. Das musste einfach mal raus. Kennst du das nicht, dass man manchmal etwas sagt, nur damit man hören kann, ob es richtig klingt?«

»Ich glaube, du bist voll.«

»Das würdest du über alle sagen, die hier herumsitzen und nicht über das Wetter oder die Miete oder den Steuerbescheid oder ihre Gesundheitsprobleme reden. Du bist es einfach nicht mehr gewohnt, über etwas anderes zu sprechen. Gib mir schnell noch einen – für den Weg.«

»Das ist doch mal etwas, das ich verstehe. Hier.«

Er schenkte einen Whisky ein. Die normale Dosis für einen Kurzen sind zwei Zentiliter, wie in den meisten anderen Kneipen, aber wenn man Stammgast im Stjernecafé ist, werden daraus automatisch drei Zentiliter, was es absurd macht, einen Doppelten zu bestellen, wenn man zusammengelegt anderthalb Doppelte für zwei Einfache bekommt.

Es dauert ein paar Jahre, bis man sich diesen Status im Stjernecafé erarbeitet hat, aber ich hatte meine Probezeit überstanden. Ich konnte es nicht lassen, mir ein bisschen etwas darauf einzubilden, als ich einen Augenblick später sah, wie Bob einem mir und ihm offenbar auch völlig unbekannten Mann, der soeben von der Straße hereingekommen war, zwei Zentiliter servierte.

Bob zwinkerte mir zu.

Selbstverständlich wusste er, was ich dachte. Es ist im Grunde verblüffend, wie leicht es fast immer ist zu wissen, was die Leute denken. Die Leute denken nämlich im Großen und

Ganzen das, was man selbst denkt, das ist das ganze Geheimnis. Wenn sich Hunde begegnen, schnuppern sie einander stets gründlich und ausgiebig ab. Wenn Menschen sich begegnen, sprechen sie in der Regel miteinander, um herauszufinden, ob sie ungefähr das Gleiche denken. Das tun sie in der Regel. Auch sie nehmen Maß.

Wie die Hunde.

Ich leerte das Glas. Es gab Arbeit zu erledigen, jetzt war nicht die Zeit, herumzusitzen und sinnlos zu philosophieren. Die Zeit war nie. Das ist einer ihrer vielen Fehler. Man kann niemals etwas zu Ende denken – immer kommt etwas anderes dazwischen.

»Du ...«, begann Bob.

»Ja?«

»Deine Zeche?«

»Du bekommst doch dein Geld am Ersten, wie üblich. Warum fragst du?«

»Sie ist diesen Monat ungewöhnlich groß – nur deswegen.«

»Das liegt nur daran, dass Gitte verreist ist. Dadurch habe ich viel mehr Zeit zum Trinken. Was sollte ich auch sonst tun? Einen Volkshochschulkurs im Peddigrohrflechten belegen?«

»Ich wundere mich nur, dass du gleichzeitig arbeiten kannst.«

»Darüber wundert sich mein Chef auch. Du wirst sehen, bestimmt verhält es sich so, dass ich ohne überhaupt nicht arbeiten könnte. Okay, gib gut Acht auf das Viertel und das Café und die Kunden und dich selbst und deinen Kanarienvogel und deine Topfpflanzen.«

»Tschüss dann.«

Es gab keinen Grund, es an Bob auszulassen. Ganz im Gegenteil. Bob ist einer der nettesten Kerle, die ich kenne.

Und was hatte ich überhaupt, das ich an irgendjemandem auslassen konnte? Ich war ja nicht tot. Jeder Arzt würde bereitwillig, auf der Stelle und ohne zu zögern ein Attest schreiben, dass ich noch am Leben war. Ich atmete, ich trank Whisky, ich rauchte eine Zigarette, und mindestens fünfzehn Zeugen würden unter Eid beschwören, dass ich in der Lage war, hinreichend aufrecht auf einem Barhocker zu sitzen, selbst wenn es ein abgewetzter und wackeliger Barhocker war, von dem viele andere hinuntergefallen wären.

Was ging mich das denn alles an? Astrid Andersen war nicht meine Oma gewesen – und was das betrifft, auch die von niemand anderem. Hans Aage Steincke war ein Kollege gewesen, na und? Welcher Begriff kann idiotischer sein als die Vorstellung von »einem Kollegen«? Es ist jemand, der dasselbe tut wie man selbst, und aus diesem einfachen Grund ist es für alle Zeiten gelesen, verkündet und einstimmig verabschiedet, dass man solidarisch sein, zusammenarbeiten und einander lieben muss – als ob nicht gerade Kollegen, durch die tägliche Praxis, am besten wussten, was für dumme Arschlöcher die anderen waren.

Und dann noch Curtis Click – mein Gott! Einer von den ehrgeizigen Karrieristen. Gold und Glitter und Papiermonde.

Kaufmanns Klaus lief bestimmt im Lagerraum zwischen den leeren Flaschen und denselben Träumen herum, die auch Kurt damals hatte, als er noch Kurt hieß. Ewig dieselbe törichte Hoffnung. Dieselben leuchtend roten Luftschlösser. Dieselben platzenden Seifenblasen.

Und der Hübsche, der alt genug war, um es besser zu wissen, hatte sie immer noch.

Was ging das mich an?

Einen Schmarren oder einen feuchten Kehricht oder einen Dreck, oder was auch immer es einen angeht, wenn man es in Worte fassen muss. Aber vielleicht ist es ja so, dass einen das Leben selbst entweder etwas angeht – oder aber gar nichts.

Isted-Bil transportierte mich sicher wie in Abrahams Schoß

zur St. Kongensgade. Isted-Bil hatte auch überhaupt keine Schuld.

Niemand hat irgendeine Schuld. Die Dinge sind einfach so.

28

Auch wenn ich die Adresse nicht schon gekannt hätte, wäre es nicht unüberwindbar schwierig für mich gewesen, sie zu finden, nicht mit meiner Erfahrung. Die Szene war so wohlbekannt wie ein Klassiker im Königlichen Theater für einen Hofmarschall. Vor dem imposanten Eingang standen zwei Streifen- und ein Krankenwagen. Vor den Wagen stand eine ebenso zufällige wie handverlesene Auswahl des dänischen Volkes und spekulierte, was dort wohl geschah, geschehen war oder vielleicht noch geschehen mochte. Die St. Kongensgade ist zwar nicht der Broadway, nicht einmal der Piccadilly Circus, aber es kommt trotzdem vor, gelegentlich, dass hier Leute vorbeikommen.

Kellermann bewachte den Eingang, und er war, wie man so sagt, »ganz in seinem Element«. Kellermann ist am glücklichsten, wenn er eine klar definierte Aufgabe hat. Man kann kaum von ihm behaupten, dass er viel von einem abstrakt-theoretisch begabten Philosophen hätte – auch wenn er alles andere als dumm war, ganz und gar nicht. Aber wenn man ihm so eine konzis formulierte Aufgabe gab wie: Halte die Neugierigen fern!, dann hätte selbst ein flatternder Schmetterling, der nicht ausdrücklich von der Anweisung ausgenommen war, allergrößte Schwierigkeiten gehabt, über seinen erhobenen Schlagstock hineinzuschweben.

Er begrüßte mich – wie immer – mit diesem großen, breiten Speck-und-Butter-Lächeln, von dem ich – bevor ich ihn das erste Mal sah – stets angenommen hatte, dass es nur in alten dänischen Lustspielen aus der Stummfilmzeit existierte.

»Komm herein«, sagte er gastfreundlich. »Ehlers hat dir einen Passierschein ausgestellt.«

Ich bedankte mich, wir schüttelten uns die Hände, und ich ging hinein und durch das Treppenhaus hindurch bis zu einer Hintertür, die von innen geöffnet werden konnte – ein ganz praktisches Arrangement für die Bewohner, besonders unter der Voraussetzung, dass sie dadurch nach draußen zu gelangen wünschten.

Die Tür führte tatsächlich, wie Ehlers es gesagt hatte, auf einen Hinterhof hinaus, aber Hinterhöfe und Hinterhöfe sind ja nicht immer dasselbe.

Dieses Exemplar war kein Hinterhof, wie wir ihn zum Beispiel aus unserem Viertel kennen und jeden Tag sehen, wenn wir in unseren kleinen Supermarkttüten unseren armseligen, lumpigen siebtklassigen Abfall zu den Mülltonnen hinunterbringen.

Dies war ein aristokratischer Hinterhof.

Es war ein Hinterhof mit Stil und Milieu.

In seiner Mitte bot er ein »elegantes« Arrangement aus runden italienischen Cafétischen und dazu passenden Stahlrohrstühlen mit eingebauter Garantie gegen Regenwetter, Atomkriege und zivile Unruhen. Rundherum, vor einem zwei Meter hohen hellgrünen Plankenzaun, waren Beete mit Pflanzen angelegt, die aussahen, als wären sie per Expressflug direkt aus Japan geliefert worden und würden sich immer noch den Kopf darüber zerbrechen, wo zum Teufel sie wohl gelandet waren.

Die Wände zierten Graffiti eines bekannten jungen Künstlers, bekannt hauptsächlich dafür, dass er gegenüber einer Morgenzeitung – der Konkurrenz des *Bladet* – behauptet hatte, dass er nur in Badehosen malen könne und sonst nicht (ganzseitiges Foto), und es gab die Skulptur einer Taube, die vollauf damit beschäftigt war, einen Stier zu verzehren, was doch das Zeugnis für eine gewisse Phantasie abgab.

Hinter der Taube und dem Stier stand die Gesellschaft und starrte auf die Erde. Zweifellos Erde von erstklassiger Qualität.

Das Model Bente sprach.

»Er sagte, dass er nur kurz den Wagen woanders abstellen wollte. Wir hatten unsere Aufnahmen beendet und wollten anschließend essen gehen, aber wir konnten ebenso gut noch warten, bis ein paar Kontaktabzüge fertig entwickelt waren, damit wir sie mitnehmen und anschauen könnten, und dann sagte Curtis, dass er sich ein Knöllchen ersparen wolle und dass er gleich wieder da sei, dann könnten wir davon das Essen bezahlen – von dem Bußgeld ...«

Ihre Stimme schraubte sich zu einem schrillend unangenehmen Falsett hinauf. Sie war es nicht gewohnt, dass in ihrem Umfeld Menschen ermordet wurden.

Sie hatte noch viel zu lernen.

»Wer hat ihn gefunden?«, fragte Ehlers knapp.

Er war es gewohnt.

»Ich«, antwortete sie. »Ich wollte nur ... eine Mülltüte wegbringen.«

Einer der jungen Männer mit dem »I'm Your Dream, Baby« auf dem T-Shirt sagte nicht ohne Stolz: »Das stimmt. Ich kann es bezeugen. Ich war dabei.«

Der andere stand neben ihm und sah neidisch aus.

»War es denn so viel Müll?«, fragte Ehlers.

»Hier im Studio helfen wir einander«, sagte das T-Shirt.

Links von ihnen sah ich, wie sich Dr. Bangs groß gewachsene, wohlbekannte und grenzenlos gut gekleidete Gestalt, heute in einem grauen Nadelstreifenanzug, in einer anmutigen, schwanenhalsgleichen Haltung über etwas beugte. Dieses Etwas war natürlich Kurt, und Bangs vorübergehendes Interesse für dieses Phänomen war bereits im Abklingen begriffen. Er hatte gesehen, was er sehen wollte. Nun stand er auf, zündete sich eine Zigarette aus seinem silbern glänzenden Etui an und sah mir mit dem üblichen sarkastischen Gestus seiner buschigen Augenbrauen medizinisch analysierend in die Augen.

»Guten Tag, junger Mann«, sagte er. »Ja, hier haben wir also wieder eine Leiche, die abtransportiert werden muss. Wir können ihn schließlich nicht bis in alle Ewigkeit hier liegen lassen. Es wäre ein ausgezeichneter Dünger, aber es beißt sich mit der Ästhetik und der Architektur.«

Für Dr. Bang war ich immer schon, und werde es immer bleiben, ein »junger Mann«. Nur Ehlers hatte als Einziger von allen, die ich kannte, die Dr. Bang kannten, diese Grenze überschritten.

»Was sagt der Sachverstand zu diesem Fall?«

»Der ›Sachverstand‹«, antwortete Dr. Bang, »wenn Sie mich damit meinen, ist der Ansicht, dass dieser Mann strang ...«

»Erwürgt«, sagte Ehlers im selben Augenblick hinter meinem Rücken, »wie es ein paar von uns Bauern auch nennen. Und nach Dr. Bangs Meinung etwa eine halbe Stunde, nachdem wir miteinander gesprochen haben, nachdem du mit ihm gesprochen hast.«

»So in etwa«, sagte Bang.

»So in etwa«, echote Ehlers.

»Da war jemand sehr schnell.«

»Ja, und warum? Warum gerade jetzt?«

»Verhörst du mich?«

»Ich frage dich.«

»Keine Ahnung.«

»Hast du mit jemandem beim *Bladet* darüber gesprochen?«

»Über den Fall? Natürlich!«

»Über den Fotografen?«

»Nein. Das war doch deine Idee!«

»Stimmt. So war es auch.«

»Du hast natürlich viel zu viele Ideen, um dich selbst und ganz alleine an alle erinnern zu können. Du bist so ein Einstein- oder Edison-Typ. Du brauchst ein paar Ideen-Archivare, damit du nicht den Überblick über deine Visionen verlierst.«

»Gut gesprochen. Manchmal bist du verdammt dünnhäutig für dein Alter. Jetzt lass uns aber weiterkommen. Weiß einer von euch«, er wandte sich an Bente und das T-Shirt, »über seine Familienverhältnisse Bescheid?«

Bente legte Daumen und Zeigefinger zu einer deutlichen Null zusammen. Die alte Kneipen-Geste.

»Das soll heißen«, sagte sie, als ob sie sich selbst dabei ertappt hätte, »dass ich nicht weiß, ob es Eltern oder irgendwelche Geschwister gibt – darüber hat er nie geredet. Er selbst hatte jedenfalls keine Familie. Er wohnte alleine in einer Wohnung in Frederiksberg im Dronning Olgas Vej. Ich habe ihn einmal ... dort besucht.«

»Hm«, sagte Ehlers.

»Können wir fahren?«, fragte Bang, während er nonchalant seine Zigarette an einer der exotischen Pflanzen im Beet ausdrückte. Direkt in der Mitte, als hätte er Lust, ein Kronblatt zu ermorden.

Dieses Unterfangen bewirkte, dass er sich weit genug wegbewegte, um mir einen kurzen Blick auf Curtis zu gestatten, auf seine schwarzen Lederhosen und sein nach wie vor offen stehendes Sporthemd. Niemand hatte daran gedacht, es zu schließen, und es hatte auch niemand daran gedacht, seine Augen zu schließen.

Sie sahen seltsam aus. Nicht entsetzt, wie man vielleicht hätte annehmen können. Sie wirkten eher verblüfft, als hätte er plötzlich ein zebragestreiftes, Saxophon spielendes Einhorn gesehen.

»Warten Sie einen Augenblick«, sagte Ehlers zu Bang. »Wir brauchen noch Fotos.«

Das T-Shirt begann zu grinsen. Aus seinem Hals kam ein gutturales Geräusch, das »Foto?«, sagte, zusammen mit einem Lachen, das wie die langsame Vorbereitung eines Erstickungstods ohne Fremdeinwirkung klang.

Einen Augenblick später traf der Polizeifotograf ein, ein langer, magerer Mann, der ganz offensichtlich nichts für Scherze und Grapefruits und überflüssiges Gerede übrig hatte, sondern ganz einfach seinen Job erledigte. Innerhalb von zwei Minuten lichtete er die Leiche dreimal von links, dreimal von rechts, zweimal von vorne ab und sagte dann: »Okay.«

Der Fotograf Click war fotografiert. Click, click. Er selbst hätte sein Bild vielleicht hier und da noch retuschiert, bevor er seinen Namen darunter gesetzt hätte. Die Stellung, in der er sich befand, war nicht unbedingt die attraktivste, die man sich vorstellen konnte. Die Beine waren panisch lächerlich abgespreizt, wie bei gerade geschlachteten Hühnern oder Hähnchen. Ein wahnwitziges Spreizen, das wie eine Art letzter, unmöglicher, aber biologisch bedingter Protest wirkte.

Ehlers gab Bang ein Zeichen.

Bang gab seinen Assistenten ein Zeichen.

Curtis Click wurde feierlich, aber nichtsdestoweniger energisch und effektiv auf eine Bahre gehoben, in ein weißes Laken gehüllt, damit niemand mehr seine schwarzen Lederhosen bewundern konnte, auf die Straße hinaus und in den Krankenwagen getragen. Ehlers strich sich derweil nachdenklich den Bart.

»Na, Bang ist aus dem Urlaub zurück, was?«, sagte ich, wie immer im amüsanten Plauderton.

»Ja ...«, antwortete er. »Bang ist wieder da.«

Er sah zutiefst ratlos aus – so ratlos, dass ich kurz davor war, zu erwachen. Ehlers ist am gefährlichsten, oder am dynamischsten, wenn er nicht mehr ein noch aus weiß. In diesem Zustand bekommt er nämlich oft eine wilde Idee, wie aus Trotz, wie ein Verrückter, der mit dem Flitzebogen einen Stern vom Himmel schießen will, dessen geistesschwaches Scheinen auf eine ganz verkehrte Stelle seines Rasens ihn schon lange irritiert hatte, wenn er nach den Spätnachrichten aus seinem Fenster schaute.

Und ziemlich oft trifft er seinen Stern.

Also, Ehlers.

Bang kehrte zurück und sah sich sicherheitshalber noch einmal im Hof um, als ob er sich davon überzeugen wollte, dass er tatsächlich alle Leichen mitgenommen hatte, die ihm gemäß EG-Quote zustanden.

»Auf Wiedersehen«, sagte er.

»Ja«, sagte Ehlers. »Auf Wiedersehen, Doktor.«

Niemand von uns sagte etwas dazu, wir nickten uns alle zusammen artig grüßend zu, als ob wir die höflichen, kultivierten, zivilisierten Menschen wären, die wir drei natürlich tatsächlich auch waren, und dennoch hätte ich darauf gewettet, dass wir alle drei an dasselbe dachten, dasselbe nämlich, an das zumindest ich dachte:

Es war ein Mord. Noch einer.

Und davon lebten wir – jeder auf seine Weise. Als Arzt, als Bulle, als Journalist.

Click bezahlte unsere Brötchen.

Und unser nächstes »Wiedersehen« würde ein neuer Mord sein. Menschen begegnen einander – und Morde werden begangen.

29

Studio sah genauso aus wie vorher. Ehlers tat seine Arbeit, wie die hart geprüften, gewissenhaften Steuerzahler der Nation es mit vollem Recht von ihm erwarten konnten. Er vernahm die beiden Typen im T-Shirt und die hellblaue Nymphe. Die Sätze sprangen hin und her – anscheinend ohne weitere Ergebnisse.

»Sie sagen, dass er in New York wohnte?«

»Er war amerikanischer Staatsbürger.«

»Aber er arbeitete hier?«

»Er arbeitete auch hier. Er hat an vielen Orten gearbeitet. Er war Freelancer. Er ist viel gereist.«

»Und wem gehört dieses – Studio?«

Ehlers sprach das Wort »Studio« aus, als wäre es ein optimal obszöner Begriff, so wie eine Stiftsprobstgattin das Wort »Inzest« aussprechen würde. In Wirklichkeit ist es das wohl auch. »Studio« kann alles Mögliche bedeuten, von einem Zentrum zur Herstellung von Keramikaschenbechern mit »Grüßen aus Hirtshals« bis zu einem getarnten Bordell.

»Wie oft war er in Dänemark?«

»So oft wie nötig, nehme ich an. So sind doch die geltenden Regeln dafür, oder? Sind es nicht 180 Tage pro Jahr, die ein Auslandsdäne hier verbringen muss?«

»Doch. Sie meinen, er hat sich daran gehalten?«

»Es war nicht unsere Aufgabe, das zu kontrollieren«, sagte einer der Männer. »Wir sind keine Revisoren, keine Zöllner, keine Bul… Polizisten. Wir sind technische Assistenten. Wir haben ihn hin und wieder gesehen, wir haben nicht Buch darüber geführt – und das ist alles. Über den Rest müssen Sie mit der Firmenleitung sprechen.«

»Und wer ist die Firmenleitung?«

»Das ist«, sagte Mona mit einem weichen, überlegenen Lächeln, wie um zu zeigen, dass man sie nicht an der Nase herumführen konnte, weil sie alle Asse auf der Hand hatte, »die International Visual Communication Agency.«

»Und wo finde ich die?«

»In New York«, sagte Mona in einem dermaßen verächtlich-herablassenden Ton, als wolle sie andeuten, dass sich das doch eigentlich von selbst verstanden hätte. Als wäre es eine allgemein anerkannte und international gut etablierte Tatsache, dass solche Firmen per definitionem allein in New York ansässig sein können.

»Und wer ist dann hier für die Verwaltung dieser Firma zuständig?«

»Die International Advertising Agency.«

»Und wer hat dort die Leitung inne?«

Ehlers wurde allmählich ungeduldig. Ehlers ist, und bleibt es offensichtlich auch weiterhin, ein Polizist, und dazu noch einer der alten Schule. Er hat nicht viel übrig für die eher komplizierten finanziellen Konstruktionen und Strukturen der heutigen Zeit. Nicht mehr, als für die monatliche Abrechnung seiner Kontokarte an jedem Ersten nötig ist.

»Es gibt einen skandinavischen Repräsentanten in Kopenhagen«, sagte Mona geduldig, als ob sie Mitleid mit ihm hätte. »Rechtsanwalt Herring. Er vertritt die I. A. A. Hier – da haben Sie die Adresse.«

Sie reichte ihm eine Karte.

»Wissen Sie, ob ich ihn jetzt sprechen kann?«

»Ich glaube nicht, dass der Herr Rechtsanwalt im Augenblick zu Hause ist. Er ist sicherlich im Urlaub. Aber es ist bestimmt jemand im Büro.«

»Ist er der Alleinverantwortliche für diese Firma?«

»Offiziell, ja. Rechtlich gesehen. Die Verantwortung liegt bei ihm.«

»Und was ist Ihre Position?«

»Ich bin nur für den alltäglichen Betrieb zuständig. Ich nehme Telefonanrufe entgegen, mache die Post, empfange Besucher und sammle die Rechnungen und Quittungen – nicht mehr und nicht weniger. Aber selbst das ist in gewisser Weise mehr, als manch andere tun.«

Allein mit der schwachen Nuance einer Augenbewegung schaute sie zu Bente hinüber, die gerade zur Tür hereingekommen war.

Auch Ehlers unternahm etwas mit seinen Augen: Er zog die Augenbrauen zusammen.

Schon seltsam, wie die Augen der Menschen stets ein Spiegelbild dessen sind, was sich hinter ihnen abspielt. In seinem Fall: der Irritation darüber, sich auf der Außenbahn zu befinden, und sich selbst noch dazu verdammt klar darüber zu sein. Er hätte einen Taschendieb oder einen Hobbyschmuggler bevorzugt, die er einfach wie eine Fliege hätte wegwischen können.

Oder vielleicht sogar, wenn es ganz hart kam, einen banalen Hausbesetzer mit einem Durchschnittspflasterstein.

Am liebsten aber einen der ganz allgemein alltäglich-einfachen Verbrecher, die Kurt, Svend oder Ivan heißen, sodass man, wenn man jemanden einbuchtet, eben Kurt, Svend oder Ivan einbuchtet, mit Stoppelbart und in zerknitterter Montur, und nicht die International Advertising Agency in Person ihres »zurzeit verreisten Repräsentanten«.

Ich konnte es wie immer nicht lassen, mich etwas aufzublasen. Ich musste mich einmischen und sagte zu Ehlers: »Weißt du, was *herring* auf Englisch bedeutet?«

»Nein«, antwortete er. »Meine Grenze verläuft bei *smartass.*«

»Er heißt doch nicht etwa Red Herring?«, fragte ich Mona.

Mona konnte Englisch. Ein bisschen mehr als das Realschulpensum. Genug, um mich kühl zu betrachten.

»Thomas P. Herring«, sagte sie lakonisch.

Ehlers fuhr hartnäckig mit seiner Vernehmung fort.

»Gab es Telefonanrufe, bevor – Click, wie er sich nannte – hinunterging?«

»Ein paar Minuten vorher hatte jemand angerufen«, sagte Mona. »Ein Mann.«

Sie sagte es auf eine nette Weise, eine mittlerweile, besonders unter Frauen seltene Weise. Als ob die Tatsache, ein Mann zu sein, bedeutete, dass man wenigstens irgendetwas war – wie man zum Beispiel ein Nachtfalter, ein Eichhörnchen oder ein Igel sein konnte. Eine gewisse Form von Respekt für eine zumindest biologisch bedingte Identität, die man sich nicht selbst ausgesucht hatte und an der man relativ unschuldig war.

»Kannten Sie ihn?«

»Nein.«

»Hat er seinen Namen genannt?«

»Er wollte direkt mit Curtis sprechen. Er sagte nur, dass es sich um einen größeren Auftrag handele. Weiter habe ich nicht nachgefragt.«

Natürlich nicht. Wenn jemand sagt, dass es sich »um einen größeren Auftrag« handelt, stellt man keine weiteren Fragen, nicht in diesen Kreisen. Es ist eine international zivilisierte Kodesprache und bedeutet einen größeren Scheck.

»Und kurze Zeit später ging er? Um seinen Wagen umzuparken?«

»Ich habe ihm nicht dauernd hinterhergeglotzt. Gewisse andere allerdings – die ganze Zeit lang.«

Die Augenbewegung kehrte zu Bente zurück. Auf einen zufälligen Beobachter hätte es so wirken können, als wären die beiden Frauen nicht gerade die engsten Busenfreundinnen.

Aber die Welt ist voller Frauen, die das nicht sind.

Ehlers fuhr mit dem Programm fort. Er tat es langsam und monoton, genau wie so etwas gemäß den Paragrafen des Gesetzes zu geschehen hatte. Er bekam Namen, Adressen, Telefon- und Sozialversicherungsnummern genannt und schrieb sie auf. Er sichtete Identitätsbeweise, Sozialversicherungsbescheinigungen und Kontokarten.

Nielsen stand die ganze Zeit wie ein Schatten hinter ihm, wie ein stummer Roboter, der sicherstellen sollte, dass alles richtig, rechtmäßig und routiniert vorschriftsmäßig zuging. Es gibt so viele Nielsens in dieser Welt, und ihr ganzes Leben handelt davon, für sich selbst und andere sicherzustellen, dass alles richtig, rechtmäßig und routiniert vorschriftsmäßig zuging.

Aber es ist ihr Leben, Gott behüte, und sie sollten, soweit es mich betraf, gerne damit glücklich werden. Ihnen geht es bestimmt weder sehr viel besser noch sehr viel schlechter als uns anderen. Wir sind doch alle die Kontrolleure der anderen. Oder sind durch die anderen dazu geworden.

Der Zoll kontrolliert, dass wir nicht zu viel Alkohol aus dem Ausland mit nach Hause nehmen. Der Fremdenführer kontrolliert, dass wir den Flughafen erreichen, wo der Check-In-Schalter sich davon überzeugt, dass wir da sind, worauf wir ein sorgfältig kontrolliertes Ticket erhalten, das gegen eine autorisierte Boarding-Card eingetauscht werden kann, die uns einen bereits im Voraus seriös durchkontrollierten Platz sichert, mit oder ohne Nackenstütze, extra Beinfreiheit oder dem Recht, eine Zigarette zu rauchen. Besondere Kodestempel für Vegetarier, die nicht dasselbe Menü genießen sollen wie die übrigen Passagiere. Und die Presse und die Polizei als zusätzliche Kontrolleure – die sich ihrerseits gegenseitig kontrollieren – falls irgendetwas in der Zollkontrolle des Lebens fehlschlagen sollte.

»Ist so nicht das Leben?«, fragte ich mich. »Ist das nicht das dumme Zeug, mit dem das ganze Leben vergeht? Totale Zeitverschwendung? Guten Tag, der Gasmann, darf ich bitte ihren Gaszähler sehen. Ja, natürlich. Vielen Dank. Nichts zu danken.

Tausend Dank, und danke, dass Sie gekommen sind. Oh, keine Ursache. Auf Wiedersehen. Herrliches (schreckliches, fürchterliches, schönes, wunderbares, es gibt immer eine Wahlmöglichkeit, in diesem Fall zumindest) Wetter heute, nicht wahr?«

Ich habe das seltene Talent, mich selbst jederzeit auf der kleinstmöglichen vorliegenden Grundlage in die tiefste Depression hineinzudenken. Vielleicht gab es ja eine Chance, damit in das *Guinness-Buch der Rekorde* aufgenommen zu werden? Das sollte doch genauso gut und gültig und Gold wert sein, wie im März 1975 in Schottland die meisten Forellen mit fünffarbigen Fliegen gefangen oder das weltgrößte Modell des Eiffelturms aus Kronkorken gebaut zu haben oder der größte Züchter seit Königin Viktorias Zeiten von schwarz-weiß gefleckten Yorkshire-Terriern gewesen zu sein.

Ich schaute hinaus auf die St. Kongensgade.

Sie sah aus wie jede andere Straße, und ich habe schon einige gesehen. Die Leute gingen einfach nur hin oder her. Nicht viele Leute, jetzt in der Dunkelheit. Die St. Kongensgade schließt zeitig. Sie ist nicht die Istedgade.

Ehlers fuhr mit seiner langsamen, monotonen, selbstverständlich gnadenlos korrekten Vernehmung fort.

»Sie sehen sich also nicht in der Lage, mir zusätzliche Informationen zu geben, die uns in diesem komplizierten Fall weiterhelfen können?«

Er sprach wie ein Roman von Agatha Christie. Das kann jedem passieren, den langsam die Kräfte verlassen. Weiß Gott, wie musste er müde sein.

Und er war weiß Gott nicht allein damit.

Die Straße konnte mein Interesse nicht langfristig fesseln. Ich betrachtete ein Bücherregal rechts neben dem Fenster. Irgendetwas musste man schließlich angucken. Was sonst?

Famous Advertising Items – Nudes of Our Times – Amazing Posters – XXth Century in Pictures – Hollywood Holographs – World War

Menace Memories – lauter Fotobücher. Vorbilder. Click hätte gesagt: *Blueprints*.

Und ganz zuletzt in der ersten Reihe ein Buch, das wirklich blau war: *Kraks*, das dänische *Who is Who*.

Es gehörte sicherlich zur Büroausstattung, ein Hilfsmittel, wahrscheinlich sogar ein unverzichtbares Hilfsmittel, wie es das auch beim *Bladet* war und bei allen anderen Zeitungen, wie auch in allen Ministerien und Büros »im ganzen Land«, wie Politiker zu sagen pflegten, wenn sie es größer machen wollten, als es eigentlich war.

Nicht ich, sondern das Buch selbst schlug sich bei dem Namen Steincke auf. Es waren nicht meine Augen, welche die ersten, traditionellen Zeilen lasen:

»Steincke, Hans Aage, Redakteur, Programmmitarbeiter bei Danmarks Radio. Geb. 19. April 1948, Sohn des Oberlehrers P. O. Steincke und seiner Frau Gerda, geb. Iversen. Verh. 22. Mai 1983 m. Birthe S., geb. Müller.«

30

Müller ist kein ungewöhnlicher Name. Noch weniger in einem Land, das – wie Dänemark – von einer grausam tyrannischen Geografie gezwungen sich in unmittelbarer Nachbarschaft zu Deutschland befindet.

Aber …

Ehlers setzte seine Vernehmung fort.

Eine Taube kam unangefochten vorübergeflogen.

Der Abend legte mit sanfter Hand noch eine Nuance seines dunklen Scheins über die Dächer der Stadt. Nur einen einzigen Strich. Einen Hauch.

Bente und Mona sahen sich immer noch an. Es wäre selbst für einen geübten Beobachter schwer festzustellen gewesen, welche von den beiden am verächtlichsten schaute. Jede hatte da ihre eigene Art.

Ehlers bereitete sich zum Aufbruch vor.

Nielsen bereitete sich auf Ehlers' Aufbruch vor.

Farce. Die Farce des Lebens.

Freier Eintritt für Damen mit Bärten und Rentner in Begleitung ihrer Eltern.

Müller.

Das konnte ein Zufall sein. Natürlich konnte es das sein. Und warum sollte es keiner sein? Ununterbrochen geschehen Zufälle um einen herum, rücksichtslos, grenzüberschreitend und mit einer hundertprozentig hirnlosen, lallenden Gleichgültigkeit gegenüber allen persönlichen Plänen und Projekten.

Es konnte gut und gerne ein Zufall sein. Mehr als gut und gerne, wenn man auf einer Briefwaage nachwog.

Aber …

Aber …

Als wir gingen – zur allgemeinen atmosphärisch-anonymen Erleichterung im Studio –, erzählte ich es Ehlers.

»Es muss einen Zusammenhang geben«, schloss ich.

»Wie oft passiert es dir, dass irgendetwas miteinander zusammenhängt?«, fragte Ehlers.

»Im Grunde nur bei Mord«, antwortete ich. »Das ist so hübsch logisch. Jedes Mal, wenn einer tot ist, gibt es einen, der den Betreffenden ermordet hat. Und wenn du mir in diesem Punkt widersprechen kannst – auf sachlicher Basis –, dann …«

»A B C D E F G«, antwortete Ehlers. »Und H I J K L M N und so weiter. Ja. Und was willst du, dass ich tun soll?«

»Noch einmal zu Birthe Steincke hinausfahren und mit ihr reden – in ihrem Einfamilienhaus. Ich war die ganze Zeit davon überzeugt, dass sie irgendetwas weiß.«

»Natürlich tut sie das. Alle Frauen tun das – besonders diejenigen, die mit einem Mann zusammenleben, und ganz speziell diejenigen, die auch dabeibleiben. Wenn meine Frau dir erzählen würde, was sie alles über mich weiß …«

Er unterbrach sich. Er hatte seinen Gedankengang zu weit verfolgt. Und er war erneut auf den Gedanken gestoßen, dass es vielleicht nicht mehr lange dauern könnte, bis seine Frau keine Möglichkeit mehr hätte, irgendjemandem irgendetwas zu erzählen.

Und selbst wenn er nicht über alles, was sie erzählte, verzückt gewesen wäre, wäre er trotzdem traurig darüber, dass sie die Fähigkeit verloren hätte, das zu tun.

Viele andere wären an seiner Stelle dankbar gewesen. Ehlers war ein richtiger Gentleman.

»Na?«, fragte ich und schaute erneut zum Himmel hinauf.

Nichts ist so, wie in den Himmel zu schauen. Man wird dafür nicht bezahlt, man bekommt nichts dafür, nicht einmal so viel wie eine gebrandschatzte Aufwandsentschädigung. Aber es wird allgemein akzeptiert, gebilligt und begrüßt, dass man in den Himmel starrt. Es ist nun einmal beschlossen, dass man jederzeit das Recht dazu hat. Ein Mann, der, ohne währenddessen etwas anderes zu tun, in den Himmel starrt, ist im guten Recht, und keine wichtige Behörde kann ihn dieses demokratischen Rechts berauben.

Ehlers zuckte mit den Schultern.

Noch ein demokratisches Recht.

»Wenn du darauf bestehst«, sagte er.

»Ich? Es ist dein Job. Ich bestehe auf gar nichts. Es war nur eine Idee. Es war nur eine Möglichkeit. Du bist der Chef – du bist voll und ganz im Recht, wenn du meine Idee als irritierend, imbezil und irrelevant abtust. Aber ...«

Gelegentlich hat man den Eindruck, als bestünde das ganze Leben aus Aber. Eine ununterbrochene Kette. Aber und aber, aber ... Als ob man überhaupt keine Verwendung mehr für andere Worte hätte, außer die Aber zu unterfüttern.

Ehlers sah aus, als hätte er im Augenblick für eine ganze Menge Wörter mehr Verwendung und als könne er sie nicht so recht finden, weil sie in einem alten Sekretär in irgendeiner Rumpelkammer lagen, die er nicht aufschließen konnte, weil er den Schlüssel in seinem Wochenendhaus vergessen hatte.

»*Let's!*«, sagte er.

Und fügte sarkastisch hinzu:

»Du ziehst es ja vor, Englisch zu sprechen, nicht wahr?«

Arzt und Opfer waren weg. Wir waren vier lebende Männer im Polizeiwagen.

Ehlers, Kellermann, Nielsen und ich.

»Es wird schön sein, ein bisschen ins Umland hinauszukommen«, sagte Kellermann. »Immer eine nette Abwechslung zum Straßenpflaster. Meine Tochter und mein Schwiegersohn wohnen da irgendwo in der Gegend – in Ørholm. Ich könnte vielleicht die Gelegenheit nutzen, sie zu besuchen.«

»Ja«, antwortete Ehlers. »Nach dem Dienst.«
»Meine Arbeitszeit ist schon um.«
»Und warum bist du immer noch hier?«
»Weil der Job noch nicht erledigt ist.«

Kellermann hätte Journalist werden sollen, entschied ich für mich selbst.

Oder vielleicht Musiker.

Er besaß jedenfalls dieselbe Sicht der Dinge.

Es geht nicht um die Stempelkarte, sondern um den Job. Wenn Menschen schon gezwungen sind zu arbeiten, dann müssen sie auch einen Teil ihres Gewissens in die Arbeit investieren, die sie tun. Ansonsten hören sie »heimlich, still und leise«, wie sie in den Bodegas sagen, einfach auf, Menschen zu sein.

Nicht, dass andere es unbedingt bemerken würden – nicht einmal Artgenossen. Ein paar von uns Zombies wandern immer noch durch die Gassen unserer Stadt, und das vollkommen unbehelligt.

Aber man selbst weiß es. Das ist das Schlimmste.

Wir überquerten den Hans Knudsens Plads und fuhren weiter den Lyngbyvejen hinunter, während die Dunkelheit stetig zunahm.

Eine nette, ganz unerwartete Geste der Dunkelheit. Sie stand dem Lyngbyvejen gut. Und er konnte es auch gebrauchen.

Wir bogen am Nybrovej in Richtung Lyngby/Bagsværd ab und sahen all die netten Häuser, in denen jede Menge netter Menschen wohnten, die nette Kinder bekamen, die nett über ihre netten Rasenflächen gingen.

Bis wir Steinckes Haus erreichten.

Irgendetwas stimmte nicht mit der Nettigkeit. Ein Riss im Bezug: Jemand schrie.

Es klang wie Birthe Steincke. Ihre Stimme gehörte zu den wenigen, die leicht wieder zu erkennen waren.

Eine hübsche Stimme. Vielleicht nicht ganz so hübsch,

wenn sie schrie. Wenige Stimmen sind hübsch, wenn sie schreien, obwohl es sogar für einen alten Musiker eine Tatsache ist, die beispielsweise Gospelsängerinnen und singenden Schauspielerinnen, und ich habe viel zu viele von ihnen begleitet, unmöglich zu erklären ist, wo sie doch glauben, dass sie umso mehr Gefühl zeigen, je lauter sie singen.

Birthe Steinckes *soul feeling* war indessen echt. Irgendeine Mannsperson führte, so viel konnten wir sehen, irgendetwas im Schilde.

Etwas mit ihr. Etwas mit den Händen um ihren Hals. Etwas, das sie nicht zu schätzen wusste.

Wir konnten aus dem Auto nur den Rücken des Mannes sehen. Er sah aus wie jeder andere Rücken. Jeder andere Rücken, der in einen solchen braunen Tweed gehüllt war.

Der Rücken wandte sich um, weil Birthe sich bei einem vergeblichen Fluchtversuch drehte. Ich sah dem Mann durch das Autofenster direkt ins Gesicht.

»Das ist er«, sagte ich. »Der Mann auf dem Bild.«

»Los, kommt!«, sagte Ehlers. Er hatte nicht gehört, was ich gesagt hatte, und ich konnte ihm deswegen keinen Vorwurf machen.

Der Mann reagierte, sobald der Erste von uns aus dem Auto war. Das war Kellermann.

Kellermann und der Mann begegneten sich auf der Mitte des Rasens. Als er, der »Komparent«, wie es im Polizeibericht später heißen würde, Kellermann erblickte, steckte er die Hand in seine braune Jackentasche und zog eine Pistole, die er auf Kellermann abfeuerte.

Kellermann fiel um.

Birthe Steincke lief ein paar Meter weg und schrie erneut – eine Ahnung lauter, dicht an dem F, das noch über dem hohen C liegt. Das, was sonst nur Roy Eldridge spielen kann.

Neugierige Nachbarn schauten aus Fenstern, die hoch genug für diesen Zweck waren.

Nielsen kam als Nummer zwei gelaufen.

Nielsen bekam den Mann von hinten zu packen, er schlug die Pistole weg, aber der Mann war stärker als Nielsen. Physik ist Physik, und der Mann war schon als Ochse geboren – im Gegensatz zu Nielsen. Der war kaum ein Kalb.

Nielsen wankte. Nielsen fiel.

Ehlers versuchte dazwischen zu gehen.

Das war überflüssig. In der Zwischenzeit war Kellermann wieder aufgestanden. Er bewegte sich, von meiner Beobachterposition gesehen, ziemlich gemächlich. Wie ein Balletttänzer ging er über das Gras. Als würde er jedem einzelnen Halm eine gewisse liebenswürdige, delikate Fürsorge angedeihen lassen. Als könnte dort ein Marienkäfer sitzen, den er gerne schonen wollte.

Und dann schlug er zu.

Danach kam es einem vor wie ein halbes Leben, aber ein Zeitstudien-Techniker hätte es bestimmt auf dreißig Sekunden plus/minus fünf herunterschneiden können.

Kellermann ist niemand, der gerne zuschlägt, aber wenn er zuschlägt, dann schlägt er richtig zu, und zwar so gut er kann, mit seinen versammelten und vereinigten Kilogramm hinter diesem einen Schlag.

Cassius Clay, Floyd Patterson, Ingemar Johansson, Joe Louis – sie alle hätten etwas von Kellermann lernen können.

Zusätzlich zu der Höflichkeit, natürlich.

Der Mann ging ins Gras. Sein spontanes Nasenblut ruinierte noch mehr von der Stimmung in diesem netten Garten, als die Schreie es getan hatten. Das Gras bekam rote Flecken.

Nielsen stand wieder auf.

»Hat er dich getroffen?«

Kellermann feixte.

»Bluff. Aber es gibt vier Zeugen für diesen Mordversuch – falls wir das noch brauchen sollten.«

Birthe Steincke rang nach Atem. Sie war durch eine Hölle

gegangen, was sicherlich auch viele andere versucht hatten, manche davon über Jahre hinweg, aber sie war wieder herausgekommen, und das haben nur wenige hingekriegt.

Alle atmeten aus – kollektiv, so synchron wie auf einem Yoga-Selbsterfahrungswochenende.

»Wer ist das?«, fragte Ehlers.

»Mein Vater«, antwortete sie. »Albert Müller. Er hatte gerade vor ...«

Mehr sagte sie nicht.

Das war auch nicht notwendig. Warum mit überflüssigem Gerede Zeit verschwenden?

Coda

31

Und doch: Es muss geredet werden, zwischen den Menschen. Berichte müssen geschrieben werden. Artikel müssen abgeliefert werden. Kellermann nahm Müller über die Schulter und trug den leblosen Körper wortlos ins Haus.

Wir anderen folgten ihm. Wie ein Entenküken nach dem anderen auf dem alten Kopenhagener Tourismusplakat.

»Also war es nicht er, den ich auf dem Bild gesehen hatte«, sagte ich leer.

»Wen?«, fragte Birthe Steincke.

»Ich habe ein Bild in der Zeitung gesehen – von Hugo Müller ...«

»Mein Onkel? Sie ähneln sich wie ein Ei dem anderen. Sie waren keine Zwillinge, aber sie hätten es ohne weiteres sein können. Die meisten haben geglaubt, dass es so wäre.«

Langsam, vorsichtig, höflich und umständlich konnte Ehlers ihr die Geschichte entlocken.

Sie saß vornübergebeugt auf dem Stuhl, mit halb geschlossenen Augen, wie ein kleines Schulmädchen, das gerade übte, laut und deutlich einen Psalm auswendig aufzusagen.

Ihre Mutter war gestorben, als sie noch ein kleines Mädchen war. Das war der Anfang. Erst viele Jahre später fing sie an darüber nachzudenken, warum die Mutter gestorben war.

»Ich glaube nicht, dass er sie umgebracht hat ... im eigentlichen Sinne ...«, sagte sie leise. »Aber es gibt so viele Dinge, über die Kinder gar nicht nachdenken oder erst später, wenn sie größer sind. Die Art, wie er sie behandelte ...«

Ehlers machte eine abwehrende Handbewegung. Darüber sollte nicht gesprochen werden.

Sie sah es nicht. Sie folgte weiter dem Verlauf ihrer Gedanken – wie es eine Schlafwandlerin, eine Schizophrene oder eine Säuferin tun würde.

»Ich kam mit meinem Vater nicht klar. Zu keiner Zeit, und er auch nicht mit mir. Er hat sich nie um mich gekümmert. Heute habe ich ihn, seit ich verheiratet bin, zum ersten Mal wiedergesehen.«

»Und Sie haben nie versucht, Kontakt zu ihm aufzunehmen?«

»Nein.«

»Warum ist er gekommen?«

»Plötzlich stand er auf dem Rasen, während ich gerade ein Beet jätete. Ich musste einfach irgendetwas tun – um nicht zu viel nachzudenken. Und dann stand er auf einmal da, und ich erkannte sofort, dass er durchgedreht war. Also, nicht einfach nur wütend, sondern geisteskrank. Ich dachte nur noch daran, was für ein Glück es war, dass die Kinder nicht zu Haue waren.

Also sagte ich: ›Hallo, Papa.‹ Ich zitterte am ganzen Körper, aber ich versuchte, meine Stimme so ruhig wie möglich zu halten. Ich habe immer gehört, dass man es gegenüber erregten Menschen so machen soll.«

»Ganz richtig«, sagte Ehlers beruhigend. »Vollkommen korrekt. Man darf niemals den Kopf verlieren, das würde alles nur noch schlimmer machen. Und dann?«

»Dann begann er mich zu beschimpfen – mit allen möglichen Ausdrücken, die ich nur ungern wiederholen möchte.«

»Das ist auch nicht notwendig.«

»Und dann trat ihm der Schaum vor den Mund, und er begann zu rufen und zu schreien und zu behaupten, dass wir sein Leben zerstört hätten, Hans Aage und ich und unsere ›Freunde‹, und dass seine eigene Tochter die Schlimmste von allen sei, weil sie den Mann geheiratet habe, der seine politische Karriere untergraben habe. Er gestikulierte wild mit den Armen und erklärte, dass er nun endlich mit ihm abgerechnet habe, und auch mit dem Fotografen, mit dem Hans Aage zusammengearbeitet habe und der den Onkel ins Exil getrieben habe, und mit einer Zeugin, die dabei geholfen habe, ihn zugrunde zu richten, und jetzt sei ich an der Reihe, dann seien alle Rechnungen beglichen. Dann kam er ganz dicht zu mir heran und nahm mich in einen Würgegriff. Ich schrie, so laut ich konnte – und dann kamen Sie ...«

»Genau im richtigen Augenblick«, brummelte Ehlers.

»Wie die Kavallerie«, sagte ich. »Der reinste Western.«

Sie legte die Hände vors Gesicht und massierte vorsichtig ihre Wangen und ihren Hals.

»Was werden Sie mit ihm machen?«, fragte sie.

»Ihn vor Gericht bringen«, antwortete Ehlers. »Zunächst für zwei beweisbare, bezeugte Mordversuche – an Ihnen und an Kellermann hier –, bis wir auch den Rest beweisen können. Das sollte nicht allzu schwer sein, nicht jetzt, wo wir ihn haben. Schriftproben gibt es sicherlich genug von ihm. Wie gut kannten sich Ihr Mann und Ihr Vater?«

»Ich glaube fast, dass sie sich niemals direkt begegnet sind. Mein Vater ist nicht zur Hochzeit gekommen, und ich war ja volljährig. Und damals waren so viele Leute in diese Affäre verwickelt – Hans Aage war nur derjenige, der sie in Gang gesetzt hatte, bevor andere übernahmen – Politiker und andere Zeitungen und ...«

»Was haben Sie selbst davon gehalten?«

»Ich? Ich fand, es war einfach abscheulich. Ich war ganz einer Meinung mit Aage. Mein Vater wollte Bürgermeister und Bauherr und Millionär werden – egal was es andere Leute kosten würde. Er war einfach so. Ich habe immer gewusst, dass mein Vater, wie soll ich es ausdrücken, Herr Polizeiinspektor, ein korruptes Schwein war, das niemals an andere dachte, sondern nur an sich selbst. Als ich ein kleines Mädchen war, lag ich nachts im Bett und träumte, dass ich aufgrund eines Fehlers vertauscht worden sei und in Wirklichkeit einen ganz anderen Vater hätte.«

»Kellermann«, sagte Ehlers. »Ruf einen Krankenwagen, und sieh zu, dass wir ihn hier wegbekommen.«

Kellermann warf einen fragenden Blick auf Birthe Steincke. Sie nickte. Dafür wäre sie sehr dankbar.

Kellermann drehte sich um und ging.

Im selben Augenblick kam Müller wieder zu sich, oder vielleicht war er auch schon länger wieder bei Bewusstsein und hatte simuliert. Er sprang vom Sofa auf und stieß mit einem kräftigen Tritt den Tisch um, der – mit allem, was darauf stand – auf Ehlers' und Nielsens Schoß landete und ihre Beweglichkeit hemmte. Sie waren festgesetzt, jedenfalls für ein paar Sekunden.

Dadurch bot sich ihm die Chance, aus einer Schale mit Apfelsinen ein Obstmesser zu greifen. Damit ging er auf seine Tochter los.

»Nein ... Nein ...«, rief sie.

»So wie du mich behandelt hast!«, brüllte er.

Ich lief herbei, um zu helfen, während Ehlers und Nielsen sich unter Tisch und Stühlen und Aschenbechern und Apfelsinen und Kugelschreibern und einer einzelnen zerquetschten Lampe mit einer zerdepperten Birne, die Nielsens Hand zerschnitten hatte, hervorzukämpfen versuchten.

Meine bescheidene Initiative war überflüssig. Kellermann kam mir zuvor. Alles, was er in der Hand hielt, war ein Telefon, und alles, was er brauchte, war eben dieses Telefon. Er riss es aus der Wand, sodass die Tapete um den Stecker herum zerfetzte, und schmetterte es – aus einem Meter Abstand – mit einer solchen Kraft gegen Müllers Hinterkopf, dass es klang, als würde sein Hirn zertrümmert.

Müller fiel nach vorne auf seine Tochter zu. Unterwegs drang das Obstmesser in seinen eigenen Körper ein. Dort blieb es stecken. Er brach über ihrem Stuhl zusammen.

Er blutete, sie war ohnmächtig.

Wir sammelten ihn auf. »Wir« war in erster Linie Kellermann.

»Wir müssen Dr. Bang anrufen«, sagte Ehlers. »Nielsen, geh raus, und benutze das andere Telefon im Flur. Dieses hier werden wir wohl ersetzen müssen.«

So sah es aus. Der Hörer war zerbrochen, und die Drehscheibe glich einer Radkappe nach einem Frontalzusammenstoß.

Nielsen tat, was ihm aufgetragen worden war. Man kann viel über Nielsen sagen, aber in der Regel tut er, was ihm aufgetragen wird.

Ehlers ging in die Küche und holte Wasser. Er fand auch eine Flasche Cognac und ein paar Servietten. Er begann die Dame des Hauses abzutupfen und wieder zum Leben zu erwecken.

Kellermann stand unterdessen, breit und gewichtig, mitten im Zimmer und ließ den zusammengesunkenen Müller keine Sekunde aus den Augen.

Birthe Steincke kam wieder zu sich.

»Oh ...«, sagte sie tonlos. »Oh ...«

Sie sah die Blutflecken auf ihrem Kleid. Dasselbe wie letztes Mal.

Rot erscheint so deutlich auf Grün.

Ehlers entbot dienstlich die üblichen Routine-Repliken, dass sie entspannen und es mal ganz ruhig nehmen solle und jetzt sei ja das Schlimmste vorbei.

Nielsen kehrte zurück. Ohne auch nur die geringste Anweisung dazu bekommen zu haben, begann er sachlich und mit nüchterner Verbissenheit das Wohnzimmer aufzuräumen – soweit das möglich war.

Als Dr. Bang mit heulenden Sirenen in seinem Krankenwagen eintraf, standen bzw. saßen wir nach wie vor wie in einem Wachskabinett in demselben eingefrorenen Tableau.

Bang sah wie immer so aus, als käme er direkt von einer Abendgesellschaft in der höheren Aristokratie und wäre gerade aus einem Gespräch mit seiner Tischdame, der Grafenwitwe, gerissen worden.

Er erfasste die Situation mit einem Blick und beugte sich sofort über Müller. Kellermann blieb wachsam als Bodyguard daneben stehen.

»Wer ist das?«, fragte er, als er sich wieder erhob.

Ehlers erzählte es ihm kurz und knapp.

»Ein dreifacher Mörder, der soeben versucht hat, zum vierfachen Mörder zu werden, indem er seine eigene Tochter umzubringen gedachte.«

»Na«, sagte Bang. »Dann sparen wir ja die Kosten und Mühen eines Prozesses. Die Todesstrafe ist zwar abgeschafft, aber sie kommt gleichwohl hier und da manchmal zum Zuge.«

»Sind sie sicher?«

»Wenn das Herz nicht mehr schlägt, ist man tot. Das ist die einzige Definition, die ich kenne.«

»War es das Messer?«

»Nein. Das ist nur eine Fleischwunde. Es blutet, aber es ist nichts weiter. Keine lebenswichtigen Organe getroffen. Es war der Schlag gegen den Hinterkopf. War das ein voller Kühlschrank?«

»Nein, es war nur Kellermann.«

»Dann verdient er eine Prämie für gutes Verhalten im Dienst.«

»Ich werde darüber nachdenken«, versicherte Ehlers. »Auch wenn es in seiner Freizeit geschehen ist. Doktor – wir bräuchten eine Krankenschwester für Frau Steincke, sicherheitshalber eine von unseren eigenen, und können Sie dann die Leiche mitnehmen, sobald die Krankenschwester eingetroffen ist?«

»In Ordnung. Darf ich rauchen, während ich warte?«

»Bitte sehr«, sagte Birthe Steincke.

Das erste Wort, das sie seit langem gesagt hatte.

Wir anderen verbeugten uns höflich und kehrten zu unserem Auto zurück. Als wir alle wieder eingestiegen waren, sagte Ehlers:

»Nielsen, wir bringen zuerst Kellermann nach Ørholm hinaus, bevor wir in die Stadt fahren. Er möchte gerne seine Tochter besuchen.«

»Ja«, sagte Kellermann munter. »Aber eigentlich verfolge ich damit einen anderen Zweck.«

»Väter können so unterschiedlich sein«, antwortete Ehlers.

Niemand widersprach ihm.

32

Es dauerte ein paar anstrengende Stunden, die letzten ausgefransten, dünnen, losen Enden des Falles aufzurollen, aber schließlich gelang es. Es gibt keine glücklichere Kombination in solchen Angelegenheiten als das seltene Ereignis, dass Polizei und Presse zusammenarbeiten. Mehr und mehr Tatsachen stapelten sich auf dem Tisch, von Ehlers gefunden, von mir gefunden.

Nachdem Albert Müller von seinen kommunalen Ämtern zurückgetreten war, war es mit ihm bergab gegangen. Man hatte ihn mehrfach in Nervenheilanstalten eingewiesen, ein halbes Jahr verbrachte er sogar in der geschlossenen Abteilung. Die entsprechenden Berichte deuteten in einer recht diplomatischen Ausdrucksweise, die Psychiater ebenso gründlich lernen wie Politiker, da sie den Berichten mehr Volumen verleiht und dazu einen sachlicheren Eindruck hinterlässt, an, dass sein Mantra – alle Verrückten haben ein Mantra, das heißt einen bestimmten Gedanken, der immer wiederkehrt und über den sie daher die ganze Zeit sprechen – lautete, dass ihn die Medien zugrunde gerichtet hätten, aber er werde schon noch …

Alle psychisch Kranken sind von diesem Gedanken besessen, demselben Gedanken: Eines Tages werden sie schon noch …

Der Staat hatte natürlich, schließlich leben wir in einer zivilisierten Gesellschaft, freigiebig für seinen Aufenthalt und seine Versorgung gezahlt, und zwar mit derselben Großzügigkeit, mit der der Staat zuvor seine Diäten bezahlt hatte.

Zuletzt war er vor einem Monat aus einer Therapie entlassen worden. Er selbst hatte das Gefühl gehabt, dass seine Partei ihn jetzt wieder brauchen könnte – wo doch diese Affäre mittlerweile vergessen war. Die Partei dagegen hatte Angst, dass die Affäre ganz im Gegenteil und zum Schaden für die Partei wiederentdeckt und wieder ausgegraben werden würde, falls er einen bedeutungsvollen Posten bekäme – das heißt: einen Posten, auf dem er ein respektables Gehalt beziehen würde und die Gefahr bestand, dass sein Name in den Protokollen interner und beschließender Sitzungen erschien, von wo er leicht weiter nach draußen bis in die Presse gelangen könnte. Auf eine schonende Art und Weise, so behauptete es ein Parteisekretär, der Bekannte eines Freundes von mir, hatte man Müller dies beigebracht und ihm einen anonymen Job als »Strategieberater« angeboten.

»Berater« war nicht genug für Müller, und unmittelbar nach dieser Abfuhr hatte er also begonnen, Amok zu laufen. Er war anscheinend – wie der Hübsche, aber ein ganz anderer Typ als der Hübsche – felsenfest davon überzeugt gewesen, dass sein endgültiges Comeback direkt bevorstand und dass alle nur darauf warteten, ihn mit Applaus auf der Bühne zu empfangen.

Während der ganzen Zeit, in der Albert Müller ausgestoßen gewesen war und ein Sanatorium nach dem anderen besucht hatte, hatte Hugo Müller einen festen Wohnsitz an der Costa del Sol gehabt. Er hatte sich gut aus der Affäre gezogen. Ihm gehörten nunmehr zwei Feriendörfer, ein Fitnesscenter mit Trainern, drei Restaurants mit spanischen/dänischen Spezialitäten, eine »internationale« Diskothek und ein »exklusiver« Golfclub.

»Verstehst du«, sagte der wirtschaftspolitische Mitarbeiter des *Bladet*, der in gewissen Punkten gar nicht so selten mehr weiß als die Polizei: »Es gibt immer einen Platz für einen energischen Unternehmer, ganz egal, wo in der Welt er sich aufhält. Die Tricks sind dieselben, und sie laufen auf die gleiche Weise. Hugo hatte also Erfolg. Er beherrschte sein Handwerk.

Aber nach abgedankten dänischen Kommunalpolitikern herrscht im Ausland nicht gerade eine große Nachfrage ...«

Das war Alberts Grabschrift.

In dieser Familie gab es nicht viel Solidarität und Zusammenhalt. Nicht zwischen Vätern und Töchtern. Und auch nicht zwischen Brüdern.

Der Rest waren Formalitäten – die Art von Formalitäten, mit denen der größte Teil eines menschlichen Durchschnittslebens verschwendet wird.

Dr. Bang kam in Ehlers' Büro und bestätigte seine vorläufige Diagnose. Kellermann hatte Müller umgebracht, und wir waren drei Menschen, zwei davon seine Kollegen, die die näheren Umstände bezeugen konnten – plus natürlich Birthe Steincke, die zurzeit tief schlief, sehr tief, unter ständiger Überwachung. Er hatte ihr eine Dosis Morphium verabreicht.

»Gegen meine Prinzipien«, sagte er. »Aber sie hat es gebraucht.«

»Prinzipien sind dazu da, dass man gegen sie verstößt«, murmelte ich.

»Junger Mann«, sagte Dr. Bang und wedelte mit dem Stock. »Es ist ein Vergnügen, jemandem zu begegnen, der seine klassischen Zitate kann.«

Er wandte sich an Ehlers.

»Gibt es noch mehr Leichen? Oder kann ich jetzt gehen?«

Ehlers sah aus, als wäre er aus dem Tiefschlaf erwacht.

»Doch, selbstverständlich«, sagte er. »Selbstverständlich.«

»Danke«, sagte Bang. »Ich habe ein erlesenes Abendessen mitten in der Suppe verlassen. Hummersuppe, vor den Kalbsfilets mit Morcheln. Mit ein wenig Glück werde ich noch Kaffee und Cognac erwischen. Es findet beim norwegischen Botschafter statt – und sein Cognac ist unvergleichlich. Er ist ein Kenner. Einer der wenigen.«

Er verschwand mit einem erwartungsvollen Lächeln.

Ehlers und ich sahen uns an. Es war so dunkel draußen, dass die Glühbirne über seinem Schreibtisch schien wie ein Stern, der sein Licht quer über den Tisch hinweg in unsere Augen sandte.

»Tja«, sagte ich. »Ich sollte dann langsam wohl gehen.«

»Zum *Bladet?*«

»Wohin sonst? In mein eigenes Büro. In deinem bin ich lange genug gewesen.«

»Du – ich weiß nicht so recht ...«

»Aber ich weiß es. Dieses Mal! Du weißt, wie oft ich loyal zu dir gewesen bin und zum merklichen Missvergnügen meines Chefredakteurs nichts über gewisse Dinge geschrieben habe, von denen ich wusste. Du weißt, dass ich sogar gewisse Dinge vergessen habe, sogar die Namen von Mördern – wenn du dich beispielsweise an ...«

»Du brauchst keine Beispiele zu nennen. Ich erinnere mich gut an ihn.«

»Aber bei diesem Fall kann ich ehrlich gesagt nicht den geringsten Grund dafür erkennen, Gewissensbisse haben zu müssen, wenn ich die ganze Story auf der Seite eins hinausposaune. Wir haben einen durch und durch verdorbenen, korrupten Politiker, vollkommen skrupellos – denk nur daran, was seine Tochter über ihn gesagt hat! Wir haben eine ermordete alte Dame, die in ihrem ganzen Leben keiner Fliege etwas zuleide getan hat – und wenn sie es doch getan hat, dann war es ganz bestimmt nicht ihre Absicht und noch weniger ihr Fehler. Wir haben einen Journalisten, der die erste Pflicht eines Journalisten wahrgenommen und die verdammte Wahrheit über die Schweinegesellschaft geschrieben hat, in der wir leben. Auch er ist jetzt tot. Wir haben einen Fotografen, der zwar kein Heiliger war, aber wer ist das schon? Wenn alle, die es nicht sind, sterben müssten, wer sollte dann unsere Renten bezahlen?«

»Und«, sagte Ehlers, »du hast auch noch eine mit Morphium betäubte Witwe und Mutter zweier Kinder, und eine am Boden zerstörte Geliebte.«

»Die halte ich vollkommen raus – alle beide.«

»Ist das ein Versprechen?«

»Habe ich jemals eins gebrochen?«

»Nein. Du bist der einzige Journalist, dem ich je begegnet bin, von dem ich das sagen kann. Du musst der Inbegriff dieses Paradoxons vom ehrlichen Lügner sein. Gute Nacht!«

»Gute Nacht.«

Otzen war entzückt – mehr als entzückt. Gott und die Himmlischen Heerscharen waren mit ihm. Es war die Perfekte Story. Der frühere Mitarbeiter des *Bladet* war ermordet worden, der ehemalige Fotograf des *Bladet* ebenso – und der aktuelle Mitarbeiter des *Bladet* hatte die Zusammenhänge aufgedeckt, die sich natürlich in einem alten Artikel des *Bladet* versteckten und sich um den furchtlosen und gerechten Kampf des *Bladet* gegen Spekulation und Verkommenheit drehten.

Besser hätte es nicht sein können. Der Kreis war geschlossen und vollendet.

Und als Tüpfelchen auf dem i, als zusätzliche, spezielle ironische Pointe würde Albert Müller seine Tage als Bild auf der Titelseite beenden. Er würde sein Leben damit beenden, denjenigen Stoff zu liefern, die er am meisten gehasst hatte: den Medien.

Otzen feixte, als ich diese Perspektive vorschlug.

»Glänzend«, sagte er. »Verdammt, wir werden ihn den Medien-Mörder nennen!

»Ist das nicht ...«

»Ein bisschen geschmacklos, willst du vielleicht sagen, mein Junge? Genau das ist es! Das sind genau die Worte! Exakt das ist es nämlich gewesen – ein Medien-Mord. Und damit auch ein Beweis für die entscheidende Bedeutung der Medien in der modernen demokratischen Gesellschaft, wo ...«

»Deinen Leitartikel kann ich morgen noch lesen. Jetzt muss ich schreiben.«

»Schreib, mein Junge! Schreib!«

Und ich schrieb. Ich schrieb und schrieb. Endlich konnte ich alles loswerden, und ganz gleich, wie abscheulich die Wahrheit sein kann – und meistens auch ist –, hat es unabhängig davon, wie wenig sie einen vielleicht kümmert, eine befreiende Wirkung, es hinter sich zu bringen und sie loszuwerden. Es muss so sein wie bei einer Abmagerungskur, wenn man die Kilos eines nach dem anderen purzeln sieht.

Es wurde Mitternacht – wieder, und weit nach Mitternacht – wieder, bis ich fertig war. Ich sammelte meine Blätter ein und ging wie schon so oft zuvor mit ihnen zu Otzen hinunter.

Er blätterte sie mit seiner üblichen kurzatmigen Hast durch.

»Glänzend! Hier, nimm eine Zigarre.«

»Nein, danke.«

»Wollen wir ausgehen und sie feiern?«

»Sie feiern?«

»Deine Story. Einer der größten Triumphe in der Geschichte des *Bladet* – jedenfalls in meiner Zeit.«

»Nein, danke. Ich bin müde. Ich hätte lieber ein paar Tage frei.«

»Du kannst eine Woche bekommen – bezahlt, wenn du willst. Als Geschenk!«

»Danke. Das nehme ich an.«

»Gute Nacht, mein Junge. Schlaf gut!«

»Danke, gleichfalls. Gute Nacht!«

Ich ging ein weiteres Mal den Weg aus dem *Bladet* hinaus und über den Rådhuspladsen. Ich wusste sehr wohl, dass es keine »gute Nacht« werden würde, in der ich »gut schlafen« konnte. Wie hätte sie das werden können?

Du bist zu sensibel, erklärte ich mir geduldig. Es ist dein Job, solche Dinge zu schildern. Du kannst nicht jedes Mal zusammenbrechen, als ob du konstant an den Folgen eines Nervenschocks in Folge eines Granateneinschlags in einem Schützengraben in Südfrankreich während des Ersten Weltkriegs leiden würdest. Du bist nicht mehr jung. Du hast deine Prügel bezogen – in der Branche und auch draußen. Jetzt musst du es lernen.

Wie üblich redete ich vergeblich auf mich ein. Ich höre mir niemals zu.

Es war kein Abend zum Feiern – außer für Otzen und die Direktion des *Bladet*. Für mich war es ein Abend zum Vergessen – so schnell wie möglich.

Aber ist es nicht immer so? Läuft es in der Praxis nicht immer auf das Gleiche hinaus? Der Gewinner trinkt, um den Sieg zu feiern. Der Verlierer trinkt, um die Niederlage zu vergessen.

»Aber – war nicht ich der Gewinner?

Es gibt keine Gewinner, nicht in diesem Spiel.

Wenn das Leben ein Spiel wäre, dann hätten wir nicht so viele Spiele erfinden müssen, um es schneller vergehen zu lassen.

Ich saß bis fünf Uhr morgens im Stjernecafé und versuchte an etwas anderes zu denken. Ich versuchte alles – mit den anderen zu reden, die letzten Entwicklungen in unserem Viertel mit Bob zu diskutieren, eine Runde zu knobeln, die Whiskys in einem *furioso* Trickfilmtempo aufeinanderfolgen zu lassen, aber es half nichts.

Ich sah immer noch dieselben Bilder vor mir.

Eine kleine Bilderfolge. Ein schnell geschnittener Kurzfilm, der in einer unverwüstlichen Endlosschleife in meinem Kopfkino lief.

Eine tote Rentnerin auf einem verlassenen Baugrundstück in Vesterbro. Eine verstörte Schwester in einem Krankenhausbett.

Ein aktiver Journalist, dessen Aktivitäten eingestellt wurden.

Eine doppelt alleinstehende, einsame Witwe mit zwei Kindern in einem Einfamilienhaus im Umland.

Eine verlassene Geliebte, die wahrscheinlich immer noch dasaß und weinte.

Ein Fotograf, der einen verstärkten Verbrauch an Ressourcen bei seinen Mitarbeitern verursachen würde – ein Container voller Glyzerintränen, professionell verziert mit Schminke und Mascara.

Ein Verrückter mit großen Politikerträumen, Valbys kleiner Napoleon, der aufs Abstellgleis geschoben worden war und jetzt zusammen mit den anderen im Leichenschauhaus lag – bereit für das große, kollektive, allgemeinmenschliche Gemeinschaftsgrab.

Ein anderer Mann, der in Spanien Kasse gemacht hatte, nachdem er es in Dänemark nicht länger konnte.

Kronen oder Peseten, Kasse ist Kasse.

Und dieser Mann, oder andere seines Schlags, besaßen all die Häuser, die ich aus dem Fenster des Stjernecafés sehen konnte, die ganzen trostlosen Häuserblöcke der Istedgade, die maroden Mietskasernen halb Kopenhagens – mitsamt meiner eigenen. Diese Leute werden auch in Zukunft alles besitzen, das tun sie immer. Nur die Namen ändern sich.

Und weiter oben in Vesterbro gab es die Hausbesetzer. Die aggressiven jungen Leute. Das gleichzeitig ehrlich ängstliche und trotzig mutige Mädchen, mit dem ich gesprochen hatte. Das waren ihre Möglichkeiten in einer solchen Stadt in einer solchen Welt.

Und schließlich ich selbst, das abschließende Bild, wie in einem Spiegel – vor der Schreibmaschine sitzend im klaustrophobischen Büro beim *Bladet*, immer und immer wieder geistesschwach auf denselben idiotischen dreißig Buchstabentasten herumhämmernd, die mir zur Verfügung standen.

Dieser Film fing immer wieder von vorne an. Immer und immer wieder.

Bob stupste mich bei der achtundzwanzigsten Wiederholung an der Schulter.

»Wir haben geschlossen«, sagte er. »Bist du krank?«

»Etwas ist krank«, antwortete ich. »Nicht ich.«

Auf irgendeine Weise kam ich nach Hause. Ich legte mich aufs Bett, und der Film fing von Neuem an. Er lief die ganze Nacht.

33

Am folgenden Tag holte ich Gitte vom Flughafen ab. Das Leben muss schließlich weitergehen, was soll es sonst tun? Das Leben geht ständig weiter. Gottes Mühlen mahlen.

Wie die der Medien.

»Dies ist ein extrem packender und lebendiger Kriminalroman.«

Vestkysten

Dan Turèll
MORD IM STRASSENGRABEN
Krimi
240 Seiten
ISBN 978-3-404-15630-6

An einem kalten Winterabend wird eine Frau von einem Streifschuss getroffen – auf offener Straße, mitten in Kopenhagen. Während die Frau in einem Krankenhaus um ihr Leben kämpft, fällt ein weiterer Schuss, in derselben Straße. Wieder ist das Opfer ein unschuldiger Passant. Er stirbt. Als kurze Zeit später ein weiterer sinnloser Mord im gleichen Stadtteil geschieht, bricht dort Panik aus. Die Polizei hat keine Spur, die sie verfolgen kann. Der Mörder scheint wahllos zu töten …

Bastei Lübbe Taschenbuch